小学館文庫

ひなたストア

山本甲士

小学館

目次

1

小会議室は、昼間なのに遮光《しゃこう》カーテンがすべての窓を隠していた。天井にある蛍光灯のうち、明かりがともっているのは半分だけ。ドア横のスイッチの上には〔節電！〕という小さなプレートが貼ってある。

青葉一成《あおばかずなり》は、電気代を節約したいんだったらカーテンを開ければいいのにと思ったが、人事部はわざとカーテンを閉めておいたのだろうと思い直した。早期退職を迫る話をするのに、明るい陽射しはそぐわない。

照明の電気代は節約するくせに、エアコンの冷房は効きすぎていた。それも、冷え冷えとした舞台装置を作るという意図なのだろうか。

青葉一成は小さくため息をついて、壁にかかっている時計を見た。午後五時にこの部屋に来るよう言われていたので一分前に入室したのだが、三分経《た》ってもまだ人事部長はやって来ない。一人ぽつんと座っていると、エアコンの音がやけに大きく聞こえる。

わざと遅れてやがるな。

一成は小さく舌打ちした。それで、「すまん、すまん」などと言いながら向かいに座り、余計な雑談を省略していきなり本題に入り、とっとと終わらせようというのではないか。

四つの長机が、口の形になっている。パイプ椅子はドアから見て右側と左側に一つずつ。ドアに近い右側が下座だと思われたが、一成はわざと左側に腰を下ろしていた。人事部長は上座か下座かということを気にするよりも、先に退出したいはずだ。

五時四分を過ぎてようやく姿を見せた熊谷《くまがい》人事部長は、左側に座っている一成を見ても、特に表情を変えるでもなく、腰を浮かせた一成に向かって「いやいや、座ったままで」と片手で制するような仕草を見せ、向かいのパイプ椅子を引いた。クリアファイルを長机に置き、中から書類を抜き出し、一成ではなく書類にだけ視線を向けて、「厳しい残暑が続きますすね」と言った。時候のあいさつぐらいはする気があるらしい。

「本当ですね」一成は抑揚のない言い方で返事をした。

敬語を使う気らしいが、遅れて来たことについては、一言もなしか。

まあいい、どうだって。

熊谷人事部長とは、ほとんど口をきいたことがない。本社のエレベーターなどで顔を合わせたときに、あいさつをするだけだった。彼はゴルフが趣味で、一緒にコースを回りたがる社員が多いらしいが、一成はゴルフに興味がなく、接待ゴルフなども他の社員に任せてきた。一成にとっての接待の手段は、主に麻雀《マージャン》とカラオケだった。

「青葉さん。ここに呼ばれた理由は、判《わか》りますよね」

「はい」一成はうなずいた。「早期退職の勧告があると聞いております」

「なら、私も話をしやすくて助かります」熊谷部長が書類から顔を上げて、ほんの一瞬だけ作り笑顔を見せた。「大変心苦しいのですが、課長職の人たちにはひととおり、勧告をすることになっているので、どうかご理解ください」

「はい」

それから熊谷部長は、ワタミキ食品の業績が三年前から深刻な状況にあることを、どうでもいい数字を口にしながら説明した。ワンマン社長である富野民夫《とみのたみお》の指示による資産運用の失敗が最大の原因だという本当の事情は一切口にせず、景気が回復しないだとか、少子化による消費の頭打ちだとか、くだらないことを言っている。一成は内心、もういいから、早期退職に応じるかどうかを今すぐ聞いてくれ、と思った。

やがて熊谷部長の話は、取締役会が断腸の思いで、これまであった課長職の肩書きのうち四分の一をなくして組織をスリム化させる方針を打ち出し、それに伴って課長職の早期退職勧告を決めるに至ったという経緯へと続き、それが一段落したところで「青葉さんは課長に昇進したのが先々月でしたよね」と言って、書類から顔を上げた。

「そうです」

「ようやく課長に昇進したところで心苦しいのですが、率直にお尋ねします。早期退職に応じていただけないでしょうか。今なら退職金を社内規則の一・五倍にしてあげられますし、来月から三か月は社員としての身分はそのままで、基本給を支払う用意があります。あるいは希望すれば、降格に応じていただいて社に残る、という選択肢もあります」

「降格というのは、課長補佐に戻る、ということでしょうか」

「申し訳ないが、課長補佐や係長職も今後、減らす方針なので……」

部下との関係が逆転することは、退職よりも地獄だろう。

「課長に昇進したとき、なぜだろうと思いました」

「え？」熊谷部長が戸惑った表情になった。

「課全体で営業成績が微減し続けていたし、課長に昇進するならこの人だろうと課内で噂《うわさ》されていたのは、別の人でしたから。管理職を狙い撃ちにするリストラ計画に合わせて課長にしてもらったとは、恐れ入ります」

「青葉さん、それは誤解ですよ」

「そうですか」

「そうです。早期退職の呼びかけが取締役会で決まったのは先週です。あなたが昇進したときにはそんな方針は決まってなかった」

「表向きはね」

「青葉さん、そういう話を今持ち出されても――」

「そうですね」一成は苦笑した。「確かに熊谷部長に言っても仕方ないことですよね。ちょっと伺ってもよろしいでしょうか」

「何ですか」

「勧告の面接は一昨日から始まって、今日でだいたいの管理職が終わると聞いておりますが、ほとんどは保留の回答だそうですね」

「ええ、まあ……確かにその場で簡単に答えを出せることではないと思いますから、だから一応、一週間の猶予を設定させてもらってます」

「今のところ、早期退職に応じる態度を表明した人はいないんでしょうか」

「そうですね……まだ始まって三日目ですから」

「私がもし、早期退職に応じるつもりはありません、とこの場で回答した場合、その書類に書かれてある話を持ち出されることになってるんでしょうね」

「どういう意味ですか」

「熊谷部長、私は早期退職に応じたいと思っております」

「えっ、本当ですか」

熊谷部長が、え、という判りやすい表情の変化を見せたので、一成は噴き出しそうになった。人事部長の、この間抜けな顔を見たかったのだ。

「ただし、これだけは申し上げておきたい。会社の社会的信用を失わせるような書き込みをしたのは、断じて私ではありません。そこを明確にしていただかない限り、早期退職の話をするつもりはありません」

「ええと……」

普段は愛想がいいはずの青葉一成という男がこんな態度を見せるとは思ってもみなかったのだろう。熊谷部長は急にしどろもどろになって書類をめくっている。

半月前、営業部を担当する常務から、身に覚えのないことについて「君がやったのか」と問い質《ただ》された。健康食材にまつわる情報サイトに、一成が会社の利益に反するコメントを投稿したのではないか、という疑いだった。訳が判らず、どういうことですかと尋ねたところ、常務がパソコンに保存しておいたというその画面を見せた。

サイトのコメント欄にこんな書き込みがあった。

〔私は福岡市に本社がありサプリメントも製造販売しているW食品の営業課長ですが、確かにサプリメントの多くは、普通に食品から摂れる成分のものばかりで、無駄遣いもいいところ。サプリメントに頼るあまり、特定の栄養素を摂り過ぎて健康を害する人までいます。だから、うちの社員で利用してる人はいません。〕

書き込みの主のハンドルネームはブルーリーフ。直訳すれば青い葉。青葉。

一成自身は、それなりの愛社精神からワタミキ食品のサプリメントの一つ、マルチビタミンを以前からプライベートで購入していたし、そんな考えを持ったこともなかった。そもそも、仮に自分が本当にこのような書き込みをするとしたら、正体がばれるような情報を入れ込むわけがないではないか——。

その辺りのことは常務も分別がつくようで、「確かに何者かが君を陥れようとしてやったと考えた方が、つじつまは合うと思う」と否定的な態度をいったんは見せた。しかし、だからといって同情はされず、「他人から嫌われるような事情があるからこういうことになるんじゃないのか」と続け、さらには、「本人がこんな書き込みをするわけがない、と思われることを見越して、それを計算した上で君がやったんじゃないだろうね」などと、あらためて疑いの目を向けてくる始末だった。

そのコメント欄はログインしなくてもよいタイプだったため、投稿者を特定することはできなかった。しかも、一成が常務室に呼び出されたときには、既に投稿が削除されていたという。常務のパソコンに残っていたのは、削除前の画面のコピーだった。

普通に考えれば、この情報を常務に伝えた人物が最も怪しいということになる。当然、一成はそのことについて常務に尋ねたのだが、ワタミキ食品のホームページにあるお客様コメントのコーナーに匿名で書き込まれて知らされたものだという。こちらのコメント欄も、ログインしなくても書き込みができるようになっていて、やはり投稿者の特定はできなかった。

常務から見せられたそのコメントは〈御社の社員さんがなかなかの投稿をされてますよ。〉とあり、健康食材にまつわるサイトの名称と、アドレスが加えられていた。
早期退職の勧告に合わせて、ライバルの一人を蹴落とそうと、誰かがやったに違いなかった。何人か、あまりウマが合うとはいえない関係の課長職の顔が浮かんだものの、こいつだと断定するだけの材料は見つからないままである。

「青葉さん、それは考え過ぎです」熊谷部長は腰を浮かせて長机を回り込んで来て、持っていた書類を見せてくれた。「すべての課長職に対して、公平に早期退職の勧告をしているだけです。過去の失敗だとか、上司の誰かと仲がいいとか、そういう事情で温度差を作らないようにと、上からも強く言われてます」

置かれたのは、入社前に提出した履歴書のコピーと、人事部が作成したと思われる書類だった。初めて見るその書類には、これまでの社内の異動記録や家族構成、健康診断の結果などが列挙されているのみで、備考欄には何も記入されていなかった。

熊谷部長が一成の肩に手を置いた。一成は顔を上げられない。

「私はその件については、初耳でした」

「……失礼しました」

「青葉さんがそんなことをなさるわけがない。私は信じてますから」

熊谷部長の口調は、優しさよりも、哀れみに満ちていた。


翌日に退職願を出し、引き継ぎも一日で終え、八月最後の金曜日が一成の最後の出勤となった。得意先へのあいさつは後任の課長補佐と共に回り終えていたので、この日は社内を回ってのあいさつと、私物の箱詰めのみだった。

部下のうち何人かが、一緒に昼飯行きましょうと言ってきたが、ちょっと用事があるからと断り、社屋から少し遠いうどん屋で済ませた。退職を決めた理由や転職先について、いろいろ聞かれるのが面倒だったので、社内ではずっと、「税理士をやっている義父が面倒をみている会社がいくつかあるから」とコネでの転職を匂わせる感じでごまかしている。本当のことをいちいち説明する気などなかった。

午後五時に営業部長からあらためて、これでお別れだということが伝えられて最後に一言頼むと促され、「四十を過ぎて別の人生も体験してみたいという思いを抱くようになり、退職させていただくことになりました」「第二営業課は優秀なスタッフがそろっているので何も心配してません、皆さんの活躍をお祈りしています」「もしかしたら新しい就職先でワタミキ食品さんとかかわるかもしれないので、もしそうなったときは何とぞよろしくお願いします」などと、心のこもらない言葉を並べ、課内の女性社員から花束を受け取って、尻すぼみな感じの拍手を受けた。

送別会は事前に断った。幹事役だった課長補佐も、どこかほっとしたようで、理由をいちいち聞いたりせずに「そうですか。残念ですが、青葉課長がそうおっしゃるなら」とうなずいた。他の部下たちからも、有志のみでやりたい、という声は上がらなかった。人望がないからではなく、会社を去る人間のために時間を使うことの無意味さを、みんな判っているのだ。

部長から促されて、同じフロア内にある、第一営業課と第三営業課に再び出向いて、それぞれの課長と握手をさせられ、二度目、三度目の、尻すぼみ拍手を聞く羽目になった。第一、第三の営業課長らは、早期退職の勧告には従わない方針らしい。会社としては管理職の四分の一を削減することを目標にしているというので、一成が辞めたことで、営業部はもう大丈夫、会社からしつこく勧告されるおそれはなくなったと、胸をなで下ろしているのかもしれない。

社屋一階の受付にいる女性社員に「悪いけどこれ、処分しておいてもらえませんか」と花束を押しつけ、守衛に社員証を返して、外に出た。

残暑の西陽が射して、熱い空気がたちまちまとわりついてきた。一成はネクタイを緩め、振り返らないで地下鉄の階段へと向かった。

地下鉄で三つ先の駅を降りて最寄りのシティホテルに入り、地下にあるサウナで汗を流した。十分ほど我慢しては水風呂に浸かる、ということを繰り返しているうちに、全身の細胞が活性化してくる感覚になる。テレビ番組で、これをやると夜の寝付きがよくなる、と紹介していたのでやってみたところ、確かに効果があり、以来、二週間に一回ぐらいの割合でサウナを利用するようになった。

ホテルの一階ロビーに上がると、営業三課の課長補佐、浅野浩巳《あさのひろみ》がソファから立ち上がり、手を振った。

身長は一成と同じぐらいで百七十五センチ前後だが、どちらかというとやせ形である一成と違って、浅野は百キロを超えている。本人によると、大学生の頃からコンスタントに太っていったという。色白の顔にくせっ毛、縁なし眼鏡のフレームが脂肪のついたこめかみをへこませている。鼻の周りやひたいに汗が噴き出している。冬でもハンカチでよく顔を拭いている男だが、夏場はさらにハンドタオルを左右のポケットに入れて持ち歩いている。この見た目の暑苦しさは営業マンとしてはどうかと思うのだが、本人は「得意先には優越感を持たせた方が仕事が上手くいくんですよ」と言っている。

「青葉さん、あらためて、お疲れ様でした」

浅野はちょっとかしこまって頭を下げた。

「よか、よか、そげんこと」

一成は、仕事中には基本的に使わない福岡訛《なま》りになり、片手を振った。

「あれ、花束とかもらわなかったんですか」

「受付に渡した。適当に処理しといてくれって」

「せっかく部下たちが用意したのに」

「親睦会費からやけん、俺も出したカネたい。浅野は外回りからそのまま来たと？」

「はい。ちょっと体調が悪いんで、そのまま帰宅するって連絡しときました」浅野は笑ってハンドタオルでひたいの汗を拭き、「では行きましょ」とブリーフケースをつかんだ。

夕方に退職のあいさつをしたとき、浅野はフロアにおらず、外回りの途中だったのだが、午後六時半にここで落ち合うという約束をしてあった。もともとはさほど親しい間柄ではなかったのだが、互いに自宅が、うきは市内にあるせいで、JR線や地下鉄を利用しての行き帰りで顔を合わせることが多く、いろいろと話をするうちにときどき二人だけで飲む間柄になった。一成が退職すると知って、浅野がどうしてもおごらせて欲しいというので、職場の送別会は断ったが、こちらはありがたく受けることにした。

浅野が何度か利用したことがあるという、ホテルの裏通りにある雑居ビル二階の焼き肉店に入った。予約しておいたという座敷の個室に入り、ジョッキのビールで乾杯。浅野から「本当にお疲れ様でした」と言われ、一成は「ありがとう」と応じた。

サウナで水分を身体から出しておいたせいで、ビールが染みわたる。胃や腸の壁から、ぐいぐい吸収されているような感覚だった。サウナがやめられない理由の一つが、これだった。

お任せコースを頼んであるとのことで、カルビ、ロース、ハラミ、タン、ミノなどが野菜と共に届けられ、「僕がやりますんで、青葉さんはじゃんじゃんいっちゃってください」と浅野がトングを使って焼き始めた。

食べ始めてすぐに浅野が「商品開発部の方は、割と希望退職者、出てるそうですね」と言った。「新製品の提案を社長からことごとく潰されて、嫌気がさしてた人、少なからずいるようで」

「そうか。まあ、判らなくないわな、それは」

創業者で社長の富野民夫は部下の意見に耳を貸さないワンマンタイプの典型で、俺がお前らを雇ってやってるんだ、という態度を見せる男である。口癖は「死ぬ気でやれば道は開ける」「他人の三倍働いてライバルに勝て」で、マスコから問題視されるようになるまでは、社内規則の冒頭にその言葉が掲げられていた。

「営業や総務では、今のところ青葉さん一人ですよ、退職を表明して実行したのは」

「あ、そう。まあ、理系の人は他社の引きもあると思うけど、文系は同じようにはいかんやろうから」

「みんな、本当は青葉さんがうらやましいんだと思います。ワタミキ食品自体、この先よくない感じだし、かといって転職先なんてそう簡単には見つからないし」

「別にうらやましいとは思っとらんとやろ。馬鹿が一人、半ギレで辞めよった、そんなとこたい」

「いやいや、そんなことありませんよ。本当は、かなりいいところに再就職することが決まってるんじゃないかって、みんな噂してますよ」

「好きなように言わせとったらよか。もう赤の他人やけん、気にせんよ」

「本当のところはどうなんです？　奥さんのお父さんが顧問税理士を務めてる会社がいくつかあるから、コネでそのどれかに入れてもらう、みたいな話は聞いてましたけど、具体的にはどうなんです」

ほらきたな、と一成は思った。浅野はいい奴だと思ってはいるが、焼き肉をおごると言われたときに、詳しいことを聞き出そうという魂胆なのは判っていた。それに、この男になら、ある程度のことは教えてやってもいいと思っていた。

「別に秘密にしたいわけやなかけど、ワタミキの社内でいろいろ言われるのは嫌なんよね。他言せんと約束してくれっと？」

「ええ、青葉さんがそう希望されるのなら、誰にも言いません」

浅野は、持っていたジョッキをテーブルに置いて、居住まいを正すように姿勢をしゃんとさせた。

「実は、面倒臭かったけん、義理の父親のコネで、とか適当にお茶を濁しよったけど、実はグリップグループに課長待遇で入れてもらうことになっとるんよ」

「えっ、グリップグループって、九州北部と山口の小規模スーパーが出資して、商品を共同購入したり、独自ブランド品を作ったりしてる――」

「うん」

グリップグループは八〇年代に、大手スーパーの進出に対抗して、九州北部と山口の小規模スーパー十数社によって設立された、共同で商品を仕入れることを目的とした会社である。共同で仕入れることで単価を下げられるので、大手との価格競争で張り合おうということである。実際、グリップグループに加盟した小規模スーパーは多くが生き残っているが、加盟しなかった店舗はかなりの割合で潰れてきた。また最近では、周辺にある小規模な食品メーカーに声をかけて、さまざまなグリップグループのブランド、GG製品なるものを開発しており、業績も好調だと聞いている。加盟店舗も増え続けて、九州南部や中国地方にも、エリアは拡大している。

ワタミキ食品は、グリップグループに対しては、大手チェーンに対する場合と違って、熱心に営業をかけてこなかったため、ほとんど取引実績がない。富野社長が言うには、弱小スーパーは相手にしなくても、向こうから扱わせてくれと頼んでくる、とのことだが、実際にはそうはなっていない。

「大学のときに同じアパートやった同期の奴がそこにおってさ」と一成は説明した。

「ワタミキ食品の課長さんなら即戦力になるから是非と社長さんから言ってもろうてね。従業員五百人のワタミキ食品に比べてこっちは百五十ぐらいやけど、一応課長待遇で迎え入れてもらえて、給料もあんまり下がらんで済みそうやし、何よりも会社への通勤が近くなるけん、それがありがたかよ」

「じゃあ営業ですね」浅野はそう言ってから「あ、焼けてますよ」と網の上の肉を指さしたので、一成は箸を伸ばした。

「俺も営業のつもりやったが、仕入れをやってくれと言われとる。小さいメーカーさんが次々と、グリップグループで扱って欲しいという商品サンプルを持ち込んでくるんで、その対応が主な仕事になりそうやな」

「なるほど、ワタミキで培った商品知識が活《い》かされるっちゅうわけですか」

「だといいんやがね」

　ワタミキ食品の主力はレトルト食品とチルド食品だが、五年ほど前からサプリメントや菓子類にも力を入れるようになっている。一成も当然、そういった商品にまつわる知識は持っている。いつも昼食が軽めなのも、他社製品も含めて、しょっちゅう試食をしているからだった。

「へえ、すごいじゃないですか。それって、相手に頭を下げなくていいっていうか、逆に威張れる仕事じゃないですか」

「いやいや、威張ったりはできんよ。いい商品を持ち込んでくれる相手さんには、こっちが頭を下げて、礼を言わんといけん」

「でも、立場は強いじゃないですか。いいなあー、うちの社長みたいに、新商品のサンプルを、こんなの駄目だ、って突き返したりできるわけですもんね」

「そんな言い方はせんよ、俺は。あの社長は反面教師にせんと」

「まあ確かにそうですね。グリップグループのオフィスはどこでしたっけ」

「鳥栖《とす》市内。新鳥栖駅から徒歩十分ぐらいかな」

「うわっ、じゃあ、通勤時間、今までの半分で済むじゃないですか。いいなー、理想の転職ですよ、それ」

「いいかどうかは、やってみんと判らんて」

「いや、判りますよ。グリップグループのブランド商品、流通量が右肩上がりですもん。レトルト食品もインスタント食品も菓子類も、ワタミキの縄張り、荒らされてるし。社長も多分、グリップグループにもちゃんと営業かけて、取引実績伸ばしとけばよかったと後悔してますよ。あの人、小規模店を露骨に見下すところがあったから、完全にしっぺ返しですよ」

「それは言えてるな」

二週間に一回、大会議室で開かれる部課長会議が始まる前にときどき富野社長が顔を出して訓示めいた話をするのだが、あるとき近所の人気ラーメン店についての話を始め、いくら人気店でも所詮は小規模店舗であり売り上げなどたかがしれてる、などと言っていた。あの男にとっては、売り上げの規模こそが正義なのだろう。だが、そうやって見下す態度を取っているうちに、小規模スーパーは団結してグリップグループの独自ブランド商品を増やして、ワタミキを脅かす存在になっている。

「それで思い出しましたけど、今日、社長にあいさつは？」

「いや。部長も、社長室に行こうとは言わんかった」

「あの社長はまあ、そうでしょうね。辞める人間に会う必要などない——なんてことを言いそうですからね。でもグリップグループかー、だから、みんなに言わなかったんだー。青葉さん、後で引っ張ってくださいよぉ。僕も仕入れの仕事したいっすよ」

「無茶言うなよ。ワタミキで仕入れを担当したいって希望を出せばよかろうが」

「ワタミキの仕入れは原料ですもん。完成品を試食する仕事がいいんですよ」

「試食やったら今でもできとるやろが」

「いやいや、メーカーさんが持ち込んだのを試食して、○か×かの審査をしたいんですって。何か偉い人になった感じじゃないですか」

「そういう、よこしまな考えはいかんな。それにあんたがそれ以上太ったら、脳梗塞《のうこうそく》とか糖尿病とか、まじでやばか。試食なんかやめとけって」

「あいたー」浅野は後頭部に片手をやって顔をしかめて見せた。「青葉さん、それを言っちゃあ、おしまいですよ」

一成は笑ってビールを飲みながら、ほおが緩むのを自覚した。確かに新しい仕事は楽しそうだし、グリップグループの業績がさらに上がれば、退職を迫ったワタミキ食品を見返すことができるのだ。

帰りのJR列車で並んで座っている間も浅野は何度も「いいなー、青葉さん」と繰り返し、一つ手前の駅で降りるときには「沈みそうな船から一人だけいち早く脱出、高速艇に乗り換えて荒波かき分け大海原《おおうなばら》へ。うらやましー」などと、恨めしそうな言葉を口にしていた。

帰宅したのは午後九時過ぎで、妻の友枝《ともえ》は入浴中だった。中二の娘、理多《りた》は、さきほど外から窓の明かりが見えたので、二階の自室だろう。

エアコンが効いているリビングのソファに身体を沈め、手に持っていたスーツのジャケットを肘掛《ひじか》けに置いて、天井を見上げた。

生まれて初めての冒険だ。高校も大学も、実力で入れそうなところを選んで無難に合格した。ワタミキ食品への就職は、少し難しいかもしれないと思っていたが、大学のOBが何人かいたこともあって、入ることができた。

営業の仕事を希望していたわけではなかったが、上司から言い渡されたエリアを回って、愛想のよさを生かして得意先にせっせとごまをすり、営業部では平均ぐらいの成績を維持した。大きな失敗もなかった代わりに、右肩上がりで成績を上げてゆくようなこともなかった。それでも課長補佐になれたのは運だった。大学時代に家庭教師のアルバイトで裕福な家の男子中学生を受け持ったことがあり、彼の母親から「青葉先生のお陰で、無理だと言われていた高校に合格できました」と感謝され、準大手とされる商社の役員をしていた父親が動いてくれて、ワタミキ食品の東南アジアへの輸出量増加に貢献できたのである。あのコネがなかったら、今も主任止まりだっただろう。

この、こぢんまりとした二階建て一軒家を、相場よりもかなり安く購入できたのも、義父の口利きがあったからである。ローンはまだまだ残ってはいるが、同規模の家を購入した他の同僚たちよりも、かなり早く返済を終えられることになっている。

「運も実力のうち……」一成はそう声に出した。

そう、グリップグループへの転職も運に違いない。

大学生のときに住んでいたアパートで隣室同士だった清水雅史《しみずまさふみ》から「ちょっと会いたい」と連絡があったのは、四か月ほど前のことだった。同じ法律学科、同学年で、プロレスが好きだという共通点もあって、しょっちゅうどちらかの部屋で安酒を飲みながら深夜まで、往年の名選手のファイトスタイルや個性の出し方について語り合ったり、名勝負の動画を見たりしたものである。

グリップグループに来る気はないか――同窓会でもやろうという話だろうと思って、指定された居酒屋で久しぶりに会ったときに、清水はいきなりそう切り出した。清水は最初、不動産会社に就職したのだが、取締役の一人が親戚だったというコネで十年ほど前にグリップグループに転職、今は総務課長という立場にある。

唐突な話に最初は面食らったが、これは天の導きというやつではないかと思い直した。ワタミキ食品では、近く全社的なリストラを断行し、社員を四百人以下にする計画らしい、という噂が流れていた。それによれば、計画は第一段階としてまずは課長職の四分の一ぐらいを早期退職させ、それから他の社員へと広げてゆく――というものだった。先に課長職に手をつけるのは、上司だって辞めたんだぞ、という説得材料のため、そして見せしめの意味があるのだろう。

そんな時期にこの誘いだったので、一成は、やってみよう、と決めたのだった。

そもそも、ワタミキ食品の経営が苦しくなったのは、富野社長の独断的指示による不動産投資と株式投資での失敗によるものである。にもかかわらず、自身は何の責任も取らずオーナー社長の座に君臨し続け、これまで頑張って働いてきた社員たちをクビにして平気で路頭に迷わせようとしている。チルド食品に使われている牛肉の産地偽装で叩《たた》かれたときも、富野社長は報道陣に対して「把握できておりませんでした」とコメントしたが、実際は知らなかったどころか遠回しな表現で偽装を指示していたとささやかれている。退職した元工場長から何人かを経由して、一成の耳に入った情報なので、真偽は断定できないものの、あの社長ならやりかねない。

こんな会社、もう辞めてやる——多くのサラリーマンが、言いたくても言えない、実行したくてもできないことを、とうとう自分はやったのだ。確かに運があってのことで、それに後押しされたわけだが、それでも大冒険をした自分を、ほめてやりたい。

そう、やるときにはやる男なのだ。

一成が「ふう」と充実感を込めた息を天井に向けて吐いたとき、「あ、にやにやしてる」という妻の友枝の声がした。

パジャマ姿で頭にタオルを巻いた友枝が、ダイニングテーブルの椅子を引いて腰を下ろし、「何をそんなに、うれしそうにしてるのよ」といつもの鼻にかかった、テンポの遅いしゃべり方で言ってきた。

「にゃついとったか」

「うん、あからさまに。転職、うれしいんだ」

ワタミキの早期退職に応じてグリップグループに転職することについて、富野社長のワンマンぶりを嫌っていた友枝は、諸手《もろて》を挙げて賛成とまではいかなくても、特に反対はしなかった。

「そら、悪い気分にはならんとやろ」

「ちょっとニンニク臭いよ」友枝が片手で空気をよけるように手を振った。

「あ、悪い」一成は軽く顔をしかめた。「浅野と焼き肉食ってきた」

「あー、浅野さんね。あの人、グリップグループのことは？」

「あいつには教えた。オフレコで」

「すぐに知れ渡るよ」

「別によかよ、知られて困ることでもなかもん」

「みんなにうらやましがられるね」

「何で？　今より小さい会社に移るだけやないね」

「だって、経営、危なくなってんでしょ、ワタミキ」

「すぐに倒産とか、そういうことはなかろう」

「でも仕事はやっぱり、会社の大きさなんかより、やりがいよ。ぎすぎすしてたワタミキから、業績が伸びてる会社に、スカウトみたいな形で移るんだから、キャリアアップだよ。通勤時間も短くなって、朝ゆっくりできるし」

「確かに、そこはありがたい」

「あ、そうだ」友枝は立ち上がり、「どうもお疲れさまでした」と頭を下げた。

「いいって、そういうのは。家族なのに他人行儀な」

「理多も呼ぼうか」

「いい、いい」一成は片手を振る。「無理矢理何か言わせても、うれしくも何ともない」

「お祝いは？　ちょっと上等なものを食べに行くとか。明日土曜日だし」

「うん、いいね。焼き肉以外で、何か考えてよ。理多が好きなのは何やろか。フライドチキンやったかね」

「そんなの小学生のときの話でしょ。あの子、この前のお正月に実家で食べさせてもらった、鰻重《うなじゅう》を喜んでたみたいだけど」

友枝の実家は久留米《くるめ》市内にあり、ここから車で四十分程度の距離である。

「ウナギか。駅の近くにあったよな、専門店が」

「じゃあ、明日行くってことで」

「理多に確認しといた方がよかよ。最近の態度を見てると、私行かなーい、その分のおカネちょうだい、みたいなことを言いそうやけん」

「大丈夫よ、ウナギだったら。それより、お風呂入ったら？」

「うん」

一成はうなずいて、上着を引き寄せ、内ポケットからスマートホンを取り出した。そういえば夕方からずっと、ワタミキの誰かから余計な電話がかかってくるかもしれないと思って、電源を切っていたのだ。

電源を入れ直したところ、グリップグループ総務課長の清水から二件、留守電が届いていた。いずれも、「グリップグループの清水です。できれば早めに連絡をお願いします」というものだった。

さっそくかけ直すと、すぐに清水が出た。

「やあ、お疲れさん」と一成の方から口を開いた。「予定どおり、今日、ワタミキを退職したよ」

「それなんだが、申し訳ない」

「へ？」

「グリップグループの社長が三日前に替わったことは知ってるだろ」

「ああ、メールをもらったから判ってる。臨時取締役会で、体調不良だった前の社長に替わって、片野猛司《かたのたけし》っていう、キョウマルっていうスーパーのオーナーが新社長になったんだろ」

「その新社長の方針でさ、お前の受け入れが難しくなった」

意味を理解するのに数秒かかった。急に辺りが暗くなり、座っているソファごとぐらぐらと安定感を失ってゆくような感覚に囚《とら》われた。

「ど、どういうことよ、それ？」

一成の態度を見て何かあったと察したらしい。友枝が心配そうに「どうしたの？」と小声で聞いた。

2

チョコレート色のキューブのハンドルを握る一成は、「空が曇ってきたなあ」と言ったが、助手席の友枝からも、後部席にいる理多からも、返事はなかった。ミラーで確認すると、理多はイヤホンをして、無表情に外を眺めていた。スマホで音楽を聴いているらしいが、父親と話をしたくない、という意思表示なのかもしれない。

「ウナギ、まあまあやったね」

さきほど、筑後《ちくご》川を渡ってしばらく進んだ国道沿いで見つけた店で、鰻重を食べたところだった。友枝は最初メニューにある料金を見て「鰻丼にしとく？」と聞いてきたのだが、一成が「鰻重にしようや」と押し切ったのだった。理多は、むすっとした表情のまま食べたが、残さなかったところを見ると、悪くはなかったようである。

本当は先週の土曜日に食べる予定だったのだが、あのときはとてもそんな気分にはならず、八日延長されることとなった。もちろん今日も、誰かが食べたいと言ったわけではない。一成にしてみれば、よどんだ空気を何とかしたい、という思いで、鰻屋に寄ろうと提案したのだ。

フロントガラスから見上げると、雲が多くなっていたが、強い陽射しは相変わらずだった。九月に入ったが、日中の暑さはまだ続きそうである。

返事をしないでいるのもまずいと思ったのか、友枝が「値段があれだから、美味《おい》しくて当たり前じゃないの」と言った。

「ウナギ、減少してるらしいね。そやけん最近は、ウナギにそっくりな味のナマズが養殖されてて、出荷量が増えてるって。えさの配合を工夫してるらしいよ」

「スーパーの副店長って、お父さん、できるの？」

「やるしかなかろう」

「前にやってた仕事とは全然違うわよ」

「いや、そうでもないと思う。お客様に笑顔で接するわけやから、営業のノウハウは生かせる。曲がりなりにも部下を抱える身でもあったし、スタッフの使い方も素人やなか」

「ワタミキの社員と、パートの女性たちとは、全然違うわよ。怒らせたら全員に無視されるし、場合によっては、あの副店長を辞めさせないなら、私たち全員辞めます、なんて言い出すのよ」

「おいおい、脅かさんでよ……」

「本当だよ。女性はすぐにグループ作るからね。男は鈍感でそういうの気づかないけど、一人を敵に回したらグループ全体を敵に回すことになるんだから、気をつけた方がいいよ」

「はい、はい……」

グリップグループの総務課長である清水によると、新社長の片野猛司は前社長と不仲だったため、前社長の方針で決まったことを、いろいろと難癖をつけてひっくり返しているのだという。退職した開発課長の後任として一成を迎え入れることも、前社長の「食料品に詳しい外部の人材を」という鶴の一声がきっかけで、清水が推薦した一成が、数人の候補の中から選ばれたのだった。しかし、それが気に入らない新社長は「グリップグループで扱う商品は俺が自分の舌で決める。経営していたスーパー、キョウマルでも俺がやってきた」と言い出して、開発課長は当分の間、不在でよい、ということになってしまった。

今さらそんなことを言われても、こっちはもう勤め先を辞めてんだぞ——一成が声を震わせると、電話の向こうで清水は「とにかく少し待っててくれ、何とかするから」と苛立《いらだ》ちを含んだ返事をした。自分が悪いわけじゃない、という感じの態度だった。

次に清水からの電話があるまでの五日間は夜になかなか眠れず、もともと心配性なところがある友枝は、もうグリップグループに入るのは無理だと決めつけ、弁護士を雇って勝訴しても結局は損害賠償の問題になるだけで、その金額もたいしたことないし、再就職先が見つからないままおカネがなくなって自宅を手放さなければならなくなり、だからといって実家を頼るような真似《まね》もできず、理多は音楽学校に進む夢をあきらめなければならなくなり、そんな状態のところで家族の誰かが大きな病気にでもなったらもう終わりだ、みたいなことをこぼし始めていた。

そして清水から伝えられたのは、グリップグループの開発課長という肩書きで迎え入れること自体は何とか社長の承諾を得たが、条件として当分の間、研修という形で、グリップグループに加盟しているスーパーの副店長になって、現場で勉強してもらいたい、というものだった。

可能性として、もっとひどい結末をいくつも考えていたので、一安心だった。友枝も「よかったぁー」と絞り出すように言ったが、今度はスーパーで夫が働くことについての不安が頭をもたげてきたようである。

期間は未定だとのことだが、そのスーパーで何か月かまじめに働いて、頑張って売り上げアップを図ることができれば、グリップグループ本社も、実力ありと判定して、開発課長として迎え入れるしかないはずである。ここは踏ん張りどころだ。

だが、売り上げアップを図るにはどうすればよいのか。店長やスタッフらも、日々その努力をしてきたはずだから、簡単ではない。かなりの覚悟が必要だろう。

とにかく、やるしかない。まずは仕事を覚えるところから始めて、パート女性たちからの信頼を勝ち取り、成功しているスーパーの実例を調べて、いいところを取り入れていけば、何とかなるのではないか……清水からこの話を聞いてからの三日間、役に立ちそうな情報を求めて書店を回り、付け焼き刃ではあるが、いくつか使えそうな情報を仕入れることができた。そのお陰で今は、気持ちも前向きになれている。

例えば、女子マラソンのオリンピック選手を何人も育てた男性監督の著書によると、女性選手たちがあるとき急に態度がよそよそしくなったことがあり、理由が全く判らなかったのだが、後になって、練習中に足をくじいた女子選手のために応急のマッサージをしたことが原因だったと知らされて愕然《がくぜん》としたという。セクハラということではない。一人の女子選手ばかり目をかけて心配しているように映ったのだ。

女子バレーボールで強豪チームを育て上げたという男性監督のインタビュー本によると、最初のうちは女子選手たちとの意思疎通が上手くいかず辞任するつもりでいたのだが、新たに女性コーチがついて細かい助言をもらえるようになってから、うそみたいに選手たちの態度もよくなり、成績もぐんぐん良くなったという。何をしたかというと、女性コーチから、どの選手の髪型が変わったか、誕生日がいつか、体調はどうかといったことを日々レクチャーしてもらって、こまめに「お、ちょっと髪型変えたね、格好いいじゃん」「もしかして左のひざを痛めてるのか？　大丈夫か？」などと話しかけるようにしただけ。実際には、髪型や怪我のことなど、監督は全く気づいておらず、半信半疑で女性コーチからのレクチャーに従ったのだった。その一方、みんなの前で特定の選手をほめるようなことは他の選手から反発を買うことになるのでNG。二人だけになったときに、さらりと伝えるところがミソだという。

「佐賀県に入ると、国道沿いの景色、急に変わった気がする」と、友枝が言った。

「そうやね」

一成は左右の景色に目をやった。道路に沿ってさまざまな店舗、パチンコ店、飲食店などの商業施設が続いているのだが、筑後川を渡って佐賀県に入ってからは、眺めが何だが張りぼてのような印象がある。

しばらくしてその理由が判った。道路沿いに建物が続いていても、その背後は田畑が広がっているからだ。久留米市内だったら、道路沿いの建物の後ろもまた建物がずっと続いているから、街の中を走っている感覚があるのだが、この辺りは道路沿いだけが街なのだ。

一成は「まあ、俺らが住んでる、うきは市も、似たような田舎やん」と言ったが、友枝はそれには答えずに「ひなたストアって、私、聞いたことないんだけど」と聞いてきた。

「そらそうやろ。佐賀市内で、一店舗だけでやってるっていうんやから」

「何か、嫌な予感しかしないんですけど」

友枝は、嫌みを言うときに敬語を使うクセがある。

一成は「大丈夫だと思うんですけど」と返した。

グリップグループ総務課長の清水から伝えられた研修先が、加盟店の一つである、ひなたストアだった。研修なので、給料はグリップグループから出る。ただし、基本給だけ。

「早くもリストラ対象ってことじゃないの？ ほら、リストラに抵抗する社員を研修名目で草むしりとか清掃作業とかさせて、いじめて辞めさせるっていう会社あるじゃない」

「スーパーの副店長やけん、そんな心配はなかて」

「副店長っていう肩書きが気になるんだけど。普通、スーパーにそういう役職、ないんじゃないの？　客のクレーム対応とか、生ゴミの始末とか、嫌がられてる仕事を、これ幸いと押しつけて、結局は自主退職させようってことじゃないの？」

また、友枝の悲観的憶測が始まった。

「大丈夫やて」一成は苦笑して見せた。「総務課長の清水が引っ張ってくれたんやから。俺らの結婚式にも来てくれとったとやろ」

「悪いけど、どの人が清水さんなのか、覚えてない」

「とにかく、そう心配すんなって。ワタミキのときよりもきっと、やりがいのある仕事になるって」

「だったらいいんだけど」

先入観を持たずに実際に店舗を見てみたかったので、どんなスーパーなのか、ネットなどで事前に調べるようなことはしなかった。競争が激しい業界の中で、しっかりと生き残っているわけだから、きっと地元密着型の、長く愛されている店なのだと思ったからでもあった。

この際、規模が小さくても文句は言うまいと心に決めていた。ひなたストアはあくまで一時的な仕事場に過ぎないし、規模が小さいと逆に、戦力になるチャンスは広がるのではないか。

　しばらく会話が途絶えた後、信号待ちになったところで友枝が「グリップグループ本社だったら通勤が楽になるって喜んでたけど、ひなたストアは遠いよね。通勤、どうするか決めた？」と聞いてきた。ひなたストアは佐賀市内にあるが、グーグルマップでざっと確かめたところ、最寄りのＪＲ駅から四キロも離れている。

　このキューブで通勤できれば片道一時間半ぐらいなのだが、友枝の返答はノーだった。家に一台だけのこの車は、日々の買い物に必要なだけでなく、義父の税理士事務所との行き来にもしばしば使われているからだ。友枝は簿記二級の資格を生かして、パートとして実家の仕事を手伝っており、普段は自宅のパソコンを使って作業をしているのだが、週に一回ぐらいの頻度でさまざまな必要書類を受け取りに行ったり返しに行ったりしている。

「中古車を買うっていうのはどうやろか」

「でも、ひなたストアの副店長って、そんなに長期間じゃないんでしょ。すぐに要《い》らなくなったら、損するじゃないの。買ったときの金額と、後で売れる金額との差を考えたら大損じゃないの」

「じゃあ、レンタルか。一か月単位のレンタルもあるとやろ」

「金額を比べて決めるべきね」

「いやいや、金額だけで決めるのはおかしいって。もし通勤するとしたら、鳥栖駅で乗り換えんならんし、佐賀駅からまたバスに乗らんといかん。待ち時間もできるし、面倒臭いし、それだけで疲れてしまう。レンタルでいいけん、車で通勤したか」

「でも片道一時間半かかるんでしょ」

「しばらくの間だけやけん、それぐらいは我慢するって」

「グリップグループの方で寮を用意してはくれないの？」

「まあ、希望するならって、言われてはいるけど……」

　短期間にしても単身赴任は気が進まなかった。ワタミキにいたとき、東京や大阪の営業所に単身赴任した後で離婚した先輩や同僚を三人知っている。単身赴任だけが原因ではないかもしれないが、離婚のリスクが高まることは間違いない。

　というより、慣れない仕事でしばらくは心身共に疲れ果てる上に、誰も居ない狭いアパートに一人で帰宅して、値引きシールのついた弁当を食べながらテレビを見て一日を終える自分の姿を想像すると、気が滅入る。

　友枝はそんな一成の心情を察する様子もなく「普段あまり運転してない人が、仕事で疲れてる状態でハンドル握ったら、事故を起こしやすくなるわよ」とまたもやネガティブな言葉でたたみかけてきた。

　その話題についての結論が出ないうちに、友枝が小声になって「理多、部活さぼってるらしいのよ」と言った。

バックミラーで窺《うかが》うと、理多は相変わらずイヤホンをして、外の景色を眺めている。

「何で?」と一成も小声で応じた。

「本人が言うには、合唱部のレベルが低すぎてやってられないし、先生が理多に合唱の指導係をやらせようとするんだって。上級生とか友達に、そんなことできるわけないって本人は言ってる」

「それは、そうだろ。先生の方に問題があるような気がするけど」

「私もそれは思うけど、合唱部を辞めたりしたら、進学にも影響するでしょ、音楽コース目指してるんだから」

久留米市内に、音楽コースがある公立高校があり、音大に進む近道とされている。

「じゃあ、どうすればいいと思ってるの?」

「それが判らないから、こうやって相談してるんじゃないの」

「あ、そう……」

「そろそろ実績のある先生のところに習いに行かせようと思ってるんだけど、それも嫌がるのよね。ユーチューブとかで実力がある人の演奏や練習を見た方が勉強になるとか言って。もしかしたらあの子、うちの家計を気にしてそういうこと言ってるんじゃないかと思うのよね」

「ふーん」

「ふーん、て何よ、ちゃんと聞いてるの？」

「聞いてるって」

理多は合唱部に在籍しているが、歌う方ではなく、ピアノ伴奏の担当である。音楽コースに進学するには、そういう部活動での実績は、確かに有利に働くはずである。理多がさらに音大に進むこと、そして演奏者になることは、友枝の夢でもある。理多のピアノの師匠も最近までずっと、友枝だった。

友枝自身もかつてはピアノを習っており、音大に入って演奏者になるという夢があったが、受験に失敗して自身の実力に限界を感じたこともあり、短期大学の商業科に進路を変更した。その後は簿記の専門学校に通って簿記二級の資格を取得、印刷会社に就職して経理の仕事をし、異業種交流イベントで名刺交換をした一成と知り合うことになる。友枝の方は、最初のうちは一成の愛想の良さの裏に何かがあるのではないかと警戒していたらしいのだが、たまたま路上で再会し、次の休みに水族館に行くことになったのが、つき合いの始まりだった。

友枝は心配性なところがあるものの、基本的におっとりした性格で、短気ではないところが長所だと一成は思っている。一成の母親と三歳年上の姉が、きついものの言い方をする性格だったため、正反対の女性を求める気持ちから心引かれたのかもしれない。しかし友枝は、自分の要求をなかなか譲らない頑固な性格も持ち合わせていた。そのことに気づいたのは結婚後だったのだが……。

「まあ、あれたい」と一成は言った。「しばらく様子を見て、状況が改善しない感じやったら、先生に頼んでみたら？　理多が先生と部員の間にはさまれて悩んでますって言えば、意外と簡単に解決するかもしれん」

「お父さん、どんな先生か知らないから、そんなことが言えるのよ」

「足立《あだち》っていう女の先生やったやろ」

「生徒たちの間で密《ひそ》かに魔人ブゥ子ってあだ名つけられてるのよ。縦も横も大きくて、いつも仏頂面で、何かすっごい、話しかけにくい感じの人」

「そりゃ困ったな」

「他人事《ひとごと》みたいに言わないでよ」

「いやいや、他人事やとは思ってないって。後で理多と話し合ってみようや。帰るときにでも」

友枝から「じゃあ、お願いね」と言われたとき、何となく問題を押しつけられたような気分になった。

ワタミキ食品での仕事がずっと忙しく、接待などもあって遅い日は午前様ということが週に二回はあった。早い日でも帰宅が午後九時を過ぎるのが当たり前で、取引先との関係上、休みが取れるのは平日のうち一日だけ、土日はほぼほぼ出勤してきた。そのせいで、理多を構ってやる時間がないまま、気がつくと思春期の時期を迎えており、家で顔を合わせても気まずい雰囲気がただよい、声をかけても「別に」「普通」みたいな答えしか返ってこない。最近は、母親である友枝とさえ話をしたがらなくなり、ピアノの練習も自宅ではせず、友人宅で一人でやっているという。友枝によると、その友人はピアノを小学生のときにやめてしまっているのだが、防音効果が高いマンションに住んでおり、立派なグランドピアノがあって、好きなだけ弾かせてもらえるのだという。一成の自宅にはアップライトピアノしかなく、しかも隣近所を気にしなければならないので、確かにその友人宅の方が練習環境はいいのだろう。

信号待ちで停止したとき、左手に野菜の無人販売所を見つけた。ここに来るまでにも二回ほど、それに類したものを見かけた気がする。

粗末な木製の台の上にざるが並んでいて、そこに何種類かの野菜が入っているようだった。金額表示はここからは見えないが、おカネを入れる箱は確認できた。

「へえ。有機無農薬野菜だって。値段も安そうや」

一成が、手書きのベニヤ板看板に書いてあったとおりのことを口にすると、友枝は「本当かどうか、確かめようがないわよ」と言った。

やがて佐賀市内に入った。中心市街へと近づくにつれて、大型のスーパーや家電量販店、総合病院、全国チェーンのファミリーレストランや牛丼店などの看板を左右に眺めるようになった。残暑が厳しいので、歩行者は少ないが、交通量は思っていたよりも多い。

「案外、街だね」

友枝は「でもこれで県の中心部なんでしょ。何だかねえ」と言った。

「道もあんまりごちゃごちゃしてない感じやし」

「そりゃ、基本的に佐賀平野っていう農業地帯だからでしょ」

友枝はそう言ってから「ま、のんびりした環境の方が、お父さんも楽できていいとは思うけど。私が住むわけじゃないし」とつけ加えた。

「ちょっとスマホで場所を確認してもらえるか」

この車にはカーナビがついていない。

「ちょっと待って」友枝がスマホを取り出して、画面を操作し、「次の次の交差点を右折した方がいいみたい。曲がり損ねても行けるみたいだけど」と言った。

その後もしばらく、友枝からのやや判りにくい指示を受けて進み、目的の場所が近づいてきた。

「何かこの辺り、放置されたままの店舗跡が目立たない？」

それは一成も気づいていた。中には明らかに傾いていてそのうち倒壊するのではないかというような建物もある。かと思うと、大きなパチンコ店やホームセンターが急に現れたりもする。小さな商店が消えて、寂しくなった通りに突然、大型店が登場する、という形で街が変容している感じだった。

「あ、ミントがある」友枝が指さした。左前方に、全国チェーンの有名スーパー、ミントの白い壁が迫って来た。ついさきほどから車の流れが悪くなったと感じていたのだが、ミントの駐車場に出入りする車が多いせいらしい。

「新しそうだな」

「そうね。ひなたストアはもうちょっと先みたいだけど、近いわね」

まじか。それは脅威だ。

と思っているとさらに友枝が「あ、ひなたストアの少し先には、キョウマルもあるよ」と言った。

「うそ」

「地図ではそうなってる」

友枝はスマホの画面を突き出したが、運転に支障が出るので見ないで「そんなに近いのか」と聞いた。

キョウマルは佐賀県内に三店舗を持つ、グリップグループの加盟店だが、問題はそこではない。グリップグループ新社長の片野猛司が、このキョウマルの会長兼オーナーなのだ。キョウマルの現社長はその息子だと聞いている。

ひなたストアのすぐ近くに、グリップグループのトップが経営する競合店……一成の頭の中は混乱し始めていた。

「あと五百メートルほど先の三叉路《さんさろ》を左折してすぐ、ひなたストアだけど、その先……三百メートルぐらいしかないみたい。これって、ものすごく競争が激しい場所だってことじゃないの？」

「まあ、そういうことになるけど……それでもしっかりと経営が続いてるってことは、いい意味で互いに切磋琢磨《せっさたくま》できていて、他店にない持ち味を持ってるってことやろ」

それは自分に言い聞かせるための言葉でもあった。実際、競争の激しい小売業界で、小規模スーパーが大型店やライバル店にはさまれていながらも、ちゃんとやっている、ということは、独自の経営手法を身につけているとか、地元から愛される何らかの要素があるとか、それなりの理由があるからこそだ。

一成はもう一度、「うん、他店にない持ち味があるんだ」と口にした。

三叉路の信号が黄色になったが、横断歩道を渡る人や自転車などが見当たらなかったのでそのまま左折。その先の緩い右カーブの道を進むと、ひなたストア、と表示された縦向きの看板を左側に確認できた。一成が「あ、あった、あった」と言うと、友枝が「やっぱり小さそうね」といかにも気落ちした感じの声を出した。

だが、その評価は甘すぎるぐらいだった。

ひなたストアの駐車場に車を入れ、隅に車を停めたところで、友枝が「お父さん、完全に駄目な方じゃないの、ここ」と一成の左腕を叩いた。

後部席から「まじで？」という声が聞こえた。理多がイヤホンを外して「うわっ、もう潰れてるっぽくない？」と続ける。

平屋の、郊外型のコンビニエンスストアを四つ合わせたぐらいの大きさだった。白い外壁は薄汚れていて、ひなたストア、と表示された看板は色あせており、五十台分ぐらいあると思われる駐車場は、日曜日だというのに、がらがらだった。横に広がるガラス戸が薄暗い。スモークガラスだからではなく、店内の照明が暗いせいではないか。

客の出入りは一応あり、営業していることは間違いない。手押し車に買い物を積んだ老女、作業服姿の男性、弟らしき小さな子どもの手を引いて、小さな買い物袋を持った、中学生ぐらいの女子。しばらく車内から見ていたが、家族連れの買い物客が見つからない。

「やっぱりだ」友枝がシートに後頭部をぶつけた。「グリップグループ、お父さんを辞めさせようとしてるのよ。傾いてる店で働かせて、潰れたらその責任を取らせて辞めさせるか、その前に嫌気がさして辞めるのを待つか。ていうか、来週になったらもう閉店してるかもしれないよ」

一成がここで働き始めるのは、次の週の月曜日から、ということになっている。

反論する気になれなかった。一成の中でも、騙《だま》されたという思いが膨らんでいた。

新社長の片野猛司は、旧社長が決めた一成の採用が気に入らず、潰すつもりなのだ。

くそぅ……いや、そうと決めつけてはいけない。

「このスーパーの売り上げを改善させることができるかどうか、試されている、ということじゃないのかな」

「どうやって改善させるのよ、ここを。近くにミントもキョウマルもあるのよ」

「とりあえず、店内を見て来る」

「あ、私も行くわ。理多、降りるわよ」

しかし理多は「私は、ここにいるから。だって私が見たって仕方ないし」と、再びイヤホンを耳に装着した。

友枝が「こんな暑い車の中にいたら、熱中症になるわよ」と言ったが、知らん顔。

一成は仕方なく、エンジンをかけ直し、サイドブレーキが利いていることを再確認してから、車を降りた。

出入り口は右側と左側にあるようだった。最寄りの右側から入ることにする。

その手前、右隅に、ガラス張りの小さな小屋があった。窓には、クリーニングサービスの色あせたステッカーが貼ってあるが、今は物置に使われているようで、ダンボール箱やのぼり旗などが無秩序に押し込まれている。

店内に入ってすぐ右隅のスペースが、がらんとしていた。友枝が後ろから小声で「テナントが撤退して、空きスペースになってるのよ。ほら、スーパーからパン屋とか薬屋とかがなくなるのって、よくあるじゃない」と言った。

野菜売り場は最低限の種類しか置いてない印象だった。総じて葉物が少なくて、タマネギ、ニンジン、ジャガイモ、キャベツ、もやし、カイワレ、ネギといった年じゅうどこの店にでもあるのが当たり前の、最低限のものが並んでいるのみ。代わりに、乱切り野菜を真空パックした商品や袋入りサラダのコーナーが、やけに自己主張していた。果物も、リンゴ、バナナ、キウイ、ミカンなど、価格も供給量も安定しているもの、そして子どもでも名前を言えるものばかり。この季節にあっていいはずのスイカやモモが見当たらない。

店内に客はまばらで、BGMもなかった。友枝が「何か、お年寄りばっかり」と言った。

鮮魚コーナーを探したが、そういうコーナー自体がなかった。かろうじてパック詰めされた切り身の塩サバや塩ザケ、明太子、丸干しイワシ、しらすなどの、いわゆる塩干品と、真空パックのサンマ蒲焼《かばや》きやサバ味噌《みそ》などが並んでいる。魚介類で最もスペースを占めているのは、冷凍食品コーナーだった。

だが、以前は鮮魚コーナーもあったのだろう。塩干品コーナーの壁には閉じられた横長の曇りガラス窓があるし、スタッフ用の出入り口もある。かつては壁の向こう側で職人さんたちがさまざまな鮮魚をさばいていたのではないか。

肉のコーナーも同様で、すべて冷凍品と加工品のみだった。値段は安いようだが、これでスーパーといえるのだろうか。

「試食販売もやってないわね」友枝が言い、「日曜日なのに」とつけ加えた。

奥にも、さきほど見かけたのと同様の空きスペースがあった。やはり、がらんとした空間のまま。

「コショウはどこにあっと?」と見知らぬ初老の女性が、友枝に尋ねた。友枝は「さあ……」と困惑した顔で店内を眺め、「そっちの方みたいですよ」と、棚の上部に〔みそ　しょうゆ　調味料〕というプレートがかかっている棚を指さした。初老の女性は「あー、ちゃんと書いてあるやん」と言って、そちらに向かった。友枝の顔には、礼ぐらい言いなさいよっ、と書いてあった。

一成と同年代ぐらいの、カッターシャツにエプロンをかけた男性が、インスタント食品を積んだカートを押して来て、すれ違った。こちらを見ることもなく、いらっしゃいませ、というあいさつもない。

店内をぐるりと回って、反対側の出入り口に近い総菜コーナーへ。唐揚げ、コロッケ、焼き鳥、焼きそばなどがパックで並べられているぐらいで、あとはフィルム包装のおにぎりがあるのみ。その他、筑前煮、ポテトサラダなどもあったが、それらは日持ちがする真空パック製品だった。弁当は見当たらない。大型スーパーなら、にぎり寿司の盛り合わせだってあるのに……。

要するに、売れ残ると困るような品物は極力置かない、という方針なのだ。だから傷みやすい野菜や果物もないし、鮮魚も精肉もない。そういうものはよそで買ってね、うちは最低限のものを安く売ることにしてまーす、ということだ。

それはそれで生き残り策の一つではある。現に、ミントとキョウマルにはさまれて、多くの顧客を奪われながらも、こうやって営業を続けているではないか。もしかしたら、このやり方で、意外と安定的な経営ができているのではないか？

レジは四つあるうちの一つだけが使われていた。時間帯によっては四つがフル稼働することもあるのだろうか……客がずらりと並ぶ光景は想像しづらい。

レジはさすがにバーコードを読み取るタイプのものだったが、四十代と思われる小柄な女性店員は終始無表情で、「いらっしゃいませ」「五千円お預かり致します」「ありがとうございました」などと、相手の顔もろくに見ないでぼそぼそと言っていた。

友枝からポロシャツの脇腹を引っ張られ、「私、何だかめまいがしてきた」と言われた。

「大丈夫か」

「車に戻りたい」

「判った」

車のドアを閉めるなり友枝は「絶対、近いうちに潰れるわよ」と言った。「どう考えても品ぞろえが最低ランクだし、店員もやる気ない感じだし。客のおばさんも礼儀知らずな感じだし」

「客はたまたまだろう」

「そんなことないよ、出店場所によって客層とか客の水準、決まってくるんだから。うちの近所でいうと、エーコーは柄の悪い客が多くて、ヤンキー上がりのおばさんが障害者用スペースに平気で車を停めるし、店へのクレームとか万引も多いんだから。店のカゴごと車に積み込んで帰っちゃうおばさんを見たことあるわよ」

「ひなたストアはそういう感じではなかろう」

「でも駄目な店ってことは間違いないでしょ」

「………」

理多が「早く車出してよ。後は帰るだけなんでしょ」と言った。

一成はいったん装着したシートベルトを外した。

「ちょっと店長と会って来る」

「何て言うの？　ここで働くことになってましたけど、辞退しますって言うの？」

「他に仕事のアテなんかないんやから、そんなことできるわけないやろ。とりあえず、あいさつをしとこうと思って」

「じゃあ、気持ちが態度に表れないよう、気をつけてね」

再び車を降りて、もわっとくる熱気の中を歩き、店内へ。果物コーナーでバナナの陳列をしていた、五十前後ぐらいの眼鏡をかけた女性店員に声をかけた。

「お仕事中すみません。私、来週からここで副店長をさせていただくことになってます、青葉一成と申しますが――」

女性店員はその話を知らないらしく、「は？」と困惑顔を見せた。

「あの、グリップグループの開発課長という立場で、研修として、ひなたストアの仕事をお手伝いさせていただくことになってるんです」

「あら、そうなんですか。すみません、私聞いてなくて」

「あ、いえ。今日はちょっと事前にごあいさつをと思いまして……専務の、吉野《よしの》店長さんはいらっしゃいますか」

女性店員は「ちょっと待っていただけますか」と言い置いて離れ、すぐに見覚えのある男性が代わりにやって来た。

中肉中背よりもやや小柄で、髪を後方になでつけている。さっき、インスタント食品を積んだカートを押していた人物だ。年齢はおそらく、一成と同年代。

細い黒縁眼鏡の奥にある目は、後ずさりしたくなるぐらいに険しいものだった。

「あ、お仕事中に申し訳ありません。私――」と自己紹介しようとしたが、「こっちに来て」とあごをしゃくられた。

連れて行かれたのは、魚介類コーナーにあった扉の奥だった。以前は調理場だったと思われるその部屋は、数台の大型冷蔵庫らしき機械と、ダンボール箱が積まれただけの、倉庫みたいな空間になっていた。実際、倉庫なのだろう。

事務所ではなく、こんなところに……。

気を取り直して、あらためて自己紹介して頭を下げたが、吉野店長は返事をせず、睨《ね》めつけるような視線をぶつけてきた。

「あの、吉野店長さん、で、らっしゃいますよね」

おそるおそる尋ねると、相手は腕組みをして、舌打ちをした。

「あんた、キョウマルの差し金なんだろ」

「は?」

「何を命じられた。どれだけ経営状態が悪くなってるか、逐一報告しろってか。それとも、早く潰れるように、内部から業務を妨害しろってか」

「いえ、とんでもない誤解です、そんな」一成はあわてて片手を振った。「私はもともとワタミキ食品という会社で働いていた人間でして、グリップグループの清水総務課長とは学生時代からの知り合いだったこともあって、開発課長として迎え入れていただくことになったんです。そして片野社長から、研修として、ひなたストアの副店長をやれと言われただけでして」

「……………」

「あの、本当です。新社長がキョウマルのオーナーだということは知ってますが、私は何の関係もありません。むしろ、新社長の指示に私も困惑しているといいますか……」

「こんな店の副店長は不本意だってことだな」

「いえ、そういう意味ではなくて……お気に障《さわ》ったら謝ります。申し訳ありません」

一成は深めに頭を下げた。営業仕事で謝ることには慣れている。

「簡単には信用できないね」吉野店長が腕組みをしたまま、冷ややかに言った。「仮にあんたがキョウマルの犬じゃないとしても、こっちは別にそんなこと、頼んでないんだ。グリップグループが給料を払うっていうから、受け入れることにしたけど、店のことをいろいろと嗅ぎ回ることは許さんからな」

「嗅ぎ回ったりはしません」

「経理関係、財務関係にはタッチさせない。そっち方面のことは、あんたに一切教える気はない。商品の運搬、陳列、それと店内の掃除。それ以外にはその都度、これをやってって言うから、それに従って動いてもらう。いいな」

「あ、はい……」

「片野の腹の中は判ってる。グリップグループ本社から応援を派遣したにもかかわらず、ひなたストアは潰れちゃいましたっていう結末を期待してやがんだ。あんたがキヨウマルとつながってるかいないかは、どうでもいい。こっちとしては、おかしな素振りを見つけたらすぐに辞めてもらうだけだ」

吉野店長はそれだけ言うと、腕組みを解いて、「では今日は、これでお引き取りいただけますかね」と言った。一成が「あの、ひなたストアの社長さんがいらっしゃるのなら、ついでにごあいさつを――」と申し出たが、吉野店長は返事をする代わりに、とっとと行け、という感じで、あごをしゃくった。

3

外に出て、以前はクリーニングサービス店だった物置小屋の前でスマホを取り出し、清水総務課長に電話をかけた。

事情を説明すると、清水は「かけ直すから、ちょっと待ってて。悪い」と言って、いったん切った。グリップグループのオフィスでは話しにくい、ということらしい。

一分弱でかかってきて、清水は「そんな態度やったんか、ひなたストアの店長。まずいな」と言った。

「おい、他人事みたいに言うなって。話が違うやないね」

「青葉、落ち着こうや、な」

「…………」外気の暑さと興奮とで、たちまち顔から汗が噴き出ていた。

「ひなたストアの吉野親子は前社長派で、片野社長とはどうも前々から仲が悪かったらしくて。ひなたストアの近くにあるキョウマルは三号店なんだが、ひなたストアの吉野社長、つまり父親の方な、彼が前社長に働きかけて、出店を阻止しようと、いろいろやったらしい。結局、三年ほど前に出店されてしまったんだが、もともとの予定よりも二年ぐらいずれ込んだと聞いてる」

「そんな事情、俺とは関係なかろうが」

「もちろん。だが俺にもできることとできないことがある。判ってくれ」

「ひなたストアは、近いうちに潰れる。そういうことなんやろ」

「それは、俺には何とも……」

「キョウマル三号店が三年前に近くに出店して、さらにはミントまで出店。ミントができたのはいつかね」

「まだ一年も経ってないと思う」

「その二つにはさまれて、ひなたストアは今にも潰れそうな状況だというのは、間違いないわけたい」

「潰れると決めてかかるつもりはないが……危ないとは聞いてる」

「そんなところに俺を送り込んで、どうしろってかいっ」

「青葉、落ち着いてくれ。総務課長という俺の立場では、片野社長の指示に逆らうことはできん。判ってくれよ」

「ああ、判るたい、お前も一サラリーマンにすぎんのやけんな。そやけど、前社長と新社長の関係とか、ひなたストアと新社長との関係とか、そんなことで、何で俺がとばっちりを受けけんといかんのよ。近いうちに潰れると判ってるところで働かされて、そのとおりに潰れたら俺はどうなるんかね」

店から出て来た老夫婦客が一成を見ながら、距離を取るようにして通り過ぎた。

「話を整理しよう。お前がグリップグループ開発課長であることは確かだし、その立場を失う心配はない。このことは判るな」

「ああ……しかし、あくまで現時点では、やろが」

「ひなたストアへの出向というか、研修での派遣は、会社からの命令だから、これも従わなければならない。な」

「…………」

「仮に、ひなたストアが潰れるようなことになったからといって、直《ただ》ちにお前が責任を取らされるようなことにはならん。お前が派遣されたときには既に、経営が傾いていて、潰れるのは時間の問題だったことは明らかだからだ。これは、ひなたストアの財務状況を示す書類やデータを示せば判ることだから、心配することはない。そうだろ」

「だったら、そういうことになっても、俺はグリップグループ本社に課長待遇で戻れるという念書みたいなもんを、もらいたい」

「そんな無茶言うなよ」

「何が無茶かっ」

「グリップグループの課長職という身分は当面、保証すると言ってるんだ。そこから先は、お前の頑張りにかかってる」

「ああ？」

「ひなたストアが潰れたとしても、経営状態を改善するために最大限の努力をした、ということを示せれば、社長も文句は言えないだろ」

「何だ、最大限の努力って」

「それはお前が自分で考えて、行動しなけりゃならないことだろう。要するにお前が副店長になったことで、もっと早く倒産すると思われていたひなたストアが予想外に踏ん張りを見せたとか、負債額がそこそこ減ったとか、そういう実績を作ればいいってことだ」

「簡単に言ってくれるやないね。お前、ひなたストアを最近見に来たこと、あるんか」

「青葉よ、頼むから冷静になって聞いてくれ。お前が頑張れば、守ってやれる。しかし、なすすべもないまま、ひなたストアが潰れたとなったら、能力なしという評価が下されて、クビにはならなくても、降格や新たな出向を覚悟してもらうことになる。あの店を建て直せるとは、誰も思ってない。問題は、お前がそこで腐らずに、実効性のある経営改善に取り組むことができたかどうかなんだ。それを示すことができれば、たとえひなたストアが潰れたとしても、お前のせいだとは誰も言わんよ」

「……………」

「学生のときに、お前の部屋だったかな、一緒に『ロッキー』観《み》ただろ、レンタル店で借りてきて。二人とも観るのは二回目だったんじゃなかったか」

「それが何だ」

「ロッキー・バルボアは、絶対王者のアポロ・クリードに勝てっこないと判ってた。でも、逃げずに打ち合おう、そして最終ラウンドまで戦ってやろうと心に誓った。それができれば、自分はただのチンピラじゃない、本物のボクサーだってことを証明できる――そしてロッキーはそれを成し遂げた。ロッキー・バルボアは負けはしたけど、すばらしいボクサーだと、誰からも認められた」

一成は苦笑するしかなかった。『ロッキー』を持ち出してくるとは……。ラストシーンで、清水の前で泣いてしまったことを思い出し、顔をしかめた。

「俺は、スーパーの経営については素人やぞ」

「判ってる。でも、ワタミキ食品に入ったときも、営業の素人だったろ」

「口の上手い野郎だ。お前の方が営業向きやなかかね」

清水が短く笑い、「とにかく、腐らずに頑張れ、な」と言った。

いったんは納得する気持ちに傾いたものの、時間が経つと、清水から上手く言いくるめられたような気がしてきて、帰りの車中、再び不快感がこみ上げてきた。あんな店で何をどう頑張れというのか。結局は、ひなたストア倒産の戦犯にされて、降格されるとか、またもやどこかに出向させられるのではないのか。嫌気がさして辞めるまで、そういういじめ人事が続くのではないか……。

空はいつの間にか暗い雲に覆われていた。雨雲かもしれない。

友枝が「ワタミキ食品に残ってればよかったと思ってるでしょ」と言った。さきほど、清水とのやりとりについて、ざっと話したところである。

友枝が「ロッキー・バルボアって、ただの作り話じゃないの」と言った。「だからお前も頑張れって、清水さんもひどいわね。お父さんは現実の話をしてるのに」

実際には、『ロッキー』はただの作り話ではなく、実話が元になっているのだが、一成は面倒なので口にはしなかった。

ロッキーのモデルになったのは、かつてアントニオ猪木と異種格闘技戦をやったこともある、チャック・ウェプナーという白人ボクサーだ。彼はモハメッド・アリと戦うチャンスを得たが、いわゆる咬《か》ませ犬として選ばれたわけで、ファンの関心は何ラウンドで倒されるか、ということだけだった。しかし彼は、最終回にレフェリーストップとなったものの、予想外に食い下がったどころか途中アリからダウンを奪うなど大善戦し、ボクシング史に残るファイターとなった。これをテレビ観戦していたシルベスタ・スタローンが心打たれて、『ロッキー』のストーリーを思いつき、シナリオ作りにとりかかったと言われている。

しかし、チャック・ウェプナーは結局、その後は活躍することもなく引退し、暮らしも恵まれたものではなかった。異種格闘技戦をやったのも、ファイトマネーにつられてのことだったという。

ひなたストアで頑張ったとして、本当にいいことがあるのか。

「……騙されてるのかな」

一成が漏らすと、友枝も「私もそういう気がするよ」とうなずいた。

「清水に悪意はないと思うんやが、片野社長は俺を辞めさせようとしとる。そう思っといた方がよさそうやな」

「でも、ひなたストアで働くしかないんでしょ、当面は」

「うん。働きながら、他の仕事を探すか……」

「アテはあるの？」

「ワタミキ時代の取引先で、頼んだら考えてくれそうなところなら、なくはない」

「あるといいけど……」

「とにかく、グリップグループには期待せん方がいい。最初からいきなり話が違うんやけん、この後どうなるか判ったもんやなか」

ゴロゴロと遠雷が聞こえたかと思っていると、急に雨が降り出した。フロントガラスについていた汚れが泥水のようになり、それをワイパーが押しのける。

友枝からつつかれて、目で後部席を示した。

そういえば、理多が合唱部を辞めたがっているということについて、話し合うことになっていたのだった。今はそういう気分ではないが、約束したのだから、仕方がない。

信号停止したところで一成は「理多、部活に顔を出してないそうやけど——」と声をかけた。

友枝が振り返って「理多」と手を振り、「お父さんが話しかけてるよ」と一成を指さすと、理多は少し眉間《みけん》にしわを寄せて、「何?」とイヤホンを外した。

「いや、最近、部活に行ってないらしいやん」

「だから?」

「部員のみんなに迷惑をかけることになるんやないね」

「全然。はっきりいって、仲とかよくないし」

「何で」

「いいじゃん、別に」

理多がまたイヤホンを耳に装着しようとしたので、友枝が「まだよ、ちゃんとお父さんの話を聞きなさい」と言った。理多は面倒臭そうにため息をついて、ミラー越しに一成を睨《にら》んだ。友枝はどちらかというとタヌキ顔だが、理多はキツネ顔だ。一成の母親や姉の遺伝子が影響しているのだろうか。

「お母さんから聞いたけど、先生から、合唱部の指導係みたいなことをやるよう言われてるんやて？　それが心の負担に――」

背後からクラクションを鳴らされて、あわてて発進させた。

「それが負担になってるんなら、お母さんが先生に相談して、何とかしてくれるけん、心配せんでよかよ」

「してもらわなくていい。そういうことと関係なくて、辞めることにしたから」

「何で。音楽コースがある高校に進学したいんやったら、合唱部を辞めたっていう事実が、不利に働くやないね。いいんかね」

「別にいい」

「せっかく二年の後半まで続けたとやろ。もうちょっと頑張れんのかね」

理多が顔をしかめて、ため息をついた。

「何を頑張れっていうの？　やる気のない部員、ガミガミ怒る先生、そんな環境でピアノ伴奏続けて、何の得があるのよ。時間の無駄じゃない」

「時間の無駄って……」

　普段あまり口をきいてない娘と久しぶりに話したと思ったら、こんなに刺々《とげとげ》しい会話。何やってるんだろうか、自分は。

　友枝の視線を感じる。まだやめないでよ、と訴えられている。

「お母さんにピアノの練習を見てもらうの、嫌がってるらしいやんね」

「だって、うちはご近所とかに気兼ねしなきゃいけないじゃない。それに、はっきりいって、もうお母さんより上なんですけど、私」

　友枝が後頭部をシートに預けたようだった。事実らしい。

「なら、音大出てるような先生に見てもらうか？　探せばいるとやろ」

「いい。当分は自分で練習するから。友達んちにいいピアノあるし。防音の部屋だし」

「一人で練習して、上達するのか？」

「してるよ、ちゃんと。ユーチューブで上手い人の演奏法を見る方がよっぽど勉強になるし。一人の先生に教わって、その人のやり方押しつけられたら、かえって伸びないし」

「そうか……」

友枝からつつかれた。チラ見すると、ロパクで「合唱部」と言ったようだった。

「理多。合唱部は何とか続けた方がいいんやないかね。いろいろあるやろうけど、いったん始めたことを途中で辞めると、そういうクセがつくけん。社会に出たら、そういういい加減なことは通用せんよ」

「ワタミキ食品を自分から辞めた人に言われたくないんですけど」

冷や水をかぶったような気分だった。雨足はますます強くなり、ワイパーがせわしなくかき分けてもかき分けても、次々と雨がフロントガラスを叩いている。

「それとこれとは……会社がリストラを進めてて、お父さんは、早期退職というものに応じただけで、自分から仕事を投げ出したわけではなくて……」

「さっき二人で話してたの、聞こえてたし」バックミラー越しに理多の冷たい視線。

「あの潰れそうなスーパーで働くの、やめるんでしょ。他の仕事を探すんでしょ」

「いや……」

「勘弁してくんない？　途中で投げ出そうとしてるの、そっちじゃない。どの口が言ってんのって話じゃん。大人って、こういうずるいところがあるから、ヤなんだよね」

反論できなかった。

だが、中二の娘から、何でそこまで馬鹿にされなきゃいけないのか。

頭の中の毛細血管が、次々と切れてゆく――腹の底から、ため込んでいたものがわき上がってくる感覚に囚われた。

「あれはただの冗談だっ」気がつくと、怒鳴るような大声を出していた。「俺は途中で投げ出したりはしないっ。あのスーパーを立ち直らせて見せるっ」

「うそばっかり」理多の声は対照的に、冷め切っていた。

「うそかどうか、見とけっ。俺は、あの潰れそうなスーパーの助っ人として、呼ばれたんだ。必ずやってやるっ。見損なうなっ」

バックミラー越しに視線をぶつけた。

理多は、イヤホンを耳に差し込み、ぷいと横をむいた。

友枝を見ると、目を丸くして、唖然《あぜん》としている。

あーあ、言っちゃったよ……。どうすんだよ、あのスーパーを、素人が……。

会話が途絶え、雨音だけが響いていた。


翌週、日曜日の午前八時、一成はスーツ姿でグリップグループ本社に出向いて、開発課長の辞令と、ひなたストア副店長としての研修辞令を受け取った。この日が初対面である新社長の片野猛司は、白髪頭《しらがあたま》でいかにも狡猾《こうかつ》で冷酷そうな顔つきで、かけられた言葉も「ワタミキ食品で活躍したノウハウを思う存分発揮して、研修を頑張ってください。期待してますよ」という、嫌みたっぷりな激励だった。総務課長の清水は、片野社長の前では一成と目を合わせようとはしなかった。

通勤に時間がかかると疲れが溜《た》まるかもしれない、ということで、会社が用意してくれる寮で、しばらく生活することを選んだ。寂しがって嫌がると思っていた友枝が「そうした方がいいんじゃないの。疲れて運転して事故を起こしたりしたら大変なことになるから」とやけに冷たい言い方をしたため、カチンときて決めたところもあった。

その寮へは、清水が運転する車で送ってもらうことになった。ひなたストアから一キロちょっとの距離である。食器類などは自分でそろえる必要があるが、家電製品はリース会社に発注して、既に運び込んであるという。あくまで仮住まいだから、テレビの大きさだとか洗濯機の色など、一成も注文をつける気などない。

一成の気分とは裏腹に、空は快晴だった。暑さはそれほど感じなかったため、ハンドルを握る清水はエアコンを入れないで窓を開けた。

グリップグループ本社を出発してしばらくは清水から「運が悪かったな、こんなときに社長が交代してしまって」「ひなたストアで売り上げを伸ばすことができたら、早く本社に戻れるよう、俺も動いてみるから」などと言われ、適当に受け流した。清水が悪いわけではないと判っているが、最後は見捨てられるのではないかという疑いが払拭《ふっしょく》できない。

もうすぐだから、と言われたとき、川沿いの道の隅に、またもや野菜の無人販売所を見つけた。ここの看板にも〔無農薬有機野菜〕と書いてあった。

「佐賀市の中心街からそんなに離れてないのに、野菜の無人販売所があるんやな」

一成が言うと、清水が「ああ……そうだな」と興味なさそうに言った。「農協や仲卸と取引するほど作ってない小規模農家も少なくないからな。家族や親戚が食べて、余った分は、そうやってさばこうってことだろう」

「無農薬有機野菜っていうのは本当なんか」

「多分ね。ほら、自分らが食べるために作ってるわけだから、そこはそうだろう」

「他人に食べさせる場合は農薬や化学肥料を使っていいのかよ」

「俺に文句言われてもなあ」

「無農薬有機栽培だったら、欲しがる客もいるだろうから、近くのスーパーに直接卸したらいいと思うんやが」

「無理無理。スーパーに陳列できるのは、形や大きさの規格を満たしたものだけだから。いくら無農薬有機栽培でも、見てくれが悪いと買ってくれんのよ、日本の消費者は。それに農薬も化学肥料も、健康被害が出てるわけでもない。ちゃんとした基準のもとで使用されてるわけだから」清水はそう言ってから「キュウリもナスも、切って調理しちまえば、もとの大きさや形なんか関係ねえし、そもそも曲がってるのが本来の姿なのに、まっすぐなものの方が売れる。おかしいといえばおかしいが、消費者がそっちを選んでんだ、どうしようもない」とつけ加えた。

やがて到着し、「ここだ。一番手前がお前の寮だから」と言われた一成は、ぽかんとその建物を見つめた。

「ウィークリーマンションみたいな建物だと想像してたんだが……」

「悪いな、ちょうど空いてて、ひなたストアに近い物件がここだったんだよ。中はちゃんとしてるから心配するな」

かなり年季の入った木造の平屋建てだった。同じ造りの建物が、合計四つ、縦に並んでいる。一成のために用意されたという一番手前の棟は、周囲がほとんど舗装されておらず、ひざの高さぐらいまで雑草が伸びていた。

「他の三つは、誰か住んでるのか」

「だと思うがね。まあ、最初にあいさつだけしときゃ問題ないって。それ用の粗品タオル、玄関の靴箱の上に用意してあるから、使ってくれ。気が利くだろ」

何が気が利くだ。田舎の集会所みたいな物件を用意しやがって……。

車を降りて周辺を見回した。民家と田畑が混在する地域で、付近に高層の建物は見当たらない。そのせいで、やたらと空が広く感じられる。

鍵を渡され、スライド式の玄関戸を開いた。確かに中はきれいにしてあり、畳も割と新しい。一成が宅配便で送っておいた、衣類やパソコン、食器類などが入ったダンボール箱も、その畳の上に置いてある。天井からは古くさい和風の蛍光灯が下がっている。

戸やふすまが開いていたので、突き当たりのキッチンらしき部屋に、冷蔵庫や電子レンジも見える。生活するのに支障はなさそうだ。

「じゃあ俺はこれで会社に戻るから」清水は家に上がるつもりはないようだった。

「何かあったら連絡してくれ」

「ああ」

「とにかく売り上げを伸ばしてみせることだ、な」

「判ってる。しかしその前に潰れてしまうかもしれんがね」

車に戻りかけた清水が足を止めた。

「確かに、キョウマルが近くに出店して、もろに客を奪われて、売り上げががくんと落ちたと聞いてる。その上とうとうミントまでやって来た。だから、仮に潰れても、お前が責任を問われるようなことにはならんよ」

「しかし、本社の課長に戻れるかどうかは、判らんとやろ」

「俺は何とかしてやりたいが……人事にはかかわってないから。すまん」

「またどっかに出向とか、そういうことになるわけか」

「売り上げを伸ばしてみせてくれ。そうすれば社長も、その取り巻きも、お前にいじわるをする口実を失う。な、これはチャンスだと思ったらどうだ」

何がチャンスだ、という言葉を飲み込んだ。清水に当たっても仕方がない。

清水を見送って家に入ろうとしたときに、隣の家の玄関戸が開いて、白髪を後ろにまとめた小柄な老女が姿を見せた。太めのベージュパンツに、ピンク系の花柄シャツ。八十代ぐらいだろうか。品が良さそうな、温厚そうな顔つきで、にこやかに「こんにちは」と声をかけられ、一成はあわてて「あ、今日からこちらに越して参りました、青葉一成と申します。ちょっとお待ちを」と粗品タオルを取りに戻った。

玄関前で待っていた老女に近づき、「どうぞよろしくお願いします。つまらない物ですが、お近づきの印に」と粗品タオルを渡すと、彼女は「それはご丁寧に、ありがとうございます」と、両手で受け取り、「私はマナヅルと申します。真実の真に、鳥の鶴。年金生活をしながら、老人ホームに行ったりしてるの」

ゆっくりしたテンポで丁寧に話すところに、育ちの良さを感じる。

「老人ホームに入所されるのではなく、通いで行かれるのですか」

「いえいえ、違うのよ」真鶴さんは片手を口に当てて笑った。「アルバイトで、介護のお手伝いをしてるの。若い介護士さんたちには力仕事をお任せして、私は食事や配膳、洗濯なんかを手伝ってるの。あと、入所してる方々の話し相手もね」

「へえ、お元気で、すばらしいことですね。もしかしたら、年下の方々の面倒を見てあげることもあるんじゃないですか」

「そうね、私が通ってるところは、半分ぐらいが私より年下かしらね」

「それはまた……」

一成は適当な褒め言葉が見つからず、驚きの表情を見せてうなずくしかなかった。

「青葉さんは、単身赴任なの？」

「ええ。福岡のうきは市に家があります。グリップグループという会社の研修という形で、ひなたストアの副店長をやらせていただくことになってまして。ひなたストアはご存じですよね」

「ええ、もちろん。じゃあこれからはご近所のよしみで、キョウマルじゃなくて、ひなたストアを利用させていただくわね」

ただのリップサービスだろうが、一成は「よろしくお願いします」と頭を下げ、「真鶴さんもお一人住まいなんですか」と聞いてみた。

「ええ。連れ合いを亡くしてもう十年になるわね。息子が二人いるけど、独立して遠くに住んでるから。でも、介護のお手伝いをしたり、昔からの知り合いと会ったりしてるから、そんなに寂しくないのよ。それより青葉さん、何か困ったことがあったら、おっしゃってね。社交辞令じゃなくて、本当に遠慮なさらず、ね」

「はい、ありがとうございます。あの、ではちょっとお尋ねしますが、向こう側の二棟の方々は、どういう……」

「あら、どちらも今は、誰もいらっしゃらないのよ」

「あ、そうなんですか」

首を伸ばして眺めてみると、確かにどちらの家も、雨戸が閉め切られていた。

「どちらも八十過ぎの男性が一人でお住まいだったんだけど、手前側の方は昨年お亡くなりになって。一番奥の方は、認知症の症状が出てしまって、息子さんの手配で遠くのホームに。三か月ぐらい前だったかしら」

「そうですか……」

どちらの高齢男性も、真鶴さんが気にかけて、世話を焼いていたのかもしれない。

しかし一成の頭をよぎったのは、自分が真鶴さんから手助けをしてもらうことではなく、彼女が病気や怪我に見舞われたりという事態だった。四棟の借家を道路側から見ると、左隣は高い塀に囲まれた民家、右隣は畑。彼女に異変があったときに、いち早く気づいて行動できるのは、自分しかいない。一成はそういうケースを想像して、ちょっと面倒だなと考えてしまった自分に、軽い嫌悪感を覚えた。

自分の荷物をダンボールから出して整理し、掃除機がなかったのでフローリングワイパーやウエットティッシュを使ってざっと掃除した後、レンタルの家電製品やガスコンロなどが使えることを確認して、さて買い物にでも行こうかというときになって、足がないことに気づいた。

スマホで自転車を売っている店を調べると、キョウマルの近くにホームセンターがあった。徒歩でせいぜい十分なので、ライバル店の視察も兼ねて出かけた。

安い自転車を購入し、防犯登録などの手続きをした。佐賀平野が広がるこの地域はほとんど坂道というものがないので、ギア付きを選ぶ必要はなかった。

その自転車でキョウマルに出向いてみた。ひなたストアと違って、店舗前の駐車場はほぼ満杯、警備員が屋上の駐車場に通じるスロープに誘導している。

店内に入ると、買い物かごを載せたカートを押す客たちで賑《にぎ》わっていた。売り場面積は、ひなたストアの三倍ぐらいありそうだ。

ざっと見て回ったところ、生鮮食品の充実ぶりが、ひなたストアとは天と地ほど違っていた。鮮魚コーナーには氷をたっぷり敷いた陳列台に、丸ごとのヤズ（ブリの幼魚）、タイ、サバ、イトヨリなどが色も鮮やかに並んでおり、〔三枚おろし致します〕〔刺身盛り承ります〕というプレートが立っている。陳列台の向こうは大きな窓のついた調理場になっていて、ねじり鉢巻きに調理服を着た二人の男性スタッフが、魚をさばいたり仕分けをしたりしている。

そりゃ、客をごっそり取られるわけだ。

野菜コーナーも品《しな》ぞろえが豊富で、鮮度を保つためのミストが陳列台に漂っていた。果物も、マンゴー、アボカド、巨峰など、ひなたストアにはないものがずらり。透明なカップに入ったカットフルーツ盛り合わせのコーナーまである。翌日に持ち越せない商品をたくさん置いている、ということは、この日のうちにちゃんと売れる、ということだろう。

精肉コーナーも、高級品は国産ステーキ肉やすき焼き肉から、低価格なものは鶏の手羽元やミンチ肉まで、あらゆる種類がそろっていた。ホルモンコーナーもあって、ミノ、センマイ、ハチノス、テッチャンなど、それぞれがパック売りされている。県内産だというダチョウやエミューの肉まで真空パックで売られていた。

試食コーナーではエプロンに三角巾《さんかくきん》の中年女性が、オイルサーディンを使ったおつまみ料理を実演しており、何人もの女性客が足を止めていた。活気があるとは、こういうことをいうのだろう。

ひなたストアにはない、テナントとして入っているらしいパン屋も人気で、トレイにさまざまな焼きたてパンを載せた客たちが専用レジ前に行列を作っていた。香ばしい匂いが鼻をくすぐり、昼食はここのパンにしようか、という誘惑にかられる。

総菜コーナーも広く、パック寿司だけでなく大きな桶盛《おけも》りも並んでいる。フライドチキンやフライドポテト、カットピザなどが盛られたパーティープレートの他、さまざまな種類のサラダコーナーもあった。全国展開している有名弁当チェーン店の人気商品そっくりな、のり弁当、シャケ弁当、ロースカツ弁当なども積まれていて、値段も弁当チェーン店に対抗して、少し安めに設定されていた。冷え切った唐揚げやコロッケ、おにぎりぐらいしかない、ひなたストアの総菜コーナーとは、あまりの差である。

接客態度も、ひなたストアとは別次元だった。すれ違うスタッフたちは全員、「いらっしゃいませ、こんにちは」と笑顔を向けてあいさつをしてくるし、年配客が買い物をした後は、レジ係とは別のスタッフが袋詰め台までカゴを運んで「ここでよろしいですか」と確認し、「卵が割れないよう、お気をつけくださいね」とまで声がけしている。

一成は、めまいを覚えた。こんな店とどう対抗すればいいのか、方法論のようなものが全く浮かばない……。

その後、一成は、近所にあった中華料理店でランチメニューの酢豚定食を食べた後、自転車で大手チェーンのミントにも行ってみた。

店内の配置などは統一マニュアルのようなものがあるのだろう、入ると既視感があり、同時にほっとする気分にもなる。客の賑わいという点ではキョウマルの方が勝っている気がしたが、売り場面積はこちらの方がさらに広いし、百円ショップやドラッグストアも入居しており、広いフードコートも用意されていて、差別化が図られているようだった。しかもすぐ隣には、レンタルＤＶＤの大手チェーン店が入居する大型書店と、やはり全国展開しているコーヒーショップがある。映画などのＤＶＤを借りるついでにミントで買い物、という休日の時間の使い方は、なかなか魅力的だ。

帰る途中、ひなたストアの前を通った。絶望的に駐車場はがらがらで、施設そのものが衰弱して死にかけているように見えた。

打ちのめされた気分で、新しいねぐらに戻り玄関ポーチに自転車を停めたとき、何かが変化している気がした。眺め回すうちに、敷地の隅に積まれた雑草を見つけて「あっ」と声が出た。

物干し竿が渡してある支柱の周辺に伸びていた雑草が抜かれて、きれいになっていた。面積はそれほどでもないが、これだけの作業は結構な一仕事のはずだ。

靴箱の上に粗品タオルが五つ残っていた。それを全部つかんで、隣の真鶴さん宅のドアチャイムを鳴らした。奥から「はあい」と返事があり、すりガラス戸に姿がぼんやり映って、戸が引かれた。在宅時は鍵をかけない人らしい。

「あの……」

「あら、草を抜いたこと？　気になさらなくていいんですよ」真鶴さんは笑いながら片手を振った。「タオルをいただいたから、何かお礼をしなきゃと思って。それに、いい運動にもなったわ」

「いやいや、真鶴さん、そんなことなさらないでください。もちろんありがたいのですが、何というか、借りができてしまったような気分になりますので……」

「あらぁ、そうだとしたら、ごめんなさい」

「いえいえ、とがめてるんじゃないんですよ。ただ、真鶴さんにいろいろと甘えてしまうと自分のためによくない、と……」

「そうですね」真鶴さんは笑いながらうなずいた。「立派なお考えだと思います」

妙な間《ま》ができた。

「あ、それで、借りを帳消しにしたいので、せめてこれを」一成は持っていたタオルの束を真鶴さんに持たせた。「タオルならあっても困らないと思いますし、どうせ余り物なので、お気遣いは無用ですから」

「あらあら、こんなにいただいちゃって」

「いえ、本当に余り物ですから」

さらに何度か押し問答のような感じになったが、何とか押しつけて、自分の借家に戻った。

畳の上に寝転び、大きくため息をついた。

四十を過ぎて、自分の人生の先が急に見えなくなってしまった……。

「あー、どうなるんだ、俺は」と声に出したが、その答えは見つかりそうになかった。

4

翌朝、一成は午前八時前に、ひなたストアに出勤した。スーツだと浮いてしまうだろうと思い、白いポロシャツにチノパンという軽装にした。

ひなたストアの営業時間は午前十時から午後八時まで。一成は当面の間、午前八時に出勤して、一時間の休憩をはさんで午後五時まで、ということになっていたが、少しでも早く仕事を覚え、スタッフのみんなからの信頼を得るために、できるだけその後も店内に残るようにしようと決めていた。

覚悟していたとおり、顔を合わせた吉野店長はにこりともせず、一成があらためて「本日から副店長として、お手伝いをさせていただきます。よろしくお願いします」とあいさつをしても、「仕事の内容はパートリーダーの高峰《たかみね》さんから聞いてくれ」と言われただけだった。始業時間になり、レジ付近のスペースで、五人いたスタッフたちに向かって吉野店長が「グリップグループの研修として手伝いをしてくれる青葉さんです。掃除と商品の陳列、倉庫での作業、その他もろもろをやっていただきます」と冷めた口調で紹介し、一成は、グリップグループの課長待遇であることや副店長という肩書きであることはいちいち口にしないで、単に「青葉一成と申します。少しでもお役に立てるよう頑張りますので、よろしくお願い致します」と頭を下げた。

誰からも拍手がないのも、予想どおりだった。ただ、女性スタッフの多くが、控えめながらも笑顔でうなずいてくれたので、ほっとした。

吉野店長から支給されたのは、女性スタッフたちが身につけている、黄色いポロシャツと緑色のエプロンではなく、青葉という名字がマジックペンで書かれた名札つきの、あちこちにシミがついている中古の白いエプロンのみだった。副店長だから特別なのではなく、仲間はずれにしてやろうという意図を感じた。

それ以外に特にミーティングらしいこともなく、吉野店長が「ではシフトどおり、今日もよろしく」と覇気のない声で言い、みんなが「はい」とそろわない声で言い、それぞれが持ち場へと移動し始めた。

そのとき、六十に近いと思われる、かっぷくのいい女性スタッフが近づいて来て「パートリーダーの高峰です。店長から、レクチャーするように言われてますので、よろしくお願いします」とあいさつされた。さきほど、笑顔でうなずいてくれた一人だ。柔和そうな目つきで、ほっぺたがぱんぱんに盛り上がっていてつやつやしている。太ってはいるが元気いっぱいのお母さん、という感じの女性だった。

「あ、これはどうも」一成も頭を下げる。「よろしくお願いします」

「今日は一応、私がついて回りますから、質問があったらいつでもどうぞ」

「はい、判りました」

まずはトイレ掃除から、と言われ、男性用トイレに連れて行かれた。

ゴム手袋をはめて、洗剤のミストスプレーと、使い捨ての拭き取りシートを渡された。便器の汚れや黄ばみを見つけて、洗剤をスプレーしてシートで拭き取る。それでも落ちない汚れがあるときは、柄《え》のついたブラシを使う。

一成が作業を始めると、それを見ていた高峰さんが「手際いいですね」と言ってくれた。

「トイレ掃除は、ワタミキ食品の新人時代にも研修でやらされて、要領は判ってますから」

「ワタミキ食品におられたんですか」

高峰さんが目を丸くした。

「ええ、まあ……」

「こういうこと、お聞きするのは失礼かもしれませんけど、どういう経緯で今ここにいらっしゃるの？」

ここで口を濁してちゃんと答えなかったら、この人の信頼を得るのは難しくなるだろう。一成は本当のことを、作業をしながら話した。

それを聞いた高峰さんは「だから店長、あんな態度なのかー」と納得したようにうなずいた。「店長は社長と違って、もともと愛想がよくない人なんですけど、何日か前から、ますます不機嫌だったんですよ。青葉さんのこと、キョウマルのスパイかもしれないから何か気づいたら報告しろ、なんて言うし」

「完全に誤解ですよ。そんなのあり得ません」一成は小用便器を拭く手を止めて、頭を横に振った。「さっきも言ったように、私がグリップグループに採用されることが決まったのは——」

高峰さんが「しーっ」と人さし指を口に当てた。「声を小さく」

「あ、すみません……グリップグループの片野社長、つまりキョウマルのオーナーは、私のことを嫌ってて、いじわるするような形で、研修に出したんですから」

「あら、ここで働くのは、いじわるされて仕方なくなんですか」

「あ、いいえ、そういう意味じゃなくて……」

高峰さんは短く笑って、さらに声を小さくして言った。

「副店長がキョウマルのスパイだなんて、あり得ませんよ。だって、キョウマルにとってはこの店、何の脅威にもなってないんだから」

「ええ、まあ、確かに……」一成も苦笑を返した。「ところで、店長のお父さんがオーナーの社長さんだと聞いてましたけど、店には顔を出さないんですか」

「以前は毎日出てたんですけど、店長さんとケンカになることが多くて。奥さんが病気で亡くなられて元気もなくなっちゃって、二年ぐらい前から、経営にはほとんどかかわらなくなったの。市内の川でヘラブナ釣ったり、カラオケ教室に行ったりしてるみたい」

「親子仲、よくないんですか」

「よくないですね。お父さんの方は、よかれと思って助言してたんでしょうけど、店長は、言われなくても判ってるって言い返してたし、最後の方は無視しちゃってたから。昔から仲はよくなかったんです。お父さんの方から聞いたことあるんですけど、店長、若いときにマンガ家を目指してて、ご両親と大ゲンカして高校中退して、家出みたいな形で東京に行ったけど、結果的には駄目で……」

　便器を終え、ゴム手袋をはめたまま手を洗った。次なる指示は、洗剤とデッキブラシを使っての床のタイル磨き。

　作業中、高峰さんからさらにいろいろ質問されて、家族のことや単身赴任であることなどを話す羽目になった。一方、高峰さんも比較的開けっぴろげな性格のようで、離婚してシングルマザーとなり、一人娘は既に嫁いでいて今はアパートで一人住まいであること、その娘が産んだ孫娘が五歳で、先日のお盆のときに母子で泊まりに来てくれたこと、娘の旦那はホテルマンで世間の人たちと同じようには休みがとれないこと、体重を落とすためにシェートビクスというエクササイズ講座に通っていること、などを話してくれた。

仕上げに床をバケツの水で洗い流し、ブラシでその水を排水溝に追いやる。その後は鏡や洗面台も掃除し、トイレットペーパーなどの在庫確認をする。

続いて女子トイレに移動した。営業時間中のトイレ汚れなどのチェックは女性スタッフが交代でするが、掃除は開店時間前に一成が毎日しなければならない。

その後は、店舗内でモップでの床拭きや窓拭きに移行した。営業時間中の一成の仕事は主に商品の陳列や倉庫でのダンボール整理だが、店内掃除も、特に床拭きは頻繁にやらなくてはならない。

なお、女性スタッフ用控え室と事務室は立ち入り禁止。女性スタッフ用控え室は当然だが、事務室の方は吉野店長からそう伝えろとの指示があったという。

副店長が事務室に入れないとは……。

高峰さんによると、最近までは、高齢の女性を掃除専門のパートとして雇っていたのだが、その人が辞めてしまい、しばらくは店長が閉店後にやっていたという。一成は内心、店長の負担を減らすことになるのだから、もう少し歓迎する態度を見せてくれたっていいではないか、と思った。

床拭きの途中で、勤務条件などについての話も聞いた。一成の休日は水曜日と第一第三土曜日が基本だが、女性スタッフが急用で休むことがあるため、ときどきシフト変更があると思っておいて欲しい、とのことだった。

しばらくの間、店内の掃除と商品の陳列ばかりの日々が続いた。一度、吉野店長に名刺について尋ねたが、「作りたければ勝手に作って」と冷たく返された。仕事の内容がこのままだと、名刺を誰かに差し出す機会はないかもしれないが、ひなたストアの近くに小さな印刷屋があったので、一セット注文した。

その間に、ひなたストアが何年も前からチラシ広告を作っていないこと、女性スタッフの間では、いつ倒産してもおかしくないとささやかれており、吉野店長が密かに土地を更地にして売るかドラッグストアのフランチャイズ経営に切り替えるかの計画を立てているらしいという噂が流れていることも知った。なので女性スタッフのうち何人かは、他のパート先を探し始めているという。

一成は、黙々と掃除や陳列をするのではなく、女性スタッフと会えば笑顔で「お疲れ様です」と声をかけ、客がいないときには何かしら話しかけることを心がけた。商品について質問したり、近くに安い飲食店はないか、とか、その日の天気のことなど。また、声をかけるときには「××さん」と名前をまず口にするようにした。一成が歓迎されざる人物だと感じていて反応が薄い人もいたが、案外早く、そういう微妙な感じは消すことができた。これは、パートリーダーの高峰さんの一成に対する態度が、他の女性スタッフたちにも影響を与えたせいだと思われた。やはり、女性グループと良好な関係を作るには、まずはリーダー格の人に気に入られることである。

プライベートでは、キョウマルやミントで買い物をして、店内の様子を観察し、学ぶべき部分を見つけてはメモするようにした。

隣家の真鶴さんが、その後もいろいろと気にかけてくれた。仕事中に、にわか雨に気づいて、あちゃー洗濯物がー、とあきらめたのだが、夜に帰宅してみると知らないかごに入った一成の洗濯物が玄関に置いてあり、真鶴さんが取り込んでおいてくれたのだと判ったこともあった。また、勝手口側の植え込みにハチが巣を作りかけていることも教えてもらい、殺虫剤を貸してもらって、巣が大きくなる前に駆除することもできた。最初のうちは監視されてるような気分だったのだが、日が経つにつれて、真鶴さんは世話を焼くことが好きなご婦人で他意はないのだと思えるようになった。

働き始めて七日目の日曜日、午後八時の閉店後に、一成らスタッフが、休憩室に集められた。毎週日曜日のこの時間は、吉野店長とスタッフによる定例ミーティングが行われることになっており、曲がりなりにも一成は副店長という肩書きがあるため、吉野店長から、参加するように、と言われたのだ。

参加者は基本的に、終業時にシフトに入っていたスタッフたちで、ということだったので、このとき集まったのは一成の他、吉野店長、経理や商品管理の実務を担当している小文字《こもんじ》という若い男性、パートリーダーの高峰さんを含めた女性スタッフ四人の、計七人だった。中央にテーブル代わりの長机二つがあり、壁際には小型冷蔵庫、ホワイトボード、そして反対側にはたたまれたパイプ椅子が十数脚並んでいるだけの、八畳ぐらいの部屋である。長机の周りにパイプ椅子を置いて適当に腰掛けると、早くも窮屈な空間となった。この部屋は、建前上はスタッフが飲食に利用する場所なのだが、女性スタッフのおしゃべりの場になっているので、一成は出入りを遠慮している。

吉野店長が、スタッフミーティングを始めます、と口火を切り、揚げ物などのパックに貼る値引きシールの場所が決められたとおりになっていないのでちゃんと守るように、とか、お客さんが置いてゆく買い物カートがレジ付近にたまってることがあるので気がついた人が率先して片付けるように、と言い、さらに、女性スタッフ同士の私語が目立つこと、突然のシフト変更を頼まれることがあって相変わらず困っている、身内の不幸ごとなどを除いてその手の連絡は二日前までにもらえるよう、高峰さんからみんなに伝えておいてもらいたい、といった注意をした。女性スタッフたちは面白くなさそうな顔でそれを聞き、高峰さんだけが「はい、判りました。みんなに伝えます」と返事をした。

新たに副店長として仲間入りした一成のことも、一応は取り上げられ、引き続き同じ業務をやってください、と言われ、「はい」と応じた。一週間やってみてどうですか、とか、何か気づいたことはありますか、みたいなことは聞かれなかった。

続いて小文字さんが、ぼそぼそとした言い方で、来週から新たに入荷することになっている数点のチルド食品について簡単な商品説明や陳列場所についての話をし、他のスタッフさんたちにも伝えておいてください、とつけ加えた。まだ二十歳《はたち》そこそこぐらいに見えるこの若者は、人見知りが激しいのか、目を合わせて話そうとしない。いつも事務室で仕事をしているので、一成は話をする機会がほとんどなく、あいさつぐらいしかしていないのだが、高峰さんによると、小文字さんは吉野店長の甥《おい》っ子で、専門学校に通いながら、アルバイトとして店を手伝っている、とのことだった。女性スタッフの間では密かに、おたくさん、と呼ばれている。確かに、ややずんぐりした猫背の体型や、無造作にセンターで分けただけの髪形、茶色い縁の眼鏡などの見た目はいかにも、そんな感じではある。

吉野店長が「こんなところですが、他に意見や提案みたいなものがある人、いますか？」とぶっきらぼうに尋ねた。形の上では発言を求めてはいるが、つまらんことを言ってくるんじゃないぞ、という空気が漂っていた。

あっという間に、スタッフミーティングが終わりそうな流れだった。

どうしよう。一成はためらったが、せっかくの機会なのだからと自分に言い聞かせて、手を挙げた。吉野店長が「何？」と睨んだ。

「あの、駐車場の一部にひび割れがあるんです。クリーニングサービスの小屋だった場所の手前です。小さなお子さんがつまずいたりする可能性があるので、埋めた方がいいのではないかと」

高峰さんら女性スタッフたちも心当たりがあるようで、何人かが、ああ、という感じでうなずいた。

吉野店長が「気にするほどのことじゃないだろう」と言った。「業者呼んで直させたら、あんなのでも、結構かかるんだ。会計の心配をしなくていい人は気楽に意見が言えていいな」

「近所のホームセンターに売ってるセメントか充塡剤《じゅうてんざい》を使えば、たいした金額ではないと思うんですけど。数百円程度の出費で済みますし、私がやりますよ」

「あー」吉野店長が片手であごをなで回した。「じゃあ、やってもらいましょ。領収書持って来たら、小文字君が代金と交換してくれるから」

「判りました」

「じゃあ、今日はこれで──」

「すみません」一成は再び手を挙げた。「皆さんにお願いと言いますか、ご提案したいことが」

吉野店長の「何？」にはあからさまな苛立ちがこもっていた。

「一つのレジに並んでいるお客様が三人以上になったとき、店内放送で隣のレジ開放を頼むことになっているようですが、新しいレジに入った人が、どうぞ、と言うだけなので、一番後ろに並んでいたお客様がささっとそちらのレジに移動されています。これだと、後で並んだお客様が得をする形になってしまって、先に並んでいたお客様方は面白くないと思うんです」

「また細かいことを」吉野店長が吐き捨てるように言った。「そんなことを言い出したら、てきぱきとさばくレジと、もたつくレジだってあって、そもそも不公平だろ。あんたが言ったようなことでクレームをもらったことなんて、一度もねえよ」

「直接のクレームは体験してませんけど」と高峰さんが口をはさんだ。「そういうときに、先に並んでいたお客様が表情を曇らせるの、何度か見てます。直せるなら、直した方がいいんじゃないかと思いますが」

吉野店長が、ふん、と鼻息を鳴らして腕組みをした。

「で、青葉さん、どうするべきだって？」

「新しくレジを開くスタッフの方が、二番目に並んでいるお客様に近づいて、こちらでお会計を致しましょうか、と声をかけるんです。ついでに、カゴを持って運んで差し上げれば、さらによいかと」

「あ、そ。高峰さんたちは、どう？」

高峰さんは他の女性スタッフたちとうなずき合ってから「難しいことじゃないので、他のスタッフにも伝えて、明日からでもそうしたいと思います」と言った。

吉野店長が「じゃあ、接客マニュアルにもそれ、加えといて」と言うと、小文字さんがうつむいたまま「はい」と応じた。

一成が「すみません、もう一つ」と人さし指を立てると、吉野店長はうんざりした表情で「まだあんの？　何？」と聞いた。

「いただいた接客マニュアルによると、業務に関係のない私語を禁止しているからなのか、いらっしゃいませ、ありがとうございました、などの決まり文句の他は、お客様から何か聞かれたときにのみ返答しているようですが、これについては少し考え直した方がいいのではないかと思うのですが」

「はあ？　どういうことよ」

「お客様とコミュニケーションを取ることも、立派なサービスなので、出し惜しみをせず、どんどん機会を見つけて話しかけるようにした方がいいと思うんです。今日は暑いですね、とか、雨が降りそうな雲行きですね、とか、最初はそんなことでいいと思うんです。そうやってコミュニケーションを取る機会が増えれば、互いに顔を覚えて友人のような関係を作ることができて、再び来店してもらえる大きな動機づけとなります。マスクをされて来店されたら、あら花粉症ですか、お大事に、とか、食材選びで悩んでる感じのお客様を見つけたら献立や調理法について情報提供したり、とか。スタッフの皆さんも、その方が仕事が楽しくなるはずなので、一石二鳥に——」

「あんた簡単に言うけどさ」吉野店長が遮《さえぎ》った。「余計なことを言って、かえってお客さんを怒らせる可能性だってあるだろ。あら花粉症ですか、と聞かれたお客さんが、鼻のできものを隠すためにマスクをしてるだけだったら、もう来てくれなくなるかもしれんじゃないか」

「いきなり踏み込んだ会話をするのではなくて、まずは笑顔で接客するところから始めて、常連の方々の顔を覚えて、無理なく、自然に会話を増やすようにしていけば、決してそういうことには——」

「あんた、キョウマルの真似をしろと言ってるんだろう、要するに」

いきなり痛いところを突かれて、一成は固まった。

「やっぱりか」吉野店長は勝ち誇ったように、顔を歪《ゆが》めた。「ワタミキ食品で営業課長だったお方だというので、どれほどすばらしいアイデアを提案してくれるだろうかと期待してたんだけど、よそのモノマネをしましょうってか。笑わせてくれるじゃないの」

「キョウマルの接客方法も確かに参考にはしていますが、北部九州でチェーン店を増やしている、なべしまうどんさんなども、同様の接客で成功しています。ネットで調べただけの知識ですが、お客様の顔を覚えること、話しかけて友達のような関係を作ることを重視していて、最近お見えになりませんでしたね、どうされてましたか、とか、この前は風邪気味だったみたいですけど、よくなりました？　みたいなことを話しかけると、それだけでお客様は思っている以上に喜んでくれて、リピーターになってくれるんです。よそのいいところは、遠慮なく取り入れればいいんじゃないでしょうか」

「そう言うのなら、あんたがスタッフさんたちにそう指示を出せばいい。ワタミキ食品からグリップグループに引き抜かれた有能なお方が、腰かけとはいえ、うちの副店長さんをやってくださってるんだ。俺が言うよりもよっぽど、みんな言うことを聞いてくれるだろうよ」

場が凍りついていた。女性スタッフたちがみんな、下を向いている。

「私は……」一成は一度つばを飲んだ。「小売業については素人ですし、アイデアにあふれた人間でもありません。だからこそ、みんなで力を合わせて、知恵を出し合いたいんです。まずは、そういう雰囲気作りをしたいと――」

「俺がワンマンだと言いたいのかっ」吉野店長が声を荒らげた。「俺が店長やってたら、みんなが力を合わせることができません、雰囲気悪いですってかっ」

「いえ、そんなつもりでは――」

「言ってるだろうがよっ。誰もあんたがこの店を何とかしてくれるとは思ってねえんだっ。よそ者が偉そうに駄目出ししてんじゃねえっ」

一成は「すみません」と頭を下げるしかなかった。

最悪だ。もともと冷え込んでいた店長との関係を、さらに悪化させてしまった……。

仕事帰りに立ち寄るようになった国道沿いのファミリーレストランで遅い夕食を取ったが、さきほどのミーティングで吉野店長を怒らせてしまったことが気になって、和風ハンバーグ定食の味がよく判らなかった。

アルコールで紛らわそうか、と思ったときに、スマホが振動した。

高峰さんからだった。パートリーダーなので一応、電話番号やメールアドレスを交換してあったが、実際に連絡がきたのは初めてである。

近くのテーブルに人がいないことを確認して、小声で「はい」と出た。

「あ、副店長、今ちょっといいでしょうか」

「ええ。ファミレスにいますが、大丈夫ですよ」

「そのお店は……レンタカー会社がある交差点から西に進んだところの？」

「はい、そうです」

「ちょっと話をしたいんですけど、そちらに行っても構いませんか」

「この店に、ですか」

「はい。お帰りになるときは、呼び止めにくかったんですけど、やっぱり話をしておきたくて」

身構えるような気持ちを抱えながら、いいですよと応じると、十分ほど経って、高峰さんは三人の女性スタッフたちを連れてやって来た。高峰さんが一成の隣に腰を下ろし、残る三人は窮屈な形で向かいに座った。細い黒縁の眼鏡をかけた五十前後と思われる井堀《いぼり》さん、小柄で色黒、ショートカットでやはり五十ぐらいの大畠《おおはた》さん、女性スタッフの中で一番若いと思われる、やや大柄でほおがいつも少し赤らんでいる中井《なかい》浜《はま》さん。さきほどのスタッフミーティングにいた面々である。みんな一様に、緊張感のある表情だった。

四人はそれぞれ飲み物だけを注文した後、高峰さんが切り出した。

「副店長が言ったこと、正しいと思います」

向かいの三人も一様にうなずいた。

「私、ひなたストアはそのうちに潰れると思ってたから、他の仕事先を探してたんです」と高峰さんは続けた。「だから、店を何とかしようなんて発想がそもそもなくって。店長が特に何も言ってこなければ、これまでと同じように働いていればいい、どうせパートなんだからって思ってたんです。でも、副店長が言うとおり、自分たちの店なんだから、自分たちで知恵を出して、できることはやるべきだって思いました。

副店長のお陰で目が覚めた気分です」

「ああ……それはまた、何というか……」

吉野店長から厳しい言葉を浴びせられて、とっさにもっともらしい言葉を並べて反論しただけで、信念があってのことではなかっただけに、居心地が悪かった。

「私も副店長が言ったこと、ちょっと響きました」黒縁眼鏡の井堀さんが言った。「私、前はキョウマルで働いてたんです。レジじゃなくて、調理場の補助で」

「あ、そうなんですか」

「あの店、接客は確かにちゃんと教育してるけど、スタッフに対しては当たりがきついし、店長の好みで配置を決めるんです。レジ係は若い人か、店長好みの容姿の人で固めて、それ以外は、魚のワタを取ったり肉をパックに詰めたりする仕事に回されるんです。私自身は担当の違いで文句を言うつもりはなかったんですけど、現場の主任さんが、すぐに怒鳴ったり、もう来なくていいとか、代わりはいくらでもいるとか、そういうことを言う人で、店長にかけ合ったら、逆に私が反抗的だって怒られて……」

「それでキョウマル辞めて、こっちに来たんだよね」と高峰さんが言うと、井堀さんは、いかにも悔しそうな表情でうなずき、「吉野店長も、パート従業員に対して冷たいところはあるけど、少なくともパワハラみたいなことはしてこないから」とつけ加えた。

店員が飲み物を置く間、しばらく無言の間ができた。

「私は、ひなたストアで働いてること、夫から何度も馬鹿にされてて」続いて、小柄でやせている大畠さんが口を開いた。「車のディーラーをやってる夫に言わせれば、スーパーのパートなんて、仕事のうちに入らない、有能な人間はそんなところで働かないって」

隣の若い中井浜さんが「ひどーい」と眉根《まゆね》を寄せた。

「家でもいっつも、夫から上から目線でものを言われて、悔しい思いをしてたんですけど、確かに、ひなたストアでの仕事は誇れる気持ちにはなれなくて、何も言い返せなくて……だから、店を少しでもよくすることができたら、自信を持てるようになれるかもしれないって、副店長の言葉を聞いて、思ったんです」

「みんなで副店長と話そうって言い出したのも、大畠さんなんです」と高峰さんが教えてくれた。

「私は、ひなたストアを来週いっぱいで辞めようと思ってたんです」と中井浜さんが言った。「店長がああいう感じで職場の雰囲気もよくないし、知り合いの紹介で、洋菓子店の販売員になるつもりで、面接してもらうことも決まってて。でも副店長の話を聞いて、職場の雰囲気がよくないのは自分も悪かったんだって気づかされました。人のせいにする前に、自分は何をしたかを考えるべきだし、自分は何もしてないじゃないかって。このまま辞めたら、ただ逃げ出しただけ、みたいなことになるようで、何だか自分に腹が立ってきて」

「だから副店長」高峰さんがコーヒーカップを置いた。「私たちでやれること、やりましょうよ。お客様には笑顔、そしてどんどん話しかける。それほど難しいことじゃないんだから、四の五の言わずにやればいいのよ」

「笑顔も声かけも」と井堀さんが言い添える。「経費なんてかからないしね」

「そうそう」大畠さんがうなずく。「それに、お客様と親しくなれたら、こっちも仕事が楽しくなると思うし。何で今まで、そういうことさえしようとしなかったんだろうって思います」

「とりあえず、笑顔と声かけは、女性スタッフのみんなに私から伝えますから」高峰さんが一成の方を向いて微笑《ほほえ》んだ。「副店長、これをきっかけに、どんどん知恵を出し合いましょうよ。一人だけじゃいいアイデアが浮かばなくても、みんなで考えれば、何かしら出てくるかもしれないし」

「あ、はい。そうですね。ありがとうございます」

「そんなに恐縮しないで」高峰さんが軽く一成の肩を叩いた。「私たちの上司なんだから、もっとそれらしくしてくださいよ」

「あ、はい。そうですね。ありがとうございます」

同じ言葉を繰り返してしまったことに気づいて、顔が赤らむのを自覚した。大畠さんが口に拳《こぶし》を当てて、笑いをかみ殺していた。


翌日から、笑顔と声かけ作戦が始まった。高峰さんはパートリーダーとして人望があるようで、女性スタッフは全員、了解してくれたという。そして、高峰さんの提案で、作戦は三段階に分けられた。

その一。出会ったお客様すべてに、顔を見ながら笑顔であいさつ。無視されても、あきらめずに続ける。

その二。機会があれば、不自然ではない形で、お客様に声をかける。何かお探しですか、今日は雲行きが怪しくなってますね、よかったらカートを持って来ましょうか、（レジでの精算後に）重いですよ、大丈夫ですか、など、声のかけ方についてスタッフ間でアイデアを出し合い、具体例を休憩室にあるホワイトボードに書きためてゆく。

その三。常連のお客様の顔や買い物の傾向を覚えたら、関係を友人に近づけてゆく気持ちでの声かけを実践する。（一時期マスクをして咳《せき》をしていたお客様が外して来店すれば）風邪を引かれてたようですけど、治りました？（小さなお子様連れには）あら、こんにちはー、今日も幼稚園行って来た？（とお子様に笑顔で手を振る）。（毎回のように豆腐をカゴに入れるお客様が入れていなかったら）今日はお豆腐、大丈夫ですか、など。

コミュニケーション能力には個人差があるので、無理をせず、まずは第一段階をクリアすることを心がけよう、というのが、さし当たっての合い言葉となった。

もちろん一成も、陳列の仕事をしながらそれを実践した。もともと営業仕事で、こういうことに抵抗感はなかったが、得意先の男性たちにごますりをするのと違って、スーパーのお客様、特に女性客は勝手が違っていた。笑顔で「いらっしゃいませ、こんにちは」と声をかけても、目を合わさないで軽くうなずくような仕草だけですれ違ってしまうケースがほとんどである。

精算で並ぶお客様が三人以上になって隣のレジを開放するときも、一成が提案したように、二番目のお客様に近づいて、「次にお待ちのお客様、こちらのレジへどうぞ」と声をかけ、カゴを持って誘導するようになった。すぐに何らかの成果が出るものではないが、高峰さんが「あら、ありがとうねって言ってくれるお客様が結構いるんですよ、私たちも気分がいいし、何でもっと早くやらなかったのかって思うわ」と言ってくれた。

一成はその他、タマネギやニンジンのコーナーにカレールウの箱を積んだり、酒類コーナーにつまみになる商品をつり下げたり、豆腐の近くに刻みネギのパックを積んだりといった、買い物をする側の立場で考えた陳列の変更を試みるようになった。これを一成から吉野店長へ直接提案すると険悪になりそうだったので、常に高峰さん経由で許可を取ってもらった。

そんなある日の休憩時間中、倉庫内のスペースで一成が、身体をほぐすために上半身を左右にひねる運動をしていると、高峰さんから「副店長、何かスポーツはなさってるの?」と聞かれた。

「いえ、最近は何も。学生時代は陸上ホッケーをやってたり、何年か前まではマウンテンバイクであちこち出かけたりしてたんですけど……すっかりなまってます」

それに、以前はささやかな楽しみだったサウナも、この辺りにはないようである。

「よかったらシュートビクス、やってみませんか。週に二回、夜の九時から、市立体育館でやってるんですけど、インストラクターの先生から、知り合いに声をかけて欲しいって頼まれてるんです」

以前、高峰さんがそういう運動をやってるというのは聞いた覚えがあった。確か、ボクササイズのキックボクシング版みたいなもので、パンチやキックの動作を取り入れたエアロビクスだという。

「はあ……じゃあ、考えときます」

「そういう返事は駄目ですよ。やってみればいいじゃないですか。今夜がその日だから、体験入会という形で参加してみましょうよ。料金も全然高くないし」

「でも、それ用のウェアとか、持ってないし……」

「Tシャツにジャージかハーフパンツで大丈夫ですから。シューズも、近くのホームセンターで売ってる体育館シューズで充分。みんなその程度の格好で参加してますよ」

「きついんじゃないですか、いきなりは」

「私でもやってるんですよ、そんな心配をする必要なんかありませんて。副店長と同年代の男性もいますから、お友達を増やせると思うし」

「はあ……」

「インストラクターの先生、すっごくきれいで格好いいの」

「あ、女性の先生なんですか」

「そう、百聞は一見にしかず、その先生のお手本を見ながらできるのって、どれだけ心が弾むか、是非体験してみてくださいよ。あ、それと、参加者にもきれいな女性、たくさんいますよ」

高峰さんには、職場で孤立無援になりそうだったのを助けてもらった借りがあるし、確かに運動不足を解消したいところでもある。なので一成は「判りました、じゃあ今夜」と承諾したが、直後に、スケベ心で決めたような流れになってしまったことに多少の引っかかりがあった。

その夜、一成はいったん帰宅してからTシャツとジャージに着替えた。高峰さんの助言に従ってエネルギー補給としてバナナを二本食べ、タオルや体育館シューズなどを入れたリュックをかつぎ、自転車を漕いで市立体育館へ。そこは借家からは三キロ程度の、田畑や水路がまだ多い場所だったが、近くには警察署、小学校、公民館、大型家電量販店などがあり、道路拡張によって開発が進んでいるようでもあった。

体育館の玄関口から中に入ると、背もたれのないソファなどが置いてあるスペースがあって、白いジャージ姿の高峰さんが、そこで待っていた。おでこが狭いなと思ったら、髪の下に黒いヘアバンドをつけている。

体育館シューズに履き替えて、中に連れて行かれると、若い男性たちがバスケットボールの練習をしていた。

「私たちは奥の隅っこでやるんです。ほら、あそこ」

高峰さんが指さした先には、十数人の参加者が集まっていた。

近づくにつれて、圧倒的に女性が多くて、男性は一成を含めて三人だけだということが判った。女性は中高年者と二十代ぐらいの若い人が半々ぐらいで、若い人の中には、色鮮やかなレオタード姿も。一方の男性はみんな、Tシャツやジャージという一成と似たような格好だったので、ほっとした。

「ユキ先生、今日、体験入会する青葉一成さんです」

高峰さんが紹介すると、グループの中で明らかに存在感を放っていた、長身でアスリート体型の女性から、夜なのに「こんにちは。青葉さん」と無駄にボリュームの大きな声がかかった。オレンジのビキニタンクトップに黒いショートスパッツという、女子格闘家みたいな格好に、長い髪を後ろでまとめている。胸が割と大きいので、谷間がしっかり見えている。肩の筋肉の盛り上がりや、カエルのようなしっかりと肉がついた太ももと相まって、女子短距離のオリンピック選手を見ているようだった。目鼻立ちがはっきりしていて、口が大きい。宝塚出身女優の誰かに似てるかな、と思った。

「青葉と申します、よろしくお願いします」

一成が頭を下げると、示し合わせたかのようにみんなが一斉に拍手したので、少したじろいだ。指笛が鳴る音も聞こえた。こういうノリでゆくらしい。

高峰さんからの事前情報によると、このインストラクターは大門《だいもん》ユキという三十代前半の女性で、今は佐賀を中心にローカルタレントをやりながら、シュートビクスの講座を運営しているという。タレントとしては、県内のスポーツ選手や実業団チームを巡る番組でのレポーターや、FMラジオのパーソナリティーをやっているらしい。シュートビクス講座の参加者からは、ユキ先生と呼ばれている。

「青葉さん」と、そのユキ先生がさらに言った。「持病とか、お身体で悪いところなどは、ありませんか」

「いえ、特には」

「スポーツ歴は？」

「学生時代に陸上ホッケーをやってましたけど、ここ二十年近くはほとんど」

「そうですかぁ。じゃんじゃん動かさないと、身体がかわいそうですよ。シュートビクス、きっと気に入っていただけると思います。一緒に頑張りましょうね」

「はい」

「ではそろそろ始めまーす。みなさん、広がってー」

ユキ先生がそう言うと、参加者はユキ先生と向き合う形で、広がった。一成はきょろきょろと見回してから、他の男性たちに倣《なら》い後方の隅に移動した。

大型のCDラジカセらしき音響機器が壁際の長机に置いてあり、ユキ先生がスイッチを入れると、ヒップホップ系の音楽が流れ始めた。

「OK、じゃあ今日も元気に行くよーっ」

みんなが「やーっ」と三本指を立てたり拳で天を突いたりした。

「でも無理しないでねーっ、きつくなったら動きを小さくしていいよーっ」

「やーっ」

「とはいっても、やっぱりがんばろーっ」

「やーっ」

最初は足踏みをしたり、身体のあちこちをストレッチする動作が続いた。パンチやキックの動作を取り入れた動きに入ってからも、力を抜いてやればいい感じで、思ったほどきつくはなさそうだった。

これは心地よく汗をかくことができそうだな、と思ったのは、最初の十分ぐらいだった。徐々に激しい動きが加わり、連続の前蹴りや回し蹴り、ワンツーパンチからのひざ蹴りといった、初心者には難しい動作ばかりになると、呼吸が荒くなり心拍数もバクバク状態となった。どんどん手足が重くなってゆく。おまけに足が高く上がらなくて格好悪いことこの上ない。ユキ先生の美しいパンチやキックのフォームや、ときおり揺れる胸を眺める余裕などなくなり、周りに合わせて何とかそれらしい動きをこなすだけで、いっぱいいっぱいだった。

終盤には再び動きが小さくなって、呼吸なども整っていったが、鉛のように重くなった身体は元には戻らない。一時間弱のコースがようやく終わったとき、一成は汗のしずくがしたたっている床の上に座り込んだ。目に汗が入ってくる。だが、タオルを入れたリュックは数メートル先の壁際。すぐに取りに行く気になれず、あぐらをかいてうなだれるしかなかった。

「青葉さん」と高峰さんが近づいて来て、隣にしゃがみ込んだ。ぷっくりしたほおが汗で光っている。「どうです、久しぶりに身体を動かして」

ひなたストアでは、副店長と呼ばれているので、彼女から苗字で呼ばれるのは妙な感じだった。

「……自分の身体が、こんなに思ったとおりに動かないものかと、ちょっと愕然としてます」

「最初はたいがいそうですよ。私も最初は足がおなかの高さまでしか上がらなかったけど、続けてるうちに、ひざが胸にぶつかるぐらいに上がるようになったし、身体がよく動くようになりましたから。何ごとも、継続ですよ」

「そうですね。確かに、しんどかったけど、今はいい気分です。ときどきやった方がよさそうですね」

実際、解放感というか、独特の充実感はあった。

正式に参加してみようか……。

そのとき、近くにいた、ちょっと年上だと思われる小柄な中年男性から「お住まいは、お近くなんですか」と聞かれたので、自宅はうきは市にあるが、今は単身赴任していることや、だいたいの場所を答えた。

「単身赴任ですか。市内にある会社でしょうか」

「ええ、まあ……」周囲にいる他の人々も聞き耳を立てているような、続きを待っている雰囲気に押し切られ、研修でひなたストアの副店長をやっていると話した。

「ああ……ひなたストアですか……」

聞いた男性は、まずいことを聞いてしまったかのような、ばつの悪い表情を隠すような感じで、苦笑いをした。

他の人々も、あそこかあ、という感じで、それ以上のことは聞いてこなかった。

目が合った高峰さんが、軽く肩をすくめて見せた。

5

笑顔や声かけ、商品陳列のちょっとした変更ぐらいしかアイデアが浮かばないまま、十月上旬に入った。一成が、ひなたストアの副店長になって、もうすぐ一か月である。

前の週に一度、休日を利用して帰宅したのだが、妻の友枝からは「転職先、見つかりそうなの？」と言われただけで、近いうちに潰れると決めてかかっている店での近況を聞かれることはなかった。一人暮らしでの食事はどうか、とか、洗濯物が溜《た》まってないか、といった心配をする様子もない。今の友枝には、転職だけが関心事のようだった。一成が「理多に説教した手前もあるから、しばらく頑張ってみる」と言うと、友枝は「頑張るったって……」と、ため息をついた。お陰で夫婦仲のぎくしゃくした状態は改善できないまま、日帰りで佐賀に戻ることになった。平日の休みだったので、中学校での授業を終えてそのまま友人宅でのピアノ練習に行っている理多とは、顔を合わせる機会がなかった。仮に会えても、会話は弾まないのだろうが……。

高峰さんが、経理の補助をしている小文字さんから得た情報では、少しだけだが店の売り上げが増えている、とのことだった。実際仕事をしていて、客の数もいくらか増えたかな、と感じる。もっとも、その程度で店を立て直せるはずもない。ただ、女性スタッフたちが笑顔と声かけに慣れてきて、店内の雰囲気は確実によくなっており、やはり、やらないよりはやってよかったと一成は思いを強くした。吉野店長は相変わらず仏頂面で、今では接客態度が最も悪い人物となってしまい、かえって浮いた存在になっていた。売り上げの変化についても、一成に何か言ってくるようなことはなく、指示も常に高峰さん経由だった。

その日は土曜日で、一成にとっては休日だった。洗濯物を外に干し、部屋をざっと掃除した後、今日は持ち帰り弁当の店に昼飯を買いに行こうか、と考えていたところで、意外な人物からスマホに着信があった。ワタミキ食品の営業三課にいる後輩、浅野浩巳。ささやかな送別会を開いてくれた男だが、その後は連絡を取り合っていない。

「はい」と出ると、「あ、浅野です。今、お仕事中でしょうか」

「いや、今日は休みで、寮でぐだぐだしとった」

「寮？　自宅からグリップグループに通勤されてたんじゃないんですか」

そういえば浅野は、ひなたストア副店長になった経緯を知らない。

一成がこれまでの経緯をざっと話すと、浅野は電話の向こうで絶句している様子だった。

「要するに」と一成は話を締めくくった。「グリップグループからは、俺が嫌気がさして辞めるのを期待されとるちゅうこったい」

「それは……何というか、災難続きですね」

「全くよ。まあ、何とかするしかなか。とはいうても、どうすりゃいいのか、いい知恵が浮かばんで、頭を抱えとるんやが」

「そうですか……」

「ところで、どげんした？」

「あ、いえ……特には……」浅野はそう言ったが、数秒間の無言の間《ま》の後で、「実は、僕も早期退職を迫られてしまいまして」

「ワタミキで」

「はい。つい最近、営業第三課課長代理という聞き慣れない肩書きの辞令が出たと思ったら、やっぱり管理職を狙ってのリストラという罠《わな》だったようで」

「まだ続いてるのか」

「会社が目指している早期退職者数にはまだ達してないようで、以前よりも圧力のかかり方が強くなってるんです。退職を拒否した人の中には、配置転換で工場の掃除係をやらされている人もいます。課長職なのに、工場の主任から命令されてるんです。辞めるまでそういういじめみたいなことが続くんだと思うと、お先真っ暗ですよ」

一成は、今の俺も似たようなもんよ、と言いかけたが、笑える話ではないので飲み込み、代わりに「できれば力になってやりたいが、俺もこんな有様だ。申し訳ない」と応じた。

「すみません、青葉さんがそんなに大変な状況だとは思ってなくて……あわよくば、青葉さんの引きでグリップグループに入れないものかと、虫のいいことを考えて電話をさせてもらったんですが……」

やっぱりそうか。何とかしてやりたいと思っても、自分がこの先どうなるか全く判《わか》らないのだから、格好のいい返事など、とてもできない。

さらに沈黙の間ができた後、浅野は「中古車販売をやってる親戚がいるんで、いよいよのときは、そっちに頭下げますか。そりが合わない人ではあるけど」と言った。

一成は、「お互い頑張ろうな」と力なく答えることしかできなかった。


その日の夕方、一成は借家の一番奥にある六畳の板間で、一人でシュートビクスエクササイズをして汗を流していた。ユキ先生がレッスン動画をユーチューブにアップしているので、ノートパソコンでそれを再生させれば、家の中でもエクササイズができるという寸法である。初回はへとへとになり、その後三日ぐらいは全身が筋肉痛に見舞われたものの、慣れてくると週に二回のエクササイズだけではもの足りなくなり、休日にはこうして自主練をするようになった。最近は前に蹴り上げる足も、だんだん高く上がるようになってきたお陰で、体前屈をすると以前は着かなかった指先が地面に届くようになった。また、ユキ先生がみんなに声をかけてくれたお陰で、シュートビクス仲間もちらほら、ひなたストアで買い物をしてくれるようになった。しかし、あまり喜んでもらえるような品《しな》ぞろえではないだけに、お情けで来てもらってるようで、忸怩《じくじ》たる気持ちもぬぐえない。

エクササイズのピークを超えて、動きが徐々に小さいものになってきたところで、チャイムが鳴った。もう少しなのに。どうせ新聞や保険の勧誘か怪しげな宗教だろうと思い、無視することにしたが、訪問者は裏に回って来て、すりガラスのサッシ戸を叩《たた》いた。

勝手に敷地内に入るな、と文句を言ってやるつもりでクレセント錠を回して戸を開けると、隣家の老女、真鶴さんが立っていた。そして彼女の笑顔が驚いた顔に変わった。

「あら、すごい汗。具合でも悪いの?」

「いえいえ、ちょっと身体を動かしてたもので」

ノートパソコンからは、ユキ先生の「はい、うつ伏せになって、おなかをストレッチー」という声が聞こえていた。

「じゃあ、お邪魔しちゃいましたね」

「いえ、ちょうど終わったところですから。ちょっと、すみません」一成は部屋の隅に置いてあったタオルを取りに行き、顔を拭きながらサッシ戸の方に戻った。真鶴さんはいい人なのだが、隣家同士の距離感というものが、一成が思っているものよりも近い。

「いいですね。汗をたっぷりかいたら、気持ちよさそう」

「ええ、夜もぐっすり眠れるようになりますよ」

「ひなたストアのお仕事は、もうお慣れになった？」

「はい、お陰さまで」

真鶴さんは、週に二回ぐらいの頻度で来店してくれているが、肉や野菜ではなく、お茶っ葉や煮干しなどの乾物、あとは菓子類をちょこっと買う程度で、隣家のよしみで無理してもらっているという印象がある。店内で一成を見つけると、天気の話から始まって、ちゃんとしたものを食べてるか、一人暮らしで困ったことはないか、などと聞いてくるので、業務に支障がない範囲で話し相手にはなっているが、今みたいなプライベートな時間はできれば遠慮したい。

何かご用でしょうか、と尋ねたのでは、ちょっと冷たいかな、と思案していると、真鶴さんは「できたら、玄関の方に出ていただけるかしら」と言った。

「あー、はい」と応じて、言われたとおりに移動すると、玄関ポーチに白いポリ袋が二つ、置いてあった。そこに真鶴さんも戻って来て、「知り合いからたくさんいただき過ぎちゃったものだから、青葉さんにもと思って」と、そのポリ袋を持ち上げた。

そんなことをしてもらう関係じゃないのに……一成はその気持ちが表情に出ないよう、作り笑顔で「えー、いいんですか」と受け取った。

袋の一つには、万能ネギとチンゲンサイが、それぞれ新聞紙にくるまれて入っていた。採れたてなのだろう、土とネギの香りが鼻腔《びこう》をくすぐった。ただし、いずれも長さが不揃いである。スーパーの店頭には並ばない、規格外の野菜である。

「遠慮しないで。本当にたくさんいただいたから」真鶴さんが笑ってうなずく。「青葉さん、自炊もなさるんでしょ。湿らせた新聞紙にくるんで冷蔵庫に入れておくと、しなびるのを遅らせることができるわよ」

「それは、ありがとうございます。お手伝いをされてる老人ホーム関係のお知り合いがくださるんですか」

「これをくれたのは昔の教え子なのよ。私、小学校の教師をやってたの」

「へえ、そうなんですか」

この人が先生だったとしたら、生徒に慕われた先生だったのだろうという想像はできるが、退職して既に二十年は経《た》っている。田舎に特有の、親戚のようなつき合い、というやつだろうか。

もう一つの袋の中身は、見慣れない野菜だった。二種類あり、一つはサヤエンドウにしてはかなり大きなサイズのもの、もう一つ、巨大な白ネギの根元部分のようでもあり、皮にくるまれたトウモロコシのようでもあり、何の仲間なのかさえ不明だった。

「ネギとチンゲンサイは判りますが、こっちのは、何ていう野菜でしょうか」

「ナタマメとマコモダケっていうのよ。このナタマメは豆が大きくなる前の若さやだから、サヤエンドウと同じように調理すればいいの。さっと湯がいて塩を振るだけで、ビールのつまみになるわよ」

「へえ、ナタマメっていうんですか」

「ほら、福神漬けに入ってるやつよ、小さく切って」

「ああ……」

そういえば、プラナリアみたいな形の薄切り野菜が、福神漬けの中に混じっていた気がする。これだったのか。

ナタマメは二十本ぐらい、マコモダケは七本あった。やはり大きさはまちまちである。

真鶴さんによるとマコモダケは、中華料理の食材としてはよく登場するが、世間ではあまり知られておらず、スーパーなどに並ぶことはほとんどないという。教え子だという農家の人は、最近まで市内の中華料理店にこれを納めていたのだが、高齢になった店主が店をたたんでしまったため、余っている、とのことだった。

「硬い部分だけ落とせば、どこも食べられるわよ」と真鶴さんは続ける。「ナタマメと同じく、長い時間熱を加えないで、さっと調理した方が歯ごたえがいいみたい。タケノコみたいな感じで、ちょっとトウモロコシみたいな香りや甘みもあって、美味《おい》しいのよ。私は縦に二つに切って、そのままオーブンで焼いて、お味噌《みそ》を塗っていただくことが多いけど、どんな調理方法でも大丈夫だから。スマートホンはお持ち？」

「はい、持ってます」

「じゃあ、大丈夫ね。私が料理方法を押しつけなくても、検索したら、いろんな調理方法が出てくると思うから」

　そのとき一成は、頭の中で何かが光ったような感覚に囚《とら》われた。

「ありがとうございます。ではありがたく」一成は軽く頭を下げた。「ところで真鶴さん、ちょっとお尋ねしたいのですが……」

　翌日の日曜日の閉店後、週に一度のスタッフミーティングが終わりかけたところで、一成は「ちょっといいですか」と手を挙げ、足もとに用意しておいたものを長机の上に並べた。くるんであった新聞紙をそれぞれ開いて、真鶴さんからもらった野菜を見せると、小柄で色黒の大畠さんが「わあ、大きいサヤエンドウ」と言い、黒縁眼鏡の井堀さんが「何これ？」とマコモダケを指さした。

　吉野店長が小さく舌打ちして、眼鏡の中央を押し上げた。

「これが何だっての、青葉さん」

「実は、提案したいことがあります。ここにあるのは、私が住んでいる寮のご近所の方からいただいた野菜です。すべて無農薬有機栽培で作られてます。ネギとチンゲンサイはみなさんご存じかと思います。あと、こちらのサヤエンドウの大きいやつみたいなのはナタマメ、こっちはマコモダケといいます」

　一成はさらに、これらの野菜について真鶴さんから聞いたことも話した。一成自身も実際に食べてみたので、どちらも美味しさは間違いない。ナタマメはさっと塩ゆでしたものにマヨネーズをつけて食べてみたところ、青々とした香りと共に、しゃきしゃきした歯ごたえがクセになる旨さだったし、マコモダケは縦に割ってオーブンで表面に軽く焦げ目をつけたものに、オリーブオイルと塩をつけてみたところ、タケノコのような食感と、コーンのような香りと、ほのかな甘みが楽しめた。一成はそういった、昨日やってみた試食の結果も報告した。

　高峰さんが「全部、地元産？」と聞いてきたので、一成はうなずいた。

「はい、宇佐《うさ》さんという六十代の男性の農家さんが作っています。そこで提案したいのですが、店舗の野菜コーナー側の出入り口付近に空きスペースがありますよね、以前はパン屋さんがテナントとして入っていたと聞いてますが」

「あそこにこれを並べたいってわけか」吉野店長が刺々《とげとげ》しい口調で遮《さえぎ》った。「普通の野菜だって、周辺との競争のせいで売れなくなったから次々と取り扱う種類を絞ってきたのに、何でまた逆方向に進まなきゃならんのだ。マコモダケ？　そんな聞いたこともないような中華料理の具材を誰が買うかね」

「ナタマメもマコモダケも、キョウマルやミントには置いてません。その意味では、差別化を図ることができるかと思うんです。値段も、全然高くないんです、どちらも栽培が難しい野菜ではないそうなので。マコモダケなどは、県内の川や湖の周辺にも自生しているぐらいで」

「差別化を図ったって、誰も知らんようなもんが売れるわけないだろ」

「いきなり売れるとは思ってません。問題は売り方ではないでしょうか」

「ほう、どうすりゃ売れるってんだ」

「地元で採れた新鮮野菜であるということも、もちろん大切ですが、これから地元で特産品になるかもしれない珍野菜だということをアピールするんです。地元のマスコミに連絡すれば、取り上げてもらえるのではないかと。ひなたストアが地元の珍野菜を、率先して仕掛けてる、という姿勢を見せるんです。美味しさを知ってもらうためには試食してもらえば、思ってるよりも早く評判が広がるはずですし——」

「そんなに甘いもんじゃないよ、小売りの世界は。売れなかったらどう責任を取ってくれるつもりだ」

「仕入れるんじゃなくて、置いてもらうだけにすればいかがでしょうか。道の駅なんかでもやってる方式です。地元の野菜などを、農協などを通さないで、直接持ち込んでもらって、道の駅の側は場所を提供するだけ。で、売れたら利益を折半する。余ったら出荷者に引き取ってもらう。これなら、おっしゃるようなリスクは回避できます」

「いやいや、そっちの、ちょっと珍しい野菜はともかく」と吉野店長が、あごをしゃくった。「ネギとかチンゲンサイとか、こんなに長さや大きさが不揃いだったら、売れんよ。キョウマルやミントを見て来りゃいい。色も形も大きさも、まるでクローン野菜みたいに整ってる。日本人てのは、みてくれで買い物をするんだ。だから、キュウリは曲がってるのが普通ですと訴えても、まっすぐのキュウリばかり売れちまう」

「そこは売り方次第だと思います」

「どう売るってんだ」

「ちょっと、調理室から、まな板と包丁をお借りしてもいいですか」

「そんなもん、どうするんだ」

「このネギとチンゲンサイの新鮮さと美味しさを確かめていただきたいんです」

吉野店長は険しい表情で一成を見返した後、腰を浮かせて、ネギとチンゲンサイを手にした。眺めてから、匂いをかぐ。高峰さんも手を伸ばして、同じことをした。

「あら、どっちも匂いが強い」と高峰さんが言った。「それに、普通に売ってるネギより、硬いっていうか、ぐにゃっとならないわね」

吉野店長がいったん退出し、たたんであるダンボールと大型のカッターナイフを持って来た。ダンボールを長机の上に敷き、カッターナイフの刃をカチカチと伸ばした。万能ネギを一束、ダンボールの上に置いて、カッターナイフで切った。

ザクッという、効果音のような響き。吉野店長がさらに、ザクッ、ザクッと切ると、女性スタッフの中から「うわっ、すごい」という声が上がった。普通に出回っているネギを切ったときの、もっと淡いサクッという音とは、明らかに違っていた。たちまち事務室内にネギの香りが広がった。

さらにチンゲンサイも切り、吉野店長は断面を眺め、匂いをかいだ。

少し驚いた顔で一成を見返す。

「零細農家さんの中には、無農薬の有機野菜にこだわる方々が少なからずいらっしゃいます」と一成は言った。「主に自分や家族、友人や親戚が食べるために作っているので、見た目をそろえること、決められた数量を作ることよりも、身体にいいこと、美味しいことを優先してるわけです。この野菜を作ってる宇佐さんは、米ぬかを原料とした、数種類の善玉菌を含んだ有機肥料を使っておられるそうです。最近は健康志向が高まってますし、上手くPRできれば、キョウマルやミントとの差別化が図れるのではないでしょうか」

「繁盛してる道の駅もそうなのよね、きっと」と高峰さんが言った。「きれいにそろってなくても、その辺のスーパーよりも賑《にぎ》わってるところ、あるから。新鮮さと安さで勝ってるから売れるんだって」

小柄で色黒の大畠さんが「道の駅の野菜って、そんなに安いの？」と聞いた。「私、車運転しないから、あまり行ったことがなくて」

「確実に安いわよ」と高峰さんが答える。「農協とか卸売会社とか、仲卸業者なんかを通さないで、出荷者が直接売り場に持って来るから。要するに、末端価格じゃなくて、卸値で消費者が買えるから、当然の結果として安くなるわけ」

「ああ、なるほど」

「そのとおりです」一成は、打ち合わせをしていたわけでもないのに援護射撃をしてくれた高峰さんに感謝を込めて、うなずいて返した。「道の駅についてちょっと調べてみたんですが、勝ち組と負け組との二極分化が進んでるそうです。負け組は、土日や祝日の観光客を目当てにしてるケースが多くて、旅行代理店にキックバックを払って、バス旅行の団体客を引き込んだりしているそうです。確かにそういう日だけは賑わうのですが、平日は閑古鳥《かんこどり》が鳴いてる状態で、トータルでは赤字になってしまってる。これに対して勝ち組の道の駅は、観光客よりも地元や周辺の人たちに喜んでもらえることを重視して、新鮮な食材を安く、コンスタントに提供しているので、平日にも大勢のお客様を引き寄せてるんです。するとそれが評判を呼んで、結果的には観光客も立ち寄るようになる。うちも、道の駅の勝ち組から学ぶべきだと思います」

「何だ、要するに、道の駅からの受け売りか」吉野店長が口もとを歪《ゆが》めた。「青葉さん、あんたの提案って、いっつも、よそがやってる成功例の猿真似《さるまね》だね」

事務室内が息を飲んだように、しんとなった。

「……それは認めます。私は決して、斬新な発想が出来る才能の持ち主なんかじゃありません。以前働いていた食品会社でも、可もなく不可もなくやってきただけの、どこにでもいるような凡人です。でもみなさんと力を——」

「青葉さんの提案のお陰で、職場の雰囲気が変わったと思います」それまで発言していなかった、三十代でほおがちょっと赤い中井浜さんが口を開いた。「私、最近になって初めて、ひなたストアでの仕事を楽しいと思えるようになったんです。ちょっとした配慮で、お客様からありがとうって言ってもらえるし、人に喜んでもらえるのってていい気分になれるんだって気づくことができました」

「置いてもらうだけなんだったら、リスクもないし、やってみてはどうでしょうか」

高峰さんが言った。「私は、是非やってみたいと思います」

女性スタッフたちが一様にうなずいた。形勢が悪くなった吉野店長は、憮然《ぶぜん》とした態度で腕組みをする。

「やるからには、それなりの品ぞろえをしないと、お客さんに気づいてさえもらえんよ。青葉さん、あんた、出荷者の頭数、そろえられるんかね」

「この野菜を作ってる宇佐さんに電話で確認したところ、無農薬有機栽培を実践してる知り合いの零細農家さんが十軒ぐらいはあるから、紹介してもいいとおっしゃってます。宇佐さんご自身は、うちの余りものでいいんだったら是非、とのことです」

宇佐さんに電話で交渉したところ、売れんのやないか、とか、そっちに運ばんといかんのやろ、などと言われ、実は食いつきがあまりよくなかった。しかし最後にはこの言葉と共に承諾してもらえたのである。

——真鶴先生から頼まれたけん、断りはせんがね。

「リスクがないといっても、いろいろと手間はかかる。陳列棚は、倉庫に眠ってるものを引っ張り出せばいいが、包装して、値段やらバーコードやらを表示するシールを貼るのはうちの出費になる。それに青葉さん、あんた今の仕事をやりながら、出荷者を集めて、地元野菜コーナーの商品管理まで、ちゃんとできるんかね」

「その点については、一人、新たにアルバイトをお願いしたいのですが」

「ああ？」吉野店長が露骨に眉《まゆ》をひそめた。「ほらみろ、人件費がまた発生して、うちのコストが増してるじゃないか。リスクがないなんて、よく言えたもんだな」

「あの、店長」高峰さんが低めに手を挙げた。「試食、してみませんか、この野菜」

他の女性スタッフらだけでなく、これまで無反応な態度だった小文字さんも、うなずいた。

総菜コーナーの裏手にある調理場に、みんなで移動した。ナタマメは塩ゆでするだけ、マコモダケは縦に割って、ネギとチンゲンサイは一口サイズに切って、やはりさっと塩ゆでして、ごまだれで。ネギやチンゲンサイを切る作業は、女性スタッフがみんなやりたがり、「気持ちいいね、何か」「切ったら、つんと匂いがくるね」などと音や感触に興奮している様子だった。

試食が始まると、さらに場は賑やかなものになった。「味がほんと、濃いね」「これだったら値段次第で売れるんじゃない」などという声が上がる。

「普通、スーパーに並ぶ野菜は」と一成は説明した。「農協や仲卸がいったんストックしますし、遠隔地から運ぶケースも多いので、消費者が手に取るまで三日以上かかってしまって、どうしても鮮度が落ちます。でも、出荷者さんに直接持ち込んでもらうやり方だと、本当に採れたて野菜を並べることができるんです」

高峰さんが「コピーが必要よね、お客様のハートをつかむような」と言った。

それからしばらくは、美味しい有機野菜、不揃いだけど食べたら病みつき、地元で採れた健康野菜、といったワードが、女性スタッフたちから挙がった。

そんなときに、「こういうの、どうですか」との声に、場が一気に静かになった。声の主が、普段、人と視線を合わせようとしない小文字さんだったからだ。

ダンボール片にマジックペンで、みんながやりとりしている途中に書いたらしいものを掲げている。

がんこ野菜。

「あれ……僕が発言する感じじゃなかった、みたいな」小文字さんが、目を泳がせながら、こわばった苦笑いをし、掲げたダンボール片を下ろした。「すみません、なんか、出しゃばっちゃって」

「ううん、いいのよ、全然」高峰さんがちょっと慌てた様子で手を振った。「がんこ野菜、いいわね。ガツンとくるいいコピーじゃないの」

黒縁眼鏡の井堀さんも「ありきたりの単語じゃなくて、インパクトがあるわよね」と賛同し、色黒で小柄な大畠さんも「ひらがなの方がいいわね、漢字よりも」とうなずく。

「スーパーや多数派の消費者の意向に逆らって」と小文字さんが続ける。「大きさや形や数量をそろえることよりも、身体にいいもの、美味しいものを、頑固に作り続ける。だから、がんこ野菜。あと、包丁を入れたときの音や手応えも、頑固さを主張してますよね、だからその辺のことも、商品説明のポップなんかに取り入れたらよくないですか」

「小文字さん、すごいじゃないですか」一成は、自分の声が弾んだものになってることを自覚した。「是非その線で、考えてみていただけませんか」

「はい、いいっすよ。そういうの考えるのって、嫌いじゃないんで」

小文字さんが、もともと細い目をさらに細くして、歯を少し見せた。吉野店長も、驚いた表情だった。小文字さんが笑顔を見せるというのは、それぐらい珍しいことなのだろう。

吉野店長は結局、険しい表情を崩さなかったが、地元野菜コーナーを設けることと、アルバイトスタッフを一人雇い入れることを承諾してくれた。

解散して店を出た後、同じく駐輪場で自転車のロックを解除している小文字さんに、あらためて礼を言った。

小文字さんは「いえいえ」と片手を軽く振ってから、こう続けた。

「何か、ゲームみたいで、ちょっとわくわくしてきたっすねー」

「ゲーム？」

「潰れそうな小さなスーパー、近くには繁盛してる競合店。さてどうすればいいか。このゲームを攻略する強力なアイテムが手に入ったってことっすよ」

「……がんこ野菜のこと？」

「はい、そういうことっす。このアイテムを使って反撃開始っすね。考えてみれば、青葉さん自身が、最初のアイテムだったんすよね。ついさっき気づきましたよ」

「俺が？」

「はい。よそから副店長が突然やってきた。使えるアイテムなのか、駄目アイテムなのか、実力は未知数。でも、女性スタッフさんたちを味方につけて、店の雰囲気をよくする能力があった。そして青葉さんというアイテムは、さらに新アイテムを掘り当てた。ね、ゲームみたいじゃないっすか。僕、ひなたストアでバイトやってて、初めて面白くなってきたなって感じてるんすよ。青葉アイテム様様っすよ」

　このコ、こんなにしゃべる青年だったんだ。一成は、小さな奇跡に立ち会っているような気分にかられた。

「だったら小文字さんも、重要アイテムだよね。だって、がんこ野菜っていう、いけてるコピーを考案してくれたんだから」

「僕はアイテムじゃないっすよ、何言ってんすか」

「だって——」

「僕はこのゲームのプレーヤーっすから。もちろん、青葉さんからしたら、青葉さん自身がプレーヤーで、僕はアイテムの一つってことになるんでしょうけどね。何にしても、これから楽しみっすね。じゃあ、お休みなさい」

小文字さんはそう言うと、自転車を漕いで遠ざかって行った。

夜空は雲が多かったが、そのすき間からいくつか、星がかすかな光を放っていた。ゲームみたい、か。確かに、ゲームのような人生の方が、退屈はしない。

帰宅して、ワタミキから退職を迫られているという浅野にメールを送った。零細農家の有機野菜についての説明や、スタッフミーティングでの出来事を交えて、出荷者との交渉役を探しているが、やってみる気はないか、という内容である。

一時間ほど経って、考えさせて欲しい、との返信が届いた。ただのアルバイトとしての採用であることや、たいした時給ではないことなどが、やはりネックなのだろう。

一成がそれに対して、どう返信しようかと思案していると、浅野は電話で連絡を寄越してきた。

「やっぱり、やらせてください。転職先を探すまでのつなぎになりますし。ワタミキには明日辞表を出して、その日のうちにおさらばすることにします。残ってる有給休暇をしっかり使わせてもらいますよ」

6

翌日、一成は仕事の合間に、高峰さんらパート女性らと共に、がんこ野菜の売り場を設営した。といっても、空きスペースをワックスがけして、倉庫に眠っていた食料品の陳列台を雑巾《ぞうきん》で拭いて運び込むだけなので、たいした手間ではない。

ワタミキ食品を辞めた浅野は、その翌日の朝に自身の車デミオを運転して、ひなたストアにやって来た。毎日、車で通勤するという。

吉野店長は浅野を一瞥《いちべつ》しただけで「ああ、よろしく。判らないことがあったら、すべて青葉さんに聞いて。私はあなたの件にタッチするつもりはないから」と冷たい言葉を放ったが、事前に事情は伝えてあったので、浅野の方も機械的に「よろしくお願いします」と頭を下げるのみだった。

一成は前日のうちに〔ひなたストア　仕入れ担当〕という肩書きの、浅野の名刺をポケットマネーで作っておいた。吉野店長に頼んで舌打ちされるよりも、名刺代ぐらい自腹で作った方が気が楽というものである。

初日は一緒に行動することにし、二人で店内の掃除を早めに終わらせ、高峰さんに断って、浅野のデミオでまずは真鶴さん宅を訪ねた。浅野の一枚目の名刺配りである。真鶴さんからは、宇佐さん以外にさらに二軒の零細農家さんを紹介してもらって、昨日のうちに電話でおおまかな了解をもらってある。いずれも、無農薬有機栽培を実践している、真鶴さんとも宇佐さんとも長いつき合いがある高齢の農家さんである。がんこ野菜は、身体にいいことがコンセプトの一つなので、無農薬有機栽培であることを出荷の条件にするつもりだった。

真鶴さんは「私の知り合いの方々が作るお野菜を扱ってくださるのは大歓迎ですよ。浅野さんは青葉さんの後輩でらっしゃるのね。よろしくお願いします」とにこやかに、浅野に声をかけてくれた。

その後、がんこ野菜を出荷してくれる農家回りに出発。一軒目はもちろん、真鶴さんの教え子だったという、宇佐さん宅である。真鶴さんから教えられた住所は、シュートピクス講座に一成が通っている市立体育館よりも一キロほど南下した場所だった。

この日は空の高いところをすじ雲が泳ぐ、いかにも十月という天気だったが、ときおり強めの風が吹いていた。

「しかし」とハンドルを握る浅野が言った。「小学校で教師をしていた頃の教え子が、今でもちょくちょく野菜を届けに来るって、すごいっていうか、珍しいことですよね」

「それは俺も思う」

「田舎だと案外、そういうことってあるんでしょうかね」

「かもな。ほら、お互いにずっと同じ地域に住んどったらさ、ときどきばったり会うこともあるやろし、共通の知り合いも多くなる。親戚づきあいに近い関係ができるっちゅうことやなかね」

「そんなもんですかね」

「ワタミキの退職、奥さんから何か言われたか」

「スーパーのアルバイトって何よ、何考えてんのよって言われました。そんなことやってるより、転職先探しに専念すべきだって」

「かもな」

「確かにそうなんでしょうけど……青葉さんからもらったメールで、ひなたストアの事情を知って、妙にやってみたい気持ちになっちゃったんですよ。ワタミキでは、先輩から仕事を引き継いで、こうやれって言われたことをやってきただけでしたけど、青葉さんがやろうとしてることって、いわばゼロからのプロジェクトじゃないですか。何かこう、熱くなれそうな予感がするっていうか、熱くなりたいっていうか……せっかく声をかけてもらったのにやらないで逃げたら、後悔するんじゃないかっていう気持ちが膨らんで、やっぱりやろうって」

一成は、小文字さんから言われた、ゲームみたい、という言葉を思い出した。浅野も、これまでの自身を振り返って、わくわくするものが欠けていて、人生を賭けたゲームに挑みたくなったのだろうか。

「奥さん、働いてたんやったかね」

「保険の外交員をやってます。青葉さんとこは専業主婦でした？」

「カミさんの父親が税理士やってて、その手伝いをしてるよ」

「ああ、そうでしたね。ひなたストアで働くことになって、何か言われました？」

「うちのカミさんは心配性でね、絶対にもうすぐ潰れる、グリップグループからもリストラされて、娘は進学できなくなり、家もローンだけ残して手放すことになって、家族崩壊するって言うとるよ。お陰で、たまに帰っても、ぎくしゃくしまくりよ」

「そうっすか……頑張らんといかんすね……」

国道から右折して県道に入り、しばらく進むとすぐに田畑や水路が広がる地区に入った。佐賀平野では、梅雨《つゆ》前にビール用の大麦を収穫した後、そこに水を引いて水田にし、続いて米を作るところが多いと聞いているが、ちょうど今頃はその米の収穫時期で、黄金色に実った稲が風を受けて海原《うなばら》のようにうねっており、そこをコンバインが刈り取ってゆく光景があちこちで見られる。それを浅野は「海の中を進むホバークラフトみたいっすねー」と表現した。

ほどなくして宇佐さん宅に到着。屋根瓦が立派な日本建築の家で、隣には納屋があり、軽トラックや、手押し式の耕耘機《こううんき》、草刈り機などの農機具類が見える。浅野は「ここら辺なら停めても大丈夫かな」と、納屋付近の舗装されていないスペースに車を停めた。

二人で玄関に回り、一成がチャイムを鳴らすと、インターホンからではなく二階の窓から男性が顔を出して「誰かね」と聞かれた。

「こんにちは。ひなたストア副店長の青葉と申しますが。あの、真鶴さんからご紹介いただきまして——」

「あー、判った。ちょっと待ってて」

すぐに玄関の引き戸が開き、宇佐さんが姿を現した。息子さんが使っていたと思われる、高校の名前と校章が左胸に入った緑色のジャージ姿。やや小太りで、髪はサイド部分に天然パーマらしき白髪《しらが》のみで、頭頂部は見事につやつやしていた。細い目で、少し前歯が出ている。年齢は六十代ぐらいだろうか。真鶴さんがまだ若かった頃の生徒だった、ということらしい。

浅野と共に名刺を出して自己紹介した。宇佐さんは名刺を遠ざけて目をこらして眺めてから、「じゃあ、畑から見る?」と言った。

道路をはさんだ向かい側が、宇佐さんの畑だった。広さはテニスコートが四面分ぐらい。宇佐さんに案内されてその畑に入った。

手前の二列には、かまぼこ形の防虫ネットが施されていた。

「やっぱり虫が飛んで来ますか」

一成が聞くと、宇佐さんは「ああ、ネットを使わんで、こまめに青虫を取り除いてたときもあったが、時間も手間も大変だし、そうやっても半分ぐらいは穴だらけにされちまう。今はこれのお陰で楽になったよ」と答えた。農薬を使っていないからこその対策なのだろう。

「これはチンゲンサイ、ですね」ネットの中にある葉物について一成が尋ねると、長靴をはいて前を進む宇佐さんは「そっそっそ」と答えた。佐賀の人はしばしば、雨がザーザー、と言わずに、雨がザーザーザーザーなど、同じ表現を二回ではなく三回続ける。そっそっそ、もその一つらしい。

「その先のやつは……」

「サラダ菜」

「あ、そうか」

宇佐さんが立ち止まって振り返った。

「おたくら、もしかして野菜には詳しくないの？」

「すみません、最近まで食品会社の営業仕事をやってたんですが、野菜の仕入れについては全くの素人でして」

宇佐さんは口をぽかんと開けてから「そんなんで大丈夫かね」と言った。

「これからちゃんと勉強させていただきますので」と浅野が答えた。「宇佐さんがお作りになってる野菜の美味しさを、地元の人々にもっと広く知らせたいんです」

「よかって、そんなお世辞は」宇佐さんは片手を振って苦笑いをした。「とにかく、真鶴先生に恥をかかせるようなことがないよう、しっかりやってくれよ」

「はい、お任せください」

さらに少し進んで、浅野が「これはフキですよね」と言った。

「違うよ、サトイモだ」

「えっ、そうなんですか」

一成も「えっ」と目を見張った。フキだと思い込んでいたのだが……よく見ると、葉っぱがフキよりも長細い。サトイモの葉はこんな感じだったのか。あらためて、野菜については自分たちは素人なのだと思い知らされた。

浅野が「この畑の野菜、主な出荷先はどちらになるんでしょうか」と尋ねた。

「何軒かの料理屋に直接売っとるだけで、後は家族と親戚で食べて、それ以外は知り合いに配っとるよ」

「配るというのは」と浅野。「ただであげてるわけですか」

「米を作ってる親戚にやったら、代わりに米をくれよる。幼なじみの肉屋からは余ったち言うて肉を持って来よる。他の知り合いも、中元や歳暮で菓子やら缶詰やらをくれよるよ。仲卸に買い叩かれるより気分がええ」

「へえ」一成には新鮮な話だった。「そういうやり方があったのか……」

物々交換というより、地域での相互扶助と捉えた方が正しいかもしれない。零細農家さんたちは出荷先もあまりなくて困ってるだろうと勝手に思っていたのだが、意外としたたかに、そして豊かに暮らしているらしい……。一成は、販売してあげるのではなく、販売させていただく、という姿勢を忘れてはなるまい、と自戒した。

驚きはその後も続いた。育ち始めのサトウキビかなと思ったものはショウガだったし、サラダ菜の仲間のように見えたのは、ゴボウの葉だった。畑の一番奥のスペースは雑草が背の高さまで伸びているようだったので、畑を休ませているのだろうと思っていたら、それこそが先日初めて口にしたマコモダケだった。食べるのは、地面に近い茎の部分だという。

三十分ほど、いろいろ教わりながら見て回り、納屋にも連れて行かれて、メインに使っているという、米ぬかを主成分とした肥料も見せてもらった。袋の中にあったそれは、見た目はただの米ぬかだが、酵母菌、納豆菌、乳酸菌などが配合されていて、これが土を肥沃《ひよく》にしてくれる、とのことだった。がんこ野菜の香りや味の濃さは、単に無農薬有機栽培だからではなく、この肥料が大きく関係しているらしい。

その後、自宅に上げてもらい、やたらと広い仏間に通された。宇佐さんに断りを入れて、線香を上げさせてもらい、浅野と一緒に手を合わせた。

「ま、適当に座ってくれ」と宇佐さんは座卓を指さした。「今日はかあちゃんが公民館のドライフラワー教室ってのに行ってて、今は俺一人なんだ。あ、でもお茶ぐらいは出さないとな——」

いったんあぐらをかいた宇佐さんがそう言って腰を浮かせたので、一成は浅野と共に「いえいえ、結構です」「来る前に飲んだところですから」などと遠慮した。

「せめて脚を崩してくれ。そんなんじゃ話しにくい」と言われ、甘える形で、正座からあぐらに変えた。

「あんたの方だったかね」と宇佐さんが一成を指さした。「真鶴先生のお隣さんってのは」

「はい。住み始めてまだ一か月程度なのですが、いろいろとよくしていただいてます。急に雨が降り出したときは、私の洗濯物も取り込んでくださってたことまであって」

「先生なら、いかにもありそうな話たいね」宇佐さんが笑ってうなずく。

「宇佐さんがお作りになってる美味しい有機野菜のことを知って、こうしてお願いに上がるご縁ができたのも、真鶴さんがお裾分《すそわ》けをしてくださったからで、本当に感謝しております」

「俺は小学生のときに、母親が家を出て行っちまってね」となぜか宇佐さんは急に身の上を語り始めた。「親父と、二つ上の兄貴と俺の三人っていう父子家庭になってさ。親父は気性が荒くてすぐに手ぇ上げやがるし、夜になると飲みに出ちまって、食事も作ってくれない。これで何か買えってカネ渡されるだけ。ところがそのカネ、兄貴がほとんど使って、俺にはちょっとしかくれない。文句言ったら兄貴からも殴られる。それで気持ちがすさんで、学校でもケンカばっかしてたんだけど、真鶴先生のお陰で道を踏み外さないで済んだんだ」

「へえ」ああ、そうつながるのか。

「何か悪さをするだろ、そしたらバツとして居残りを命じられるんだ。他の生徒の前ではしっかり怒られるんだけど、後で家庭科室で、おにぎりを食べさせてもらってた。家庭の事情を察してくれてたんだよ。てか、俺が放課後に給食準備室に入り込んで、余ってる食パンを持ち出したのを見られたんで、腹すかしてたってことはとっくにバレててさ」

「おにぎりは、真鶴先生がお作りになったわけですか」

一成は、宇佐さんに合わせて、真鶴先生という表現に変えた。

「うん。おやつのつもりで持って来たけど、おなかが減らなかったから、とか先生言ってさ。俺に気を遣わせないように、そういうことにしてくれたのは子どもでも判ったよ。旨かったなあ、塩昆布とか、おかかとか、そんなんが入ってるだけだったけど。先生の実家、今はないけど、精進料理の店だったんだよ」

「へえ、そうなんですか」

「店で余ったご飯だからって言ってたけど、それも気を遣わせないためだね。後で判ったことだけど、他にもおにぎり食べさせてもらった奴ら、いたんだ。同窓会のときに俺が自慢げにおにぎりの話をしたら、俺も私もって、結構いてさ」

「優しい先生なんですね」

「あの先生の優しさって、そこで終わらないところがちょっと違うんだ。二回目におにぎりを食べさせてもらったときは先生、寝坊して作る時間がなかったって言って、アルミの弁当箱を寄越してさ、開けたら、ご飯の上におかかが載ってんだ。それを自分で握って作ってみなさいって言われて、先生から教わりながら、自分でおにぎり作ってね。よくよく考えれば、あんなものを用意する暇があったら握っちゃえばいいわけだから、それもわざとだったんだ」

「それも、気を遣わせないため、ですか」

「というより、簡単な料理ぐらい、自分で作れる子どもにならなきゃいけないってことさ。先生は、ただ与えるんじゃなくて、成長させてくれる人なんだよ」

「なるほど」

「だから、その後、味噌汁とか、ゆで卵とか、目玉焼きとか、サンドイッチとか、家庭科室でいろいろ作らされたもんね。そしたらよ、後でちょっとした奇跡が起きたんだ」

「何ですか」見当がつかなかった。

「俺、一人で自炊するようになったわけよ。トースト、ハムエッグ、ゆでたジャガイモ、タマネギ炒め入りのオムレツ。農家だったから、野菜はただで手に入ったし、出来合いのものを買うより安くつくからさ。そしたら兄貴がびっくりしてね。旨そうに見えたみたいで、俺にも作ってくれって言い出して。それで、だったら買い物するから、親父からもらうカネ、俺に預けろって言ったら、そのとおりになって。兄貴、食材の値段とかよく知らないから、俺が小遣い分として抜いても気づかねえでやんの」宇佐さんは手を叩いて笑った。「そうするうちに、みんなの朝飯も作ってやるようになったら親父がさ、だんだん飲みに行かなくなって、気がついたら、手を上げられることもなくなってね。すべては真鶴先生のお陰だと俺は思ってる。だから恩人なんだ」

一成と浅野は口々に「へえ」と漏らした。宇佐さんが何十年と経っても真鶴さんに野菜を届けている理由は、そういうことだったのだ。

あの老女を見くびっていた……。

しばらく間《ま》ができたところで宇佐さんが咳払《せきばら》いをした。

「そろそろ本題に入ろうか。何をどれぐらい出荷して欲しいのかね」

「我々の方からそういうことまでお願いできる立場ではないと考えております」と一成は応じた。「基本的に、宇佐さんの裁量でお決めいただいて構いません」

「あ、そうなの。じゃあ、余りそうな野菜だけを持ち込んでもいいわけ？」

「はい。ただし、他の出荷者さんとの関係で、品種によって、売れたり売れなかったりすることがあると思います。皆さんがキャベツばかり出荷されますと、当然、売れ残りが出てしまいますし、他の出荷者さんが出してないものを出荷すれば、売れやすくなるわけでして」

「まあ、そうだろうね。それと、うちの野菜は、大きさがそろってないんだよなあ。そのせいで売れないってことも考えとかないと」

「そこはご心配されなくても大丈夫ですよ」

一成はそう前置きして、がんこ野菜という名称で、地元産の有機野菜であること、形よりも味と健康で勝負する、というコンセプトが消費者に伝わるような宣伝をしたい、という説明をした。

「ふーん、宣伝の仕方一つで売れりゃ、ありがたいとは思うけどねえ……」

宇佐さんは、半信半疑という感じのうなずき方をした。

「最近は健康や安全を重視する消費者の割合が増えてきてますし、宇佐さんがお作りになってる野菜を食べたら、ものが違うってことは判ってもらえるはずです。鮮度も他のスーパーで扱ってる野菜とは比べものになりませんし」

「しかし、やっぱり値段だろう、売れるかどうかは。仕入れ値はどうすんの？」

「仕入れではなく、うちは場所を提供して、販売の代行をさせていただきたいと思います」

浅野が「つまり、売れ残ったら、宇佐様にお返しする、ということです」とつけ加えた。

「ああ、そういうことか。仕入れじゃなくて、販売の委託みたいなもんか」

「そうです。利益は折半、つまり、一万円分売れれば宇佐さんには五千円入る、という形でいかがでしょうか。月に二回、銀行振り込みの形にさせていただければと考えております」

「五十パーか。悪くないね」

乗り気になってくれたらしい。一成は浅野と顔を見合わせて、小さくうなずきあった。

野菜は平均すると、農家の取り分は、スーパーでの売値の三分の一程度である。普通は出荷者と小売店の間に、卸会社、仲卸会社、運送会社などが入るので、どうしてもそういう結果になってしまう。しかし流通をショートカットすることで二分の一の利益に上げるわけだから、出荷者にとっても悪い話ではない。

一成はさらに説明を続けた。

「ひなたストアに持ち込んでいただくときに、宇佐さんご自身で袋詰めをして、売値を申告していただきます。浅野と私が対応致しますので。で、その場で値札シールをプリントアウトして、貼らせていただきます」

「はあ？」宇佐さんが、信じられないという顔になった。「俺が自分で売値を決める？本気で言ってんのかい」

「もちろん本気です」

「そんな話、聞いたことねえぞ」

「道の駅みたいな直売所の中には、やってるところ、ありますよ。上手くいってるケースが多いんですよ」

「ふーん……売値を自分で決めちゃっていいのか。まあ、あんまり欲を出して高く設定すりゃ、売れ残ることになるから、自分で決めるといっても、おのずと決まってくるだろうけどね」

「そうですね。周辺の他の店での価格を参考にされるとよろしいかと」

「あんな値段にする気はねえよ。野菜の形がそろってないし、売値の五十パーが入るんだ、そこはもっと安くするさ」

一成と浅野は同時に「ありがとうございます」と頭を下げた。

その後、明日にでも販売や支払いのシステムなど詳細を記した文書や契約書を持参すること、野菜の持ち込みは開店前に限らずいつでも受け付けること、電話やメールで問い合わせがあれば売れ具合をいつでも知らせること、などの説明を加えたが、その頃になると宇佐さんは明らかに表情がほころんでいて、「無農薬有機栽培をやってる知り合い、他にも何人かおるけん、紹介してやるよ。事前に俺が電話かけて、ざっと話しとくから」と、年賀状の束を出してきて、市内や隣接地域の農家さんの名前や住所を計八軒、教えてくれた。こちらから頼んで教えてもらうつもりだったので手間が省ける結果となった。

辞するとき、外まで見送りに来てくれた宇佐さんが言った。

「最初はさ、真鶴先生の紹介だから、どうせ儲《もう》けにならんやろけど一肌脱いで協力すっかって気持ちだったんだよ。でも、そうやなさそうやね。いやいや失礼した。いい話を持ってきてくれて、ありがとう」

その日のうちに、宇佐さんを含めて五軒の農家さんが、出荷を承諾してくれた。いずれも高齢の方々ばかりのため、うち二軒は「運ぶ足がない」とのことだったが、軽トラックを持ってる宇佐さんたちが運搬を引き受けてくれることで話がまとまった。

夕方に、ひなたストアに戻ると、まだ空っぽの陳列台の中央に、小文字さんがポール看板を取りつける作業をしていた。淡いオレンジ色の看板を見た浅野が「おお、いいじゃないですか」と声を弾ませた。

確かに、期待した以上の出来映えだった。躍動的な黒いポップ文字で大きく〔がんこ野菜〕とあり、その上には小さく緑色で〔地元で採れた元気すぎる〕とある。さらに下部分には青色で〔安心安全な無農薬有機野菜！〕とある。〔毎日採れたてをお届け！　形や大きさよりも、健康と美味しさをがんこに追求します！　味と香りの違いをお試しあれ！〕と続き、いかにも新鮮そうなダイコンや白菜、トマトなどのイラストが右下に添えられている。看板は裏面も、同じ仕上がりになっていた。

パートリーダーの高峰さんが近づいて来て、小声で「野菜のイラスト、店長が描いたんですよ」と教えてくれた。事務室で小文字さんが作ってるのを覗き込んで、イラストを入れた方がいいと言い出して、小文字さんは絵心がないということで、店長が手伝ったのだという。そういえば吉野店長は若い頃にマンガ家を目指していたのだ。

看板を見ながら小文字さんが「実際に並ぶようになったら、野菜一つ一つにもポップをつけたいですね」と言った。「栄養価とかの説明がついていたら、立ち止まって手にとってもらいやすくなると思うし」

「なるほど。いいですね」

「お勧めレシピのポップもつけるっていうのはどうでしょうか」と浅野が話に加わった。「出荷者さんを回るついでに、そういう情報、仕入れられると思いますし、ネット経由でも多分、いろいろ拾えるかと」

「うん、いいね」一成がうなずく。「だったら浅野、お前が試食コーナーもやってみたらどうだ」

「僕がですか？」浅野は目を丸くして自分を指さしたが、すぐに表情が引き締まって「やらせていただこうじゃないですか。レシピを紹介するポップだけで済ますより、確かにそっちの方がいい」

「お前は人当たりがいいし、口も達者だからいけると思う、頼むわ」

「口はまあ、何とか大丈夫だと思いますけど、料理の腕前はからっきしですよ」

「そんなお前でもできるような簡単レシピを実演すればいいんだって。例えばチンゲンサイだったらベーコンと一緒にさっと炒めるとか、湯がいてツナマヨとコーンをあえるとかすれば、そこそこの一品になる」

「青葉さん、詳しいじゃないですか。いつの間に勉強したんすか」

「いやいや、うちの奥さんの手抜き料理を今ちょっと思い出しただけだよ」

「そうか……がんこ野菜の手抜き料理って、どうです？　いや、手抜きという言葉はよくないか。がんこ野菜のお手軽レシピ。こっちの方がいいかな」

「調理の実演をするんだったら」と小文字さんが言った。「包丁で切るときの音の違いをアピールするのも、いいんじゃないっすか」

「音、ですか？」

浅野が怪訝《けげん》そうな顔になった。そういえば浅野は、宇佐さんが育てたネギやチンゲンサイを切る音や感触を知らないのだ。

「実際に切ってみれば判るって」と一成は言った。「例えば宇佐さんが育てたネギを切ったらさ、普通なら、サクッていう音なのが、ザクッていう聞き応《ごた》えのある音がするんだ。包丁から伝わってくる感触も違うし」

「へえ、そんなに違うもんすか。だったらこの際、マイ包丁を買うことにしましょうかね。実演用だったら、先端が尖《とが》ってないやつがいいですよね。金属の包丁より、セラミック包丁の方が、近くで見るには安心感があっていいかなあ」

そのとき、近くの棚と棚の間を、カートを押して通り過ぎる吉野店長の姿があった。

一成は早足で近づき、「店長」と声をかけた。

吉野店長は返事をせず、振り返って無表情な顔を見せた。

「野菜のイラスト、ありがとうございます。あんまり上手なんで、びっくりしました」

吉野店長は視線をそらすようにして、シリアルの箱を棚に並べ始める。

「あ、手伝います」

「いや、いい」

「…………」

「出荷者、集まりそうかね」吉野店長がちらと横顔を向けた。

「ええ、何とかなりそうです。実演販売もやろうかって話をしてたとこなんです」

「…………」

「じゃあ、失礼します」

「青葉さん」と呼び止められたので一成は足を止めて「はい」と応じた。

「がんこ野菜、いいアイデアかもしれん。ありがとう」

「……あ、いえ」

吉野店長からほめられたぞ、あの吉野店長から。

一成は、腹の中がじんわり暖かくなるのを感じた。

翌朝の出荷者一番乗りは宇佐さんだった。午前八時の朝のミーティングが終わって、裏側にある搬出入口のシャッターを上げると、既に幌《ほろ》付きの軽トラックが停まっており、着古した作業服に長靴、頭に作業キャップという格好の宇佐さんが降りて来た。一成は「おはようございます」とあいさつをして、野菜が入っているダンボール箱を台車に載せて運び込む作業を手伝った。

以前は鮮魚の調理場だった部屋が、がんこ野菜のラッピング作業場となった。宇佐さんがこの日持ち込んだのは、万能ネギ、チンゲンサイ、サラダ菜、サトイモ、ナタマメ、マコモダケの六品種。どれぐらい売れるのか、全く不透明だからだろう、全部でミカン箱サイズのダンボール二つ分程度の分量だった。ここで待機していた浅野が「おはようございます、宇佐さん。今日からさっそく扱わせていただきます。よろしくお願い致します」と深々と頭を下げた。

野菜はいずれも泥を落としてあり、そのままラッピングできる状態だった。マコモダケも食べられる根元部分のみにカットしてあった。

吉野店長、小文字さん、そして女性スタッフの高峰さんと井堀さんが、様子を見にやって来た。吉野店長がぎこちない態度ながら、「このたびはお世話になります。店長の吉野と申します」とあいさつをし、宇佐さんも「やあやあ、こちらこそ、お世話になります」と作業キャップを取って応じていた。

「袋詰めとシール貼りの作業は、宇佐さんご自身でやっていただきます」と浅野が言った。「要領はもちろんお教えしますのでご心配なく。覚えれば簡単ですから」

まずは、それぞれの野菜の大きさに合った透明な袋を選び、野菜を入れる。宇佐さんは、サラダ菜は小さめの袋に一束ずつ、サトイモは七個ずつ、ナタマメは十二個ずつ、マコモダケは三個ずつ、声に出して数えながら袋に入れて、テープで口を留めていった。宇佐さんは途中で「売れたらええけどなー、売れたらええけどなー」と、即興と思われる節回しで歌うように口にしていた。浅野は「宇佐さんの野菜を一度食べたお客様は、絶対また買いに来てくれますよ」と言った。

続いて宇佐さんにそれぞれの税抜き価格を申告してもらい、浅野がノートパソコンを操作してそれを入力、すぐさま接続したプリンターを作動させると、袋に貼り付けるシールがプリントアウトされて出てきた。シールには、生産者名、野菜の名称、原産地、出荷日、ひなたストアの名称と住所と電話番号、バーコード、税込み価格が表示されている。宇佐さんはそのシールを手にして「おお、俺の名前が入っとる」と、少し照れ笑いのような表情を見せた。価格はどれも、一成の想定を下回っていた。仲卸会社や運送会社が間に入らないからこそ設定できる価格である。

小文字さんが「それぞれにポップをつけますから」と言うと、宇佐さんが「ポップ？　ポップコーンをおまけにつけるんか？」と聞き返したので、高峰さんが小さく噴き出した。

「いえいえ」と小文字さんが片手を振る。「サラダ菜だったらサラダ菜を置くコーナーに、栄養価とか、おすすめの料理方法なんかを書いた札っていうかカードみたいなのを表示するってことです。マコモダケなんて、知らない人がほとんどですから、どんな味や食感なのかということを知らせるのは重要ですよ」

「へえ、そりゃご苦労なことだね。おたくは学生さん？」

「あ、はい」

「若いのに、商売が上手いんだね」

小文字さんは少し顔を赤らめて「いえいえ」とうつむいた。

小分けした袋の表面にそれぞれシールを貼って、作業終了。最後のマコモダケにシールを貼り終えたところで、みんなの間から自然に拍手がわき起こった。

7

十月中旬の金曜日の夕方、地元のテレビ局、さがんＴＶで、ひなたストアを取材した様子が放送された。収録はその二日前、がんこ野菜コーナーがスタートして一週間後のことである。オンエア時は仕事中だったので一成たちはリアルタイムで番組を見ることができなかったが、閉店後に残っていたスタッフみんなで、事務室にある小型テレビを囲んで録画をチェックすることになった。一成自身も、寮にある小型テレビに録画予約をしてある。

番組が始まってしばらくは別の話題を取り上げていたので早送りした。画面に、レポーターのユキ先生が、ひなたストアをバックに登場したところで吉野店長が「あ、ここからだ」と言い、リモコンを操作していた小文字さんが、その手前のコマーシャルまで巻き戻した。

ユキ先生がローカルタレントとしてときどき登場する、地域の話題を紹介する〈さがんまち捜索隊〉というロケ企画である。ひなたストアの〈元気すぎる　がんこ野菜〉を取り上げてもらえることになったのは、一成や高峰さんから話を聞いたユキ先生が、がんこ野菜を買いに来てくれて、「包丁を入れたときの音が違うっ。そして味が濃いっ」と感嘆してくれ、番組スタッフに猛プッシュして企画を実現させてくれたからである。

コマーシャルが明けてハンドマイクを持ったユキ先生が登場すると、パイプ椅子から立ち上がって高峰さんが拍手をした。

「こんにちはー、さがんまち捜索隊、レポーターの、新しい話題が大、大、大好き、大門ユキでーす」ユキ先生がカメラに顔を近づけてから再び下がった。「今日は、ががんこすぎる……じゃなかった、ごめんなさい。撮り直す？　まま行く？　はーい、元気すぎる、がんこ野菜なるものが、こちらのスーパー、ひなたストアで販売されていると聞いたので、さっそく捜索してみたいと思います。がんこ野菜って、いったいどんなお野菜なんでしょうか。ではさっそく、店内にお邪魔してみましょー」

画面の右上には、〔スーパー　ひなたストア　佐賀市〕と表示されていた。

ユキ先生は、白いつなぎ服にグレーの迷彩模様をしたバンダナという、このコーナーのユニフォームと思われる格好だった。おそらく汚れるようなロケもするからだろう、地味な服装ではあるが、つなぎ服の胸もとは広めに開けられていて、その下のシャツも襟が広いため、谷間が見えるか見えないか、という感じになっていた。ロケ先によって胸もとの開き具合は変えるのかもしれない。

店内の映像に切り替わった。がんこ野菜の看板のアップから引いて、ユキ先生が、がんこ野菜コーナーの前に立っている。その横には、エプロン姿の一成。

黒縁眼鏡の井堀さんが「副店長、緊張してますねー」と茶々を入れ、何人かが短く笑った。一成は「そりゃ、そうですよ。こういうの、慣れてないんだから」と口をとがらせた。

「さて、がんこ野菜のコーナーに参りました」とユキ先生が始めた。「こちらは、ひなたストアの副店長で、がんこ野菜販売の言い出しっぺだという、青葉一成さんでーす」

一成が、強張《こわば》った作り笑顔で「こんにちはー、よろしくお願いします」と会釈した。

「看板によると、無農薬有機栽培のお野菜ってことですか」

「ええ、それだけでなく、近郊で採れた地元の野菜に限定して、販売させていただいてます。お陰で、採れたての野菜を常時、並べることができております」

「なるほど。遠くから運んだら、時間がかかった分、鮮度が落ちてしまいますからね」

「はい、鮮度もですし、輸送コストがかかると、どうしてもその分、値段が上がってしまいます。少しでも安く販売するためにも、地元産で、ということです」

「なるほど、値段のシールをざっと見ても、確かにお買い得っていう印象はありますねえ。ところで、がんこ野菜というネーミングには、どういう意味があるんでしょうか」

「大型スーパーなどが求める規格から外れた、がんこな野菜だからです」

「というと？」

「地元の小規模な農家さんの中には、安心安全で美味しい野菜を作っておられる方々が少なからずいらっしゃるんですが、それぞれの土質があり、それぞれの育て方があるので、大きさや形がそろえられないんです。キュウリなんか本当は、いろんな形に曲がってるのが当たり前なんですが、どうしても、長さがそろった、まっすぐなキュウリばかりが売れて、そうでないものは売れ残ってしまいます。ここにあるのは、見た目は規格外だけれど、味と栄養と鮮度、そして安全性ではどこにも負けないという野菜たちです。要するに、他のスーパーさんたちの要求に従わない、がんこな野菜たちなんです」

「なるほど。確かにこちらのトマトと、そっちのトマトは色も形も大きさも違ってますね。出荷者さんごとにカゴを分けて陳列してるんですね」

「そうです。出荷者さんごとにスペースを分けています」

「お野菜の小さなフリーマーケット、みたいな」

「はい、まさにそうですね」

会話の合間に、陳列されている野菜たちが次々と映し出されていた。レタス、サラダ菜、チンゲンサイ、白ネギ、ワケギ、セロリ、サトイモ、トマト、ショウガ、ニンジン。そして、他のスーパーではあまり見かけないナタマメ、エビイモ、シホウチク、マコモダケ……。別撮りされた、それらを手に取るお客様の様子も映された。

「看板には、味と香りの違いをお試しあれ！　ってありますけど、そんなに違うものなんですか。こう言っては失礼ですけど、大きさや形が不揃いなので、見た目の印象が、今ひとつという感じなんですけど」

「それはごもっともな感想だと思います。では、まずはこの音を聞いてみていただけますか」

　カメラの枠外にいた浅野が入って来て、小さなテーブルを用意した。その上には、まな板と包丁が載っている。包丁はホームセンターで買った、尖っていない形のセラミック包丁である。浅野が、万能ネギの束を、まな板の上に置いた。

　一成が包丁を手にして、「がんこ野菜を切るときの音を、ちょっと聞いてみてください」と言い、包丁を入れた。さらに、二度、三度と切ってゆく。

「うわっ、ザクッていう、思ってたより重厚な感じの音がしますね」

「包丁を入れたときの感触も、がっつり伝わってくるんですよ。切るだけでも楽しい気分になりますよ」

「それに」ユキ先生が顔をまな板に近づけて、片手で鼻に匂いを送る仕草をした。

「切ったらたちまち、ネギの匂いがただよってきました。こんなに強い香りのネギって、久しぶりの気がします」

「化学肥料を使わず、米ぬかを主原料とした有機肥料で育ててるので、ネギ本来の香りも強くなります。匂いだけじゃなくて、味も濃いんですよ」

「味を確かめてみたいんですけど、お願いできますか？」

「はい、そのために、いくつかご用意させていただいてますので」

浅野が、近くに用意しておいた長机の上にある小皿を、まな板のそばに置いた。小皿には、塩ゆでして四つぐらいに切り分けたナタマメが小さく盛ってある。

「これは大きなサヤエンドウのように見えますが、ナタマメという野菜です。さきほど塩ゆでしたものですが、ちょっと召し上がっていただけますか」

「へえ、ナタマメ。あまり知られてない野菜ですよね」

「実は昔から食べられてるもので、福神漬けなんかにも入ってますよ」

「へえ、そうなんだ」ユキ先生が一つつまんで、匂いをかぐ。「匂いも、サヤエンドウに似た感じです。でも確かに、青々とした香りが鼻をくすぐりますね。では」と口に入れてから無言の間《ま》を作り、「ウー、マイ、ガーッ」と目を丸くして見せた。

ここで高峰さんが「あはは、大門ユキさんが食レポをするときの、決め台詞《ぜりふ》なの」とみんなに教えた。アメリカ人がよく口にする、オー、マイ、ガーッ、のアレンジらしい。撮影中はそのことを知らなかったので、隣で一成はかなり戸惑った表情をしている。

「いけますねえ、これ」とユキ先生が続ける。「ビールのおつまみにぴったり。塩だけの味付けが、かえってこのナタマメっていう野菜の持ち味を引き出してくれてる感じ。それにこのコリコリした食感。サラダとかパスタに入れても美味しいんじゃないでしょうか。一つ食べると、もう一つ欲しくなりますねー」

ユキ先生はそう言って、さらにもう一つ、口に入れた。

「ナタマメは天ぷらとか、炒め物に入れても、美味しく召し上がれると思います」

続いて浅野が、長机の隅に載せてあったオーブントースターから、別の小皿を出して、ナタマメの隣に置いた。

「これは何という野菜ですか」

「マコモダケといいます。オーブンで焼いて、少量の塩とオリーブオイルを表面にかけてあります」

「また珍しいお野菜ですね。本当に地元で作られてるんですか」

「ええ、ここから数キロ圏内で栽培されてますよ。マコモダケは中華料理によく使われてきた野菜です。あまり知られていない地元産の野菜をもっと知っていただこうというのも、がんこ野菜コーナーの方針の一つでして」

「なるほど、そういえばこういうのが、中華の炒め物に入ってたかなあ。では、これもちょっといただいてみましょう」ユキ先生はこれもまずは匂いをかいで、「おおっ、焼きトウモロコシみたいな香りです。美味しそう」と前置きしてから、口に入れた。

「うん、うん」とうなずきながら、親指を立てる。「ウー、マイ、ベイビー」

これもユキ先生の決め台詞なのだろう。本当は、ビー、マイ、ベイビー。

「これまた見事に、ウー、マイ、ベイビーですねー。タケノコの食感と、トウモロコシのような甘み。これも余計な調味料を使わないで、塩とオリーブオイルだけで正解ですね。素材の美味しさがよく判ります」

「肉野菜炒めに入れたり、天ぷらにするのもお勧めですよ」

テレビ取材用にナタマメとマコモダケを選んだのは、一成の提案だったが、事前の打ち合わせ時にユキ先生も賛同してくれた。まずは珍しくて美味しい野菜を売ってますよ、と視聴者に印象づけた方がインパクトがあると考えたからである。

最後に浅野が出した小皿は、小さな冷や奴だった。一応、ひなたストアで販売している豆腐の中で、一番高級なものを使っている。上には、たっぷりの刻みネギと、少量のかつお節。そこに浅野が、だし醤油《しょうゆ》をかけた。

「このお豆腐にかかってるネギは、もしかして」とユキ先生が振ってきた。

「はい、さきほど切ったものと同じ万能ネギです」

割り箸でつまんで、ネギが載った豆腐を口に運ぶ。ユキ先生が目を閉じた。

「ネギの青々とした香りが鼻から抜けて、独特の辛みと味がやってくる。オーイシイ、クラノスケ。もはやこれは冷や奴ではありません。もはや、何でしょうか」

ここでユキ先生が目を開けて、一成に顔とマイクを向ける。アドリブが利かない一成は、固まった状態で「えっ」と聞き返す。

「ネギが主役の座を奪っちゃってます。これはネギ奴です」

「ああ……はい」

女性スタッフたちが噴き出した。「副店長、棒立ちですね」と高峰さんに言われ、「参ったなあ」と頭をかくしかなかった。

「さて」カメラがいったん切り替わって、ユキ先生が少し改まった態度になっていた。「この、がんこ野菜のコーナー、始まったのはつい最近だと伺いましたが、副店長さん、反響の方はいかがでしょうか」

「はい、お陰様で、来店するお客様が確実に増えてまして、我々もやってよかったと大いに喜んでいるところです」

「じゃんじゃん売れてるわけですか?」

「種類によっては、昼過ぎになると売り切れてしまうこともあるので、出荷者さんにもっと持って来ていただけるよう、お願いしているところです」

「では出荷者さんも喜んでくださって?」

「はい。でも、喜んで持って来てくださる方もいらっしゃる一方で、うちはそんなに作ってないから、と断られてしまうこともありまして。悩ましいところです」

「その辺は、これからの課題ですね」

「ええ……これからも、地域の皆様に喜んでご利用いただける店を目指したいと思っております」

小柄で色黒の大畠さんが「副店長、態度も言葉も堅いんだから」と笑いながら言った。確かに、もうちょっと気の利いたコメントをした方がよかった気がする。ユキ先生のテンションと、全くかみ合っていない……。

カメラが再び、陳列されている、がんこ野菜を映し出してゆき、それからユキ先生が再び現れた。

「続いて、お客さんや出荷者さんの声も、ちょっと聞いてみたいと思います。すみませーん、がんこ野菜をお試しになられたこと、ありますか」

ちょうどコーナーで品定めをしていた、カートを押している五十代ぐらいの女性に、ユキ先生が声をかけた。実は直前に「大門ユキさん、いつも見てますよー」と声をかけてきた女性である。

ここから先は、一成たちスタッフが近くにいると本音のコメントが取れないからと言われ、遠巻きに見守っていたので、具体的にどんなやり取りがあったのか、まだ知らない。

「一昨日《おととい》、ネギとサラダ菜を買ってみたら」と女性客が答える。「確かに味が濃くて、美味しかったの。だから今日は、別のお野菜も食べてみたくなって。値段も高くないし、珍しい野菜もあるし、目移りしちゃいますね」

さらに別の年配女性が画面に現れて「ご近所からここのナタマメをお裾分けしてもらったんですけど、塩ゆでしたのをうちの旦那が気に入って、また食べたいって言うもんだから今日、買いに来たの」と言った。

「ナタマメ、残り少ないみたいですよ」

「あら本当」年配女性がすぐに手を伸ばして、ナタマメ二袋をカゴに入れ、いったん行きかけてから「やっぱりもう一つ」と笑って、さらに一袋、持って行った。

続いて、出荷者さんたちが野菜を持ち込んでラッピングする作業場にカメラが切り替わった。このときは浅野が対応している。

七十ぐらいと思われる細身の年輩女性が、台車に載せたダンボール箱を運んで来た。若い頃は結構な美人だったのではないかと思われる、シャープな鼻とあご。柄物《がらもの》の割烹着《かっぽうぎ》風エプロンをして、頭には白い三角巾《さんかくきん》をしている。確か、高尾《たかお》さんという一人暮らしの零細農家さんで、三日ほど前から、三輪バイクに野菜入りダンボール箱を一つだけ積んで、持って来てくれるようになった人である。

ユキ先生が「すみません、ちょっとお話を伺ってもよろしいでしょうか」と声をかけたが、実際には事前に取材をお願いして、了解をもらっている。高尾さんは「はいはい」と笑って応じた。

カメラが切り替わって、ユキ先生と高尾さんのツーショットになった。

「こちらは出荷者のお一人で高尾さんという方です。高尾さんは、今日はどんな野菜を持って来てくださったんですか」

「白ネギ、からし菜、それと四角豆ですね」

その返答の途中で、カメラがダンボール箱の中を映し出す。

「四角豆って、これですか。ちょっといいですか」ユキ先生が四角豆の一つを手にして、カメラに向けた。「これまた珍しい野菜ですよね。どうやって食べるものなんですか」

四角豆は、サヤエンドウやナタマメに似ているが、断面がXのような形をしている。東南アジアでよく食べられているが、最近では家庭用菜園などでも育てられる品種が国内に出回っている。

「天ぷらとか、味噌汁に入れたりとかしてもいいけど」と高尾さんが、穏やかでゆっくりした口調で答える。「塩ゆでしただけでも美味しいですよ」

「さっき、がんこ野菜のコーナーにはなかったようなんですけど」

「朝に持って来たものが売り切れたと聞いたので、追加で持って来たところなの」

「なるほど、人気の品種なんですね。がんこ野菜のコーナーに出荷されるようになったきっかけについて教えていただけますか」

「知り合いの、うちと同じく小さな畑をやってる人が先に出荷なさってて、声をかけてもらったんです。この辺で四角豆を作ってる人は少ないから、出してみたらって。そしたらよく売れてるって聞いて、びっくり。今までは自分で食べる分と、親戚やご近所に配るだけだったんですけど、この年になってスーパーさんに卸すことになるとは、思ってもみなかったわ。最初の日なんか、自分の野菜が並んでるだけなのに、うれしくて一時間ぐらい眺めてたのよ」

高尾さんは、顔をくしゃくしゃにして笑っている。

「ご家族から何か言われてますか？」

「最近主人を亡くして、一人暮らしなんですよ」

「あー」ユキ先生が、しまった、という表情になったが、高尾さんは笑みを絶やさない。

「でもこうやって、ひなたストアさんに毎日ちょっとずつ野菜を運んで、売れていくのって、楽しいのよねー。声をかけてもらって本当に感謝してます」

「じゃあ、生活に張りが出たっていう……」

「そ。ときどき売り場に行って、こっそり観察するの。で、自分の野菜をカゴに入れてくれるお客さんを見たら、ありがとうございますって、手を合わせてるの」

テレビを一緒に見ていた大畠さんが鼻をすすっていた。想定していなかったことだが、がんこ野菜は、地域の年配の方々に生きがいのようなものを提供できているらしい。

　ユキ先生が「がんこ野菜、ますます注目を浴びそうな予感ですねー、以上、ひなたストアからお送り致しました――」と締めくくった。

　コマーシャルに切り替わる直前、画面下に〈番組の最後に、えっ？　がんこ野菜がこんなところにも！〉という表示があった。

「え、何、今の？」と一成は周囲のスタッフに尋ねた。

「青葉さんに内緒で、撮ってもらったのがあるんですよ」と高峰さんが答えた。「オンエアしてもらえるかどうかは判らないってことだったけど、ユキ先生がテレビ局にプッシュしてくれたみたい」

「がんこ野菜がこんなところにもって、どういうことですか」

「それは見てのお楽しみ」

　みんながにやにやしている。知らないのは自分だけ、ということなのか？

　小文字さんがリモコンで早送りして、その映像を頭出しした。

　ひなたストアの裏側、搬出入口側の駐車場だった。ユキ先生と高峰さんが隅のフェンス際に立っている。

「ひなたストアの駐車場の隅に、野生のがんこ野菜が育ってると聞いて、やって参りました」ユキ先生が言い、「これですね」と足もとを指さした。

カメラが寄って、フェンス際のアスファルトの割れ目から伸びている、ほうれん草のような形をした草を映し出した。

「これ、野菜なんですか」とユキ先生が聞き、高峰さんが「はい。ラディッシュなんですよ」と答えた。

「えーっ」と一成は声を上げた。そんなものが駐車場の隅に生えていたのか。

「ラディッシュって、赤くて小さい、二十日大根《はつかだいこん》とも呼ばれてる野菜ですよね」とユキ先生が続ける。「一つ、二つ、三つ。三つも育ってますけど、どういうことなんでしょうか」

映像がしばらくの間、野菜図鑑のものらしいラディッシュの写真に切り替わった。

「理由は私たちも判らないんです。アルバイトの人が偶然見つけて、一つを抜いてみたらラディッシュだと判って」

「ときどき騒ぎになってる、ど根性大根とか、ど根性キャベツとか、あれみたいなものですかね」

「そうだと思います。鳥が種を運んで来たのか、誰かがここに種を落としたのか、判りませんけど、気がついたらここで育ってたんです」

「その抜いたラディッシュは、食べてみたんですか」

「がんこ野菜を象徴する縁起物だということで、食べるのはもったいないってなって、元の場所に埋め戻しました」

「なるほど。これはまさに、がんこ野菜の守り神かもしれませんね。現場からは以上でーす。午後六時からは、さがんニュース！」

ユキ先生が人さし指で、キューの合図をしたところで番組は終わった。

「ほんとに？　駐車場の隅にラディッシュが？」

「ほんとです」と高峰さん。「最初に見つけたのは小文字さんなんですよ。一本だけ抜いたラディッシュを私に見せに来て、こんなものがって教えてくれて」

その小文字さんが「見つけたのはテレビが来る前日です。何でラディッシュが生えてるのかはともかく、せっかくだからそれも取材してもらったら宣伝になるかなと思いまして、高峰さん経由で大門ユキさんに伝えたんですよ」

「へえ……」

「がんこ野菜たちが呼び寄せてくれたんじゃないかしら」と高峰さんが言った。

オンエアの確認が終了して一同解散となったところで一成は、そのラディッシュを見に行ってみた。外灯の弱い光の中、そこには、両サイドを守る形で、パック牛乳などを運ぶのに使うプラスチックケースが置いてあり、〔自生がんこ野菜、抜かないで！〕と書かれたポップ用ステッカーが、そのケースに貼ってあった。

駐輪場で自転車にまたがったところで背後から「青葉さん」と声がかかった。振り返ると、吉野店長が駆け寄って来る。

何となく身構えていると、吉野店長が「この後、何か予定とか、ありますか」と聞いてきた。

「いえ、帰るだけですが」

「じゃあ、ちょっといいですか」

「は？」

「青葉さんの帰り道、三叉路《さんさろ》のところに焼き鳥屋があるでしょう、ここからだと四、五百メートルぐらい先に」

「はあ……」

「あそこで、ちょっと待っててくれませんか。最後の点検と夜間警備の設定をしたら、すぐに追いかけるから」

いったい何の用だろうかと訝《いぶか》ったが、吉野店長の態度はそれまでに何度も見てきたような横柄なものではなく、懇願するような印象があったので、不愉快な話でもなさそうだと感じた。

どういう返事をしようか迷っていると、吉野店長はもう承諾を得たものと解釈したようで、「すぐに行くから、よろしく」と言い残して、店の方に戻った。

その焼き鳥屋は、個人経営の店らしく、一階は店舗だが、二階は民家になっているようだった。出入り口の横に〔焼とり〕と大きく書いた赤提灯《あかちょうちん》がかかっている。昔からよく見かける感じの、庶民的な店構えだった。

自転車を店の前に停めて、外で待つことにした。夜空は晴れており、星がいくつか見える。ときおり涼しい風がほおをなでる。ひなたストアに来たときはまだ残暑が厳しい時期だったが、すっかり秋も深まった。店の換気扇から、焼き鳥が焦げるいい匂いがしていた。

ほどなくして、吉野店長が小走りでやって来た。ノーネクタイのカッターシャツにベージュのチノパン。ひなたストアで使っているエプロンを外しただけの格好である。「やあ、待たせてすみません」吉野店長は、はあはあと息をしながら片手で謝る仕草を見せた。「中で待っててくれてもよかったのに。じゃ、入りましょう」

吉野店長に続いて中に入った。バイトの男子学生だろうと思われる、やせた若者たちが「いらっしゃいませーっ」と一斉に唱和した。みんなそろいの法被《はっぴ》姿で、てきぱきと働いてる。

カウンター席と座敷にテーブルが三つだけの、こぢんまりした店だった。客の入りは七割程度。一成たちはカウンター席の奥に腰かけた。目の前のガラスケースに焼かれる前の串物が並び、その向こう側に長い炭火コンロがあって、煙が上がっている。

「青葉さん、お酒は飲めますよね」と吉野店長から聞かれ、「ええ」と答える。

「生でいいですか」

「はい」

吉野店長が店員に「生二つ」と注文し、メニュープレートを一成の方に押しやって「好きなもの、どんどん頼んで。もちろん私が払いますんで」と言った。

さらに「安くて旨いんですよ。青葉さんはここ、来たことは？」と聞かれ、「いえ、初めてです」と答える。吉野店長は「あー、そう」と作った感じの笑顔。

「浅野さんにも声をかけようか迷ったんですけど」と吉野店長が続けた。「まずは青葉さんと話をさせていただこうと思ったもので」

「はあ……」

いったい何だ、この態度の変化は。

とりあえず乾杯し、ビールを流し込んだ。空《す》きっ腹にしみる。

「あー、旨い」吉野店長はジョッキを置いて一成の方を向き、「青葉さん、テレビの取材、お疲れ様でした」と頭を下げた。

「いえいえ、レポーターの大門さんやテレビクルーの方たちが頑張って面白くしようとしてくれてたのに、私の方は、あんなぎこちない感じになっちゃいまして、申し訳ありません」

「いや、かえって誠実さが感じられて、いいですよ」

「いえいえ……」

吉野店長から再度勧められて、焼き鳥を数種類、注文。吉野店長が「それ、三本ずつね」と店員に告げた。

「青葉さん」吉野店長が、改まった表情で身体ごとこちらに向けた。「今までのこと、どうか許してください。すみませんでした」

深く頭を下げられ、どういう言葉を返せばいいか判らず、「あ、いえいえ、そんな」としか言えなかった。

「実は、来年三月末で閉めるつもりだったんです」

「えっ……そうだったんですか」

「利益は落ちる一方、維持費はかかる、どうやったってキョウマルやミントには太刀打ちできない。潰れるのは時間の問題。そんなときにちょうど、大手チェーンのドラッグストアから、あの土地で新店舗を出したいっていう打診があったんで、青葉さんが来たときはもう、そのつもりで話を進めてたんです。ただ、フランチャイズ形式でそのオーナーになるのか、土地を売り渡すか貸すかして営業にはかかわらないのかとか、あと細かい条件面でがちゃがちゃしてましてね。先方の要求も上からの感じだったもので、イライラしてたっていうか、気持ちがささくれてしまってて……」

吉野店長の冷たい態度は、それが原因だったのか……。

「私がグリップグループの回し者だとお考えになってたようですが……」

「あれは、半信半疑ではあったけれど、もしかしたら、ドラッグストアの進出計画をキョウマルが察知して、情報収集と妨害のために、青葉さんを送り込んできたんじゃないか、なんてことを考えてしまって……ドラッグストアでも食品、扱いますからね」

「最近の大型ドラッグストアは、スーパーに近い品ぞろえですからね」

「本当にすまない」吉野店長がまた頭を下げた。「あなたの、他のスタッフへの態度などを見て、その可能性はないだろうとすぐに思い直したんですが、振り上げた拳を下ろすタイミングが見つからなかったっていうか……そういうところ、自分の駄目なところだと判ってるんですけど、なかなか直せなくて」

「………」

さきほど目の前に出された、ぶつ切りキャベツの山が載った大皿に、若い店員が「お待たせしました、レバー、ぼんじり、ハツです」と、焼き上がった串を置いてゆく。吉野店長から「さ、どんどんやって」と促されて、「では、いただきます」手を伸ばした。

「こういう性格のせいで、女房とも、何度か離婚の危機があったんですよ」吉野店長が焼き鳥を食べながら続けた。「ケンカになっても、謝るのが嫌で、いつまでも怒ってるような態度を取ってしまう。別れずに済んでるのは、女房の方が大人だからです。あっちも気が強い性格だったら、とっくに駄目だったと思います」

「できた奥さんと一緒になれて、お幸せですね」

「いやいや、そんなできた女房じゃありませんよ。掃除も丁寧にやってくれないし、洗濯物のたたみ方も、何回言っても雑だし。青葉さんのご家族は、うきは市にいらっしゃるんでしたよね」

「ええ、妻と中学生の娘が一人」

「うちも娘が一人ですよ、高校生ですけど。最近、耳にピアスの穴を勝手に空けやがって、ちっとも勉強しないで、ダンサーになるとか言い出して……」

「うちも、話しかけてもろくに返事をしてくれません。もう少し大人になるまで、待つしかないかなあって思ってますよ」

「ま、そうですよね……」吉野店長はうなずいて、しばらく間を取った後、ジョッキのビールを飲み干して、一成の方に向き直り、またもや頭を下げた。「青葉さん、どうかこれからも、力を貸してください。ひなたストア、今は本気で立て直そうと思ってるんです」

「あ、はい」一成は口に運びかけた串を皿に戻した。「私なんかでよければ、喜んで。じゃあ、ドラッグストアの件は……」

「もちろん、断ります。がんこ野菜のお陰で光明が射してきたんです。このチャンスに賭けなかったら、絶対に後悔すると思います。最近は確実にお客様が増えてきてるし、売り上げも伸びてます。この調子でやれるなら、充分に採算が取れる」

数字を示されなくても、それは一成も確信を持っていた。がんこ野菜を始めて以来、一日ごとに確実にお客様が増え続けているのは、見れば判ることである。駐車場に停まる車も倍増したし、以前は皆無だったセレブ風の奥様という感じの女性客まで来店するようになった。その他、年配の出荷者さんたちが、野菜を置きに来たり、売れ残りを回収しに来たりするついでに買い物をしてくれるようにもなり、その出荷者さんたちの親戚や知人も来店してくれるようになった。田舎の年配の方々は、こういう義理堅いところがあるのだ。さらには、ユキ先生や、彼女の信奉者であるシュートビクス受講生の女性たちも、ちょいちょい来店してくれている。

「これも青葉さんのお陰です、ありがとうございます」と吉野店長がまた頭を下げた。

「いえいえ、私は何もしてませんから。がんこ野菜というネーミングは小文字さんが考えてくれたし、そもそも地元の小規模農家さんが作ってる無農薬有機野菜の美味しさを教えてくれたのは、私の隣に住んでる真鶴さんというおばあさんなんです。出荷者の方々にお願いして、とんとん拍子に進めることができたのも、その真鶴さんの人脈のお陰です。だから私は本当に何も」

「でもそれは、青葉さんの人柄がなせる業《わざ》じゃないですか。あなたの愛想のよさ、威張らない態度、裏表のないところ、そういう人間性が、いろんな人々を呼び寄せたんだと私は思います。テレビ取材をしてくれた女性、ええと……」

「大門ユキさん」

「あ、そうそう。テレビ取材が実現したのは大門さんが動いてくれたからだと聞いてますが、青葉さんが通ってらっしゃる、何とかビクスっていうスポーツ教室の先生だったというご縁によるものなんでしょう」

「ええ。でもそれも、もともとそこに通っていて大門ユキさんと懇意だった高峰さんに誘っていただいたからで、私が自分で作った人脈でも何でもありません。要するに、たまたま知り合った職場のパートリーダーさんとか、お隣さんなどのお陰でこうなったってだけで、ただの運ですから」

「いやいや、それは謙遜《けんそん》というものです。副店長として加わったのが青葉さんじゃなかったら、きっとこんなふうに上手くはいかなかった。小文字君のことだってそうです。彼が私の甥《おい》だということは?」

「高峰さんから聞きました」

「私の妹の息子なんですが、高校生の途中から引きこもりがちになりましてね。頭は割といいので、卒業はできたけれど、母親が心配しましてね。自分から他人に話しかけることが苦手で、話しかけられても目を合わさないで答えるし、このままではまともな社会人になれないから、鍛えてやって欲しいと頼まれて、ひなたストアで引き受けたんです。経理と商品管理の手伝いはちゃんとできるんですが、電話がかかってきても出ないし、女性スタッフとの意思疎通も、気を許してる高峰さん経由ばかりだったので、どうしたものかと頭を抱えてたんです」

「あー、そうだったんですか」

「ところが最近、急によく話すようになってきたんです。女性スタッフさんたちにもあいさつをするようになったし。青葉さん、気づいてました？」

「もちろんです。がんこ野菜をやることになったときに彼、私に話しかけてきたので、ちょっとびっくりしました」

「本当ですか。何と言ってきたんです？」

「ゲームみたいで面白くなってきましたね。そんなことを言ってましたよ」

「ゲーム？」

「自分をゲームのプレーヤーに見立てて、ひなたストアの売り上げを伸ばしてゆくっていうミッションをクリアする、そういう感覚らしいんです。がんこ野菜というアイテムが手に入って、次のステージに進むことができた、みたいなことを言ってました。青葉副店長というのも、アイテムの一つなんだそうです」

吉野店長が、はあーっ、と大きくため息をついた。

「そうか……そういえば、ゲームばっかりやってて、ゲーム仲間としか話をしないって、母親がこぼしてました。ということは、逆の言い方をすれば、ゲームの話題だったら他人とでもちゃんと話せる、それがあの変化につながったわけか……」

「なるほど。ひなたストアでの仕事そのものをゲームに見立てるようになって、急に話せるようになったということですか。たかがゲームだと思ってましたが、それが人を変えることがあるんですね」

「青葉さん」吉野店長が両手を差し出してきた。「これも、あなたのお陰です。母親、すごく喜んでるんですよ。今まで、ひなたストアでのこと、ろくに話さなかったのに、急に自分から言ってくれるようになったって。表情まで生き生きとしてきて、専門学校もさぼらなくなったって」

「そうですか。それはすばらしい」

握手に応じると、吉野店長は一成の右手を両手で包み込むようにして、強く握りしめた。

「青葉さん、私、あなたのお陰でもう一つ、決心できました。この後、親父に謝りに行くことにします」

吉野店長の言葉の意味が判らず、一成は「は?」と聞き返した。

「父親です。私、ケンカして、ずっと口をきいてなかったんです」

「お父様というと、ひなたストアの社長さん……」

「そうです。私は以前、小さなソフトウェア会社でシステムエンジニアをしてたんですが、その会社が潰れて失業してしまい、親父と話し合って、ひなたストアの専務という立場で店長になったんです。経営が苦しいってことは判ってましたが、自分が立て直してみせる、みたいな気持ちが最初はありましてね。ところが私も社交的な性格じゃないもので、女性スタッフさんたちといい関係を作れず、売り上げを伸ばすアイデアも浮かばず、イライラが募るばかりでした。そこにきて親父からは、そんなやり方じゃだめだ、ああしろ、こうしろと言われる。それにカチンときて小さなケンカが絶えなくなり、あるときついにマジギレして、つかみ合いになって、言っちゃったんですよ。店をこんなに傾かせた奴が偉そうに指図すんなっ、あんたがいるからよくならないんだって」

「………」

「どうかしてたんです。お袋が亡くなって、精神的なダメージが大きかったはずの親父に、あんな態度を取ってしまうなんて。以来、肩書きだけは社長ですが、親父は店に顔を出さず、こちらからも報告や相談もしないまま、今に至ってるってわけです。店を閉めてドラッグストアにする計画も、私の独断で勝手に進めてました」

「別々にお住まいなんですか」

「以前は親父の家に、私たち家族も住んでたんですが、私が店長になる前に、ひなたストアの経営が苦しいせいで、銀行からの借り入れの担保にしていた家も土地も手放すことになり、それからは別々のアパートに住んでます。どっちも意地っ張りな性格なので、ここ二年ぐらいは、全く会ってませんでした。女房が電話で近況を報告しているようではあるんですが」

「そうでしたか。仲直りをされるのは、いいことだと思います。がんこ野菜の報告をすれば、お父様も受け入れてくれるはずですよ」

「ありがとうございます。では、申し訳ありませんが、これから親父のところに行ってみることにします。今の勢いなら、素直に頭も下げられると思いますので」

再び吉野店長から右手を差し出され、一成は両手で強く握り返した。

8

翌日の土曜日は、一成は休日だったので、日中は掃除や洗濯をし、録画しておいた

〔さがんまち捜索隊〕をＤＶＤに焼いて、最寄りの郵便局から友枝に送った。友枝とは、最初のうちは毎日メールでその日あったことを知らせ合っていたが、それが二日に一回になり、三日に一回になりで、今では週に一回程度になっている。内容も数行で終わる程度だが、この日送ったメールには、是非ＤＶＤを理多と一緒に見て欲しいと書いておいた。

夜にはシュートビクス講座に出て、あらためてユキ先生にお礼を言うと、「青葉さん、次はもっと、面白いこと言ってくださいねー」と笑って返された。

日曜日の朝のミーティングのときに、初めて見る小柄な老人がいた。すぐさま吉野店長から「親父です」と紹介され、互いにあいさつした。頭が薄くて、目が細く、顔に多くのしわが刻まれた、いかにも年季の入った男性、という印象の人だった。

吉野店長が、今日から再び社長にも店を手伝ってもらいます、と話し、その場にいる七人が拍手をした。社長は「ワシと同類の、年配のお客さんの対応を主にやらせていただきます。みなさんの迷惑にならんように頑張ります」と、ちょっとおどけたような言い方で応えた。

その二人の様子を見ただけで、何があったのか、詳しいことを聞く必要はなかった。「それから、新たに提案があります」と吉野店長が続けた。「私も社長も、今日からはみなさんと同じスタッフの一員、という意識で、新たな気持ちで仕事をさせていただきたいと思います。つきましては、肩書きではなく、名前にさんづけで呼ぶようにお願いします。店長とか社長とかいう肩書きで呼んでもらっていたことで、みなさんとの間に壁ができてしまっていたというか、上下関係を意識せざるを得ず、意思の疎通を図る上で、妨げになっていたと感じるもので」

するとと社長が「吉野が二人いるんで、店長は吉野さん、ワシのことは若い頃のあだなだった、キチさんでお願いします」と言い添えた。吉野の吉を音読みしてキチ、ということらしい。

「じゃあ、副店長も、青葉さんですか」と高峰さんが尋ねたので、一成は「はい、それで結構です、もちろん」と応じた。

「なら吉野さん」と高峰さんが、ちょっと意地悪そうな笑い方をした。「同じスタッフの一人としてお願いしたいのですが」

「はい、何でしょうか」

「お客様に対しても、スタッフ同士の間でも、笑顔で声かけ。吉野さん、あまりできてないので、よろしくお願いします」

そう言われた吉野さんは後頭部に片手をやって「ああ、そうですね。仰《おお》せのとおり、心がけます」と苦笑した。

金曜日の夜に、吉野さんから焼き鳥屋に誘われて何があったかについては、その日のうちに高峰さんにメールで知らせてあり、既に女性スタッフたちにも伝わっているようで、吉野さんが妙に愛想よくなったことについて、目を丸くしたり戸惑いの表情を浮かべたりする人はいなかった。静かに吉野さんの変化を歓迎しよう、という感じだった。

「では今日もよろしくお願いします」と吉野さんは言ってから、「あ、そうだった。青葉さんと浅野さん」とパンと手を叩いた。

浅野と顔を見合わせながら「はい」と応じると、吉野さんは近くに置いてあった紙袋を一成と浅野にそれぞれ差し出した。

「ユニフォームのポロシャツとエプロンです。お渡しするのが今頃になって、すみません」

キチさんが「わしらも同じものを着させてもらうことにするよ」と言った。

中を覗《のぞ》くと、女性スタッフらと同じ、黄色のポロシャツが二着と、緑色のエプロン一つが入っていた。もちろん新品だった。

浅野が「あれ……僕のポロシャツ、微妙に色が違うような」とそれを取り出した。

「申し訳ない、浅野さん」吉野さんが両手を合わせた。「昨日、業者に連絡したんだけど、浅野さんの体格に合うサイズで、全く同じ色のがないって言われちゃって……」

「浅野さんも」と高峰さんが声をかけた。「シュートビクスやったらどう？　やせたら、みんなと同じ色のが着られるんだから」

「そうですね……これじゃあ、正式スタッフじゃない、実習生か何かだと思われてしまうだろうし。あ、こんなおっさんを実習生だとは思わないか」

何人かがくすくす笑った。

一成は、最初にこのミーティングに参加したときの、殺伐とした空気を思い出し、ひなたストアに大きな変革の波が押し寄せていることを感じた。そして、まだまだこの波は終わらないような気がしてもいた。


がんこ野菜の出荷者は十七人となり、陳列棚がちょうど埋まる状態になった。テレビ効果だけでなく、口コミでも広がっているのだろう、ほとんどの野菜が夕方には売り切れる盛況である。食べて美味しさが判り、値段も安いのだから、当然ではあるが、がんこ野菜の試食を毎日のようにやっていることも大きく影響しているはずだった。

主に昼前は一成が、夕方には浅野が、さっと湯がいて塩を振ったナタマメや四角豆、マコモダケなどを試食提供しているだけでなく、万能ネギやチンゲンサイに包丁を入れたときの音を聞いてもらい、香りを確認してもらうようにもしている。二人とも最初のうちは口も手つきもたどたどしかったが、慣れてくるうちになめらかに説明できるようになり、浅野などはプロの実演販売士のような口調に変化しつつあった。聞くと、深夜の通販番組を見ながら、人気の実演販売士の口上を真似て練習しているのだという。

　そんな十月下旬のある朝、がんこ野菜をラッピングする作業室の方から、怒鳴り声が聞こえたので、一成はそちらへ向かった。

　浅野が、出荷者と思われる初老の男性と対峙《たいじ》していた。一成にとっては初めて見る顔の男性だった。作業ズボンに紅茶色のヤッケという格好で、彼の足もとには、ダンボール箱二つを積んだ台車があった。

「他の農家だって、農薬ぐらい、使ってんだよ」と男性が大声で言った。「何で俺んとこだけ、駄目なんだよ」

「ですから」浅野が両手で相手を制するような姿勢で応じながら、ちらと一成に視線を向けてから、再び男性の方に戻した。「他の出荷者さんたちは、私が直接出向いて、無農薬有機栽培であることをちゃんと確認してますから。出荷が決まった後もこまめに回って、チェックしてるんです。もし約束違反があれば、すぐに出荷停止にすることになってるんです。あなたは、うそをついて出荷しようとされたので、お断りしますと申し上げてるんです」

　浅野が再び視線を送り、かすかにうなずいた。ここは自分が処理しますから、という意味らしかった。

「けっ」と男性が吐き捨てた。「わざわざ出荷してやるって言ってんのに、ふざけた対応しやがって。もう頼まねえよ。あーあ、無駄になった時間、返してくんねえかなー」

そう言いながら男性は、台車を押して、搬出入口に通じるドアを乱暴に開けて出て行った。

ふう、とため息をついて、浅野が説明した。

「昨日、うちの野菜も扱ってくれと、電話をかけてきた人なんです。それで畑に出向いて話を聞いたところ、無農薬有機肥料で育ててるとのことで、有機肥料の袋なんかも見せてもらったので、販売システムなどを説明したんですが……念のため後で周辺の農家さんにさぐりを入れてみたところ、あの人、実際には農薬使ってるって、複数の証言があったんです。それだけじゃなくて、使用済みの農業用ビニールなんかを畑で野焼きして、ご近所の苦情も無視してるって。だから出荷を断ったのに、うちのは大丈夫だから、なんて根拠のないことを言い張って野菜を持ち込んできたもので……お引き取りくださいとお願いしても聞いてくれなかったので、もし無農薬有機栽培じゃないことが判ったら、詐欺罪で警察に訴えますよと言ったんです。そしたら大声で悪態をつかれちゃって」

農業用ビニールの野焼き問題は、一成も聞いたことがある。ゴミとして公共の焼却施設に持ち込めばコストがかかるので、収穫後の畑で燃やす農家がたまにいるという。結果、黒い煙や刺激臭を周辺にまき散らすことになるし、低温での焼却はダイオキシンなどの有害物質が発生し、土が汚染される。

「そうか。それは、ご苦労やったね」

「がんこ野菜のブランドが傷つけられたら、これまでの積み重ねが台無しになりますからね。僕がちゃんと目を光らせてないと」

ただのアルバイトなのに、重要な役目を、プライドを持ってこなしている浅野の態度には、頭が下がる思いだった。一成は「ありがとう。お前が来てくれて、本当に助かってるよ」と言った。

だがその浅野が突然、「くっ」と顔を歪めて肩を震わせ始めた。

「どうした？」

浅野は前腕で目をこすって身体を折り、そのまま土下座をした。

「すみませんっ、青葉さんっ、許してくださいっ」

何のことか、さっぱり判らず、一成はぽかんとなった。

「すみませんって、何のことだ？」

「ワタミキ食品で、青葉さんを売ったの、僕なんです」

「売った？　……どういう」と言いかけて、はっとなった。「あの書き込みのことか？」

「そうです」

健康食材にまつわる情報を扱っている専門サイトに、ワタミキ食品の営業課長であるかのようにほのめかす何者かが、サプリメントを買っても無駄遣いだ、みたいなコメントを書き込んだという一件である。書き込んだ人物のハンドルネームはブルーリーフ。直訳すれば青い葉、青葉。そしてワタミキ食品ホームページのお客様コメント欄に、おたくの社員がこんな発言をしているぞという指摘が書き込まれ、一成にあらぬ疑いがかかったのだった。その一件と、早期退職勧告とは関係ないようではあったが、自分を陥れようとした人物が何者であるかということについてはずっと、靴の中に小石が入ったままのようなわだかまりが残っていた……。

それが浅野だったとは……。

「何でそんなことを……」

「すみません」浅野は太った身体を精一杯縮こまらせて、カメ状態になっていた。

「いや、すみませんじゃなくて、理由を聞いてるんだ」

「営業部内で、一人でもライバルが減れば、その分、自分がリストラの標的にされる可能性が低くなると思いまして……青葉さんと自分を較べたら、会社は青葉さんの方を残して自分を切るような気がしてしまって……うぅっ」

ワタミキを去るときに、浅野がささやかな送別会を開いてくれたのは、罪悪感からだったのだろうか……ところがほどなくして、その浅野もリストラ対象となった。浅野の企みは無駄だったことになる。

腹は立たなかった。その理由は明らかだった。

「浅野。黙ってりゃ、ずっとばれんかったとやろ。何で今になってそんなことを」

「我慢できなくなりました。ひなたストアで働けるように取りはからっていただいて、ワタミキ食品のときには感じたことのない、やりがいのある仕事をさせてもらってるというのに、自分は恩人の青葉さんを裏切ったという事実が、日に日に重くのしかかって……」

「だったらクビだ。お前には、辞めてもらう」

丸くなった浅野の身体が、わずかにびくっとなった。

「……はい」

「いや、うそうそ。お前に辞められたら困る。がんこ野菜の出荷者のことは、お前やないと任せられん」

「……ううっ」

「黙って済ませられたのに、本当のことを話したお前の良心に免じて、そのことは忘れてやる。もういいけん、立てってて」

「……は、はい」

浅野がよろよろと立ち上がったところを狙って、一成は渾身《こんしん》のビンタを見舞った。派手な音がして、手のひらに熱い感覚があった。

浅野はよろけながら、張られたほおを両手で押さえた。

「これでチャラたい」

「はい、ありがとうございます」

「ビンタされて礼を言うなって」

「それが青葉さんの優しさだということが判るからです」浅野は涙ぐみながら、声を震わせた。「口だけで許してもらったら、まだ負い目が残ります。叩いてもらったお陰で、それがだいぶ、減りました」

「だったらもう一つ。お前に今辞められたら本当に困る。大丈夫か」

「はい、それは誓って大丈夫です。再就職の活動、当分はやらないで、この仕事を頑張ろうと決めてます」

「うん……ありゃ、血がにじんでるぞ」

浅野の前歯が赤く染まっていた。

「大丈夫です。歯で口の内側がちょっと切れただけです」

そのとき、ドアが開く音がして、高峰さんがカラの台車を押して入って来た。何か妙な空気を感じたらしく、「どうかしたんですか」と聞かれた。

「いや」と一成は頭を横に振った。「出荷者さんの中に、無農薬有機栽培じゃない人が紛れ込む可能性があるんで、その対策について話し合ってたところで」

「浅野さん？」

まずい。浅野は、片手で叩かれたほおを押さえている。だが、その手をどけると、ほおが赤くなっているはずだ。隠しても隠さなくても、不審がられてしまう。

「あら」高峰さんは浅野の顔を覗き込むようにして、「口の端に、血がにじんでるわよ」と声を大きくした。

「はい」浅野は苦笑してうなずいた。「実はついさっき、くしゃみをした拍子に、口の内側を咬《か》んでしまって……ときどき、やっちゃうんですよ」

高峰さんが一成を見た。一成は苦笑を作ってうなずく。

上手くいったらしい。高峰さんは、ため息をついて、「やっぱりシュートビクス、浅野さんもやるべきよね。口の中までお肉がだぶついてるから、そういうことになるのよ」と言った。

「はい、そうですね……ちょっと洗面所に行って来ます」

浅野はそう行って、ほおを隠しながら、そそくさと出て行った。

「青葉さん」と高峰さんが、ちょっと怖い顔になって向き直った。

じわっとわきに汗がにじむのを感じた。

「はい」

「本当にやるよう、青葉さんから、ちゃんと誘ってもらえませんか」

「そうですね……判りました、任せてください」

一成は気づかれないように、大きく息を吐いた。

数日後、そろそろ昼休憩だというときに、浅野がやって来て、「青葉さん、見てください」とスマホの画面を見せられた。

金鶏《きんけい》ラーメン、というラーメン店のホームページだという。画面を見たところ、とんこつラーメンが主流のこの地域にあって、鶏ガラベース専門でやっているようだった。

「へえ、鶏ガラスープのラーメン。たまに食べてみたくはなるな」

「そんなことじゃなくてですね」浅野がそのメニューの一つを拡大した。「これです、これ。どう思います？」

がんこ野菜ラーメン、というメニュー画像だった。チャーシューの代わりにスライスした鶏肉らしきものが載っている他、焦げ目がついた白ネギ、チンゲンサイ、ナタマメ、さらにはマコモダケらしきものがトッピングされていた。説明文もあり、無農薬有機野菜をたっぷり載せた新作のヘルシーラーメンだと謳《うた》い、括弧《かっこ》書きで、野菜の種類は季節で変わります、という注意書きがついていた。値段は、普通のラーメンよりも少し高めだったが、このボリュームであれば良心的な金額に思えた。

「場所はどこ？」

「近所です。キョウマルの裏通りのようです」

「行ったこと、ある？」

「いいえ。でも、がんこ野菜ラーメンという名前といい、トッピングの野菜といい、たまたまだとは思えません」

「しかし、がんこ野菜という名前は別に商標登録するようなものでもないし、うちでやってる商売からインスパイアされて作った新メニューだとしたら、光栄なことやないかね」

「それは僕も同感ですけど、本当に無農薬有機野菜を使ってるのかどうかってのが気になるんです。もし違ってたら、うちに飛び火するようなことにならないかと」

「しかし、ナタマメやマコモダケは、うちで買ってるんじゃないのかな」

「そう願いたいんですが」

がんこ野菜ラーメンのトッピングで使うすべての野菜が、ひなたストアのがんこ野菜であれば問題はない。だが、例えば白ネギだけはよそから、無農薬有機栽培ではないものを仕入れているとしたら、看板に偽りあり、ということになり、がんこ野菜という名称が傷つけられるおそれがある。

「一応、確かめに行った方がいいかな」

「そう思います」

「だが、我々に強制力はないからな。要望を伝えても、聞いてくれるとは限らないし」

「そこはまあ、真摯《しんし》な態度で臨めばいいんじゃないでしょうか」

「そうだな。ご近所のラーメン屋さんなんだから、話せば判ってもらえるよな。よし、じゃあ昼飯は、がんこ野菜ラーメンといこう」

「僕も行きます、休憩を取って」

二人とも私服に着替え、歩いて向かった。途中でキョウマルの裏口に当たる、搬出入口の前を通った。

「吉野さんからさっき聞きましたけど」と浅野が少し声を低くした。「キョウマルの社長が、ひなたストアに偵察に来てたって」

「ほう、それはまた」

キョウマルの社長というと、グリップグループの新社長、片野猛司の息子である。一成は、息子の方の顔は知らない。

「吉野さんによると、キョウマルの社長、帽子を目深にかぶって、ご丁寧にマスクまでして、がんこ野菜コーナーの周辺をうろついてたそうです。そのせいでかえって目を引いて、キョウマルの社長だと気づいたって、言ってました。吉野さん、気づかないふりをして、いらっしゃいませー、こんちはーって、わざと大きめの声をかけたそうなんですよ。そしたら逃げるようにして出て行ったって、笑ってました」

「それは、見てみたかったな」

「ついにキョウマルが警戒するレベルになったわけです。何か、わくわくしてきますよね」

小文字さん風にいえば、ゲームが一つ上のステージに進んだ、といったところか。いや、喜んでる場合ではない。

「浅野。もしかしてキョウマルでも、がんこ野菜をやろうとしとるんやなかろうか」

「それはないと思います。がんこ野菜の出荷者さんたちは、キョウマルやミントに対しては、いい感情を持ってませんから。形をそろえろ、大きさをそろえろ、これだけの分量を出荷しろ、卸値はこれだけだ、などと強要されて対応できず、相手にしてもらえなかったという苦い経験を持ってる人、多いんですよ。仮にキョウマルが同じことをやろうとしても、出荷者さんを奪われるようなことにはならないと思います」

「そうか、それは心強いな。じゃあ、キョウマルの社長が偵察に来たのは、真似をしようというんじゃなくて、評判を聞いて驚いて調べに来た、ということかな」

「だと思いますよ。あ、ここだ、金鶏ラーメン」

浅野が指さしたその店は、民家の一階部分を店舗にした、古びた外観をしていた。出入り口の上にあるテント張りの看板に〔鶏ガラ一筋　金鶏ラーメン〕とあり、〔ラーメン〕という白抜きの赤いのぼり旗が店の前に立てられている。

薄暗い窓から中を覗くと、午後一時半という時間のせいか、客はいないようだった。引き戸を開けて入ると、カウンターの向こうに座って新聞紙を広げていた、店主らしきひげ面の男性が「いらっしゃい」と立ち上がった。

ちょくちょく、ひなたストアに買いに来てくれている男性だった。一成たちと同年代ぐらいで、たいがい、黒いTシャツ、そして白いタオルを頭に巻いて後ろで結んでいるので、見間違えることはない。

店主の方も、店内であいさつの声がけをしてくる一成たちだということに気づいたようで、あっ、という表情になり、「あの、もしかして、がんこ野菜ラーメンのことで……」と口を開いた。

「あ、どうかご心配なさらないでください」と一成は言った。「文句を言いに来たわけじゃないんです。うちのがんこ野菜を使ってくださってるらしいってことで、ごあいさつを兼ねて、食べさせていただこうと思いまして」

「ああ……そりゃどうも」

店主は目を細くして軽くうなずいた。表情が崩れると、人なつっこさがある。

「じゃあ、がんこ野菜ラーメンを二つ、お願いしていいですか」

一成たちは正面のカウンター席に着いた。

「はい、がんこ野菜ラーメン二つ、ありがとうございます」

店主はそう言うと、慣れた感じで作業を始めた。

左奥の壁に〔当店では、なべしま金鶏を使用しています〕というタイトルの説明書きが貼ってあった。佐賀の山間部で、自由に走り回れる場所で育てた鶏のブランド名だという。ラーメンは普通、チャーシューを載せるものだが、ここは鶏肉を使うらしい。

店はカウンターが八席のみ。店主一人で切り盛りしているらしい。壁のくすみ方や厨房《ちゅうぼう》の換気扇周りの油汚れの具合からして、そこそこの年月が経過しているようだ。

「いやあ、勝手に名前を使わせていただいて、すみません」麺を大鍋に投入しながら、店主が言った。「事前にお願いに行くのが筋だとは思いましたが、メニューとして定着するかどうか、未知数だったもので」

浅野と顔を見合わせて、事情は判るよな、という感じで小さくうなずきあった。確かに、事前に名前を使わせて欲しいと頼んでおきながら、注文がなくてメニューから外すことになったら、それはそれで決まりが悪い。

「がんこ野菜という名前は、別に商標でも何でもありませんから、気になさらなくていいですよ。むしろ光栄なことだなあって話してたぐらいで」

「それは、ありがとうございます」

「ご主人は、ここのオーナーさんですか」と浅野が尋ねた。

「はい。そろそろ二十年ぐらいになりますかね。オーナー兼、店長兼、従業員です。これまでずっと、細々とやってきたって感じですか。味に自信はあるんですけど、この辺りはほら、とんこつばっかりでしょ。だからアウェー感がずっと抜けなくて。でもまあ、周りに同じ鶏ガラベースのラーメン屋がないせいで、少ないながらも固定客がいてくれてます」

「がんこ野菜ラーメンは、いつ頃から始められたんですか」

「ええと……五日前からですかね。初日は二食だけでしたけど、口コミで注文が増えてくれてます。今日の昼だけで八食出ましたから、お陰様でうちとしてはヒットメニューになりそうです。うち七人が女性のお客さんでした。そもそも、うちは男性客ばっかりだったんで、女性客が増えて、ちょっとびっくりしてるんです」

「ご主人、ちょっと確認させていただきたいことが」一成はコップの水を含んで、口を湿らせた。「がんこ野菜ラーメンに使う野菜は、全部うちのがんこ野菜なんでしょうか」

「ええ、もちろん」店主は両手で湯切りをしながら、にたっと笑った。「無農薬有機野菜だってことで、女性客が来てくれるようになったんです。そこは絶対に守ります。もともとうちは、普通のラーメンと金鶏ラーメンの二つしかラーメンのメニューがなかったんで、野菜らしきものはシナチクとキクラゲだけでしたから。タンメンとかちゃんぽんとか、野菜を使ったラーメンはうちではやってなかったので、他の野菜を、がんこ野菜ラーメンに使い回しする余地はありません。あ、ただしスープ作りでは、タマネギやニンジンなど別の野菜を数種類、使いますが」

問題はトッピングだから、そこは問題ない。店主の実直そうな印象もあって、心配は杞憂《きゆう》だったことが確認でき、一安心である。

「普通のラーメンと金鶏ラーメンは、どう違うんですか」と浅野が尋ねた。

「金鶏ラーメンは、スライスしたスモーク鶏の量が多くなります。ラーメンとチャーシューメンの違いみたいなもんです」

「チャーシューじゃなくてスモーク鶏を使うのは、何か理由があるんですか」

「いろいろ試した結果、うちのスープに合うのはこっちだと思いましてね。裏に専用の燻製機《くんせいき》があって、そこでスモークしてるんです。燃やすチップは、主にウイスキー樽《だる》に使われた後のホワイトオークチップを使ってます」

「へえ……」浅野は感心した様子で一成を見た。

外観はただのラーメン店だったが、実は結構な個性とこだわりを持った店らしい。

「はい、お待たせしました、がんこ野菜ラーメンです」

ホームページの画像にあったのと同じものが目の前に置かれた。だが、湯気を立てて、鶏ガラスープと野菜の青々とした香りを立ち昇らせているせいで、画像と現物では存在感が違う。

各々《おのおの》、「いただきます」と手を合わせ、割り箸を手にした。

まずはスープ。淡い琥珀色《こはくいろ》で、浮かんでいる油がきらきらしている。レンゲを使ってすすってみると、思ったよりも上品で奥行きのある味が口の中に広がった。

「うーん、旨いっすね」と浅野が言った。「普段とんこつばっかりだから、ああ、鶏ガラってこんなに旨かったんだって、今さらながら思いますね」

麺は太めの縮れ麺だった。とんこつには硬めの細麺が合うとされているが、鶏ガラスープにはこういう麺が合うのだろう。

ナタマメはゆですぎになっておらず、しゃきしゃきした食感がしっかり残っている。塩味だけでも旨いが、このスープにも見事にマッチしている。チンゲンサイも、もともと中華野菜だけあって、麺と一緒に食べても違和感はなく、青い香りがスープの味をより立体的にしている。

「とんこつスープにこの野菜を載せても、スープの味しかしないでしょうけど」と浅野が言った。「このスープだと、野菜の味が立ち上がってくる感じですね」

そしてマコモダケ。口に入れた一成は、「うん、ビンゴ」と声にした。「マコモダケの食感、タケノコみたいで、これまたラーメンに合う」

浅野が「ほんとですねー、何で今まで、これを使うラーメン屋さん、なかったんだろ」と疑問を口にしたが、「あ、ほとんど流通してなかったんだから、そりゃそうか」とつけ加えた。

忘れてはいけないのが、トッピングの主役、スモーク鶏。がんこ野菜ラーメンには三枚載っていた。

スモークの方法や燻製用チップが特別なのだろう、まるでカモの燻製みたいな芳《ほう》醇《じゅん》な味わいだった。確かに鶏ガラスープだったらチャーシューよりもこっちがいい気がしてくる。焦げ目がついた白ネギと一緒に食べると、まさに鴨鍋《かもなべ》のような贅沢《ぜいたく》な味わい。浅野はその旨さを「これ一枚で飯を茶碗一杯、いけますよ」と表現した。

あっという間に完食。器は二つとも、スープが残らなかった。浅野は「もう一杯いきたいけど、うーん」と本気で悩んでいる様子だった。

最後は「旨かったー」「これからちょいちょい食べに来ます」「ありがとうございます」と言葉を交わして店を出た。

歩きながら浅野が「僕、これから昼はあれにします」と言った。「野菜も摂れるし、カロリーもあんまり高くないだろうし、ダイエット向きだと思いますから。何よりも、旨い」

「確かに、女性客が食いついたっての、判るよな」

「店のみんなにも教えなきゃ。あ、そうだ、宇佐さんとか、出荷者さんにも知らせよう。自分の作った野菜がラーメンになってるって知ったら、喜んでくれるんじゃないかな」

「俺も、片っ端から知らせて回るよ。あの旨さは、うちの宣伝にもなる」

言いながら、ユキ先生だったらそれこそ、ウーマイガーッとか、ウーマイベイビーと叫ぶだろうと思った。

「それにしても痛快だなー」

「何が？」

「だって、キョウマルのすぐ近くに、がんこ野菜ラーメンですよ。がんこ野菜がライバル店の喉もとに刃《やいば》を突きつけてる。キョウマルにとっちゃ、キューバ危機並の事件だと思いますよ」

かつてキューバにソ連製核ミサイルが持ち込まれようとし、アメリカの安全保障が最大の危機に直面した事件。詳細を知っているわけではないが、一成は『13デイズ』

という映画をテレビで観た記憶があり、ドキュメントタッチで描かれた、ケネディ兄弟らとソ連側との緊迫した駆け引きが印象に残っている。

一成は「キューバ危機に例えるって、大げさ過ぎるだろ」と言ったが、あの片野猛司社長が、がんこ野菜ラーメンのことを知ったらどんな顔をするだろうかと想像すると、自然と顔の筋肉が緩んだ。

9

がんこ野菜目当ての客がついでに他の商品も購入してくれるという波及効果が表れ始めた。ネギを買えば、ついでにネギにつきものである豆腐や納豆、インスタントラーメンをかごに入れ、ホウレンソウを手に取れば、ベーコンや白ごま、かつお節も買おうか、となるわけだが、吉野さんによるとそれだけでなく、普通の冷凍食品やチルド食品の売り上げも伸びてきたという。がんこ野菜のお陰で、店自体の信頼度が上がったようである。

しかし、人気のがんこ野菜も、出荷者が二十人を超えるようになってからは、品種によっては売れ残りも目立ち始めた。顧客の増加もいつまでも右肩上がりが続くわけではなく、避けられない事態ではあった。

夕方に様子を見に来て、自分の野菜が残っていたら、値引きシールを貼って対応する出荷者さんが、ぼつぼつ出始めた。中には、知り合いの出荷者に連絡を取って、余っている野菜同士を交換して持ち帰る、という方法を編み出した人もいた。しかし、多くは、余った野菜を持ち帰るか、「よかったら店のみなさんで分けて」と置いてゆく。高齢の出荷者さんたちの、そのときのちょっと残念そうな顔を見て、高峰さんは「何とかしてあげたいんだけど……仕方ないのかな」とつぶやいていた。

そんな十一月上旬の第一土曜日。一成は休日のため、寮の平屋で家事をこなしていた。洗濯物を外に干していると、隣の玄関戸が開いて、真鶴さんが姿を見せたので、一成はつかんでいた洗濯物をカゴに戻して「おはようございます」と丁寧に頭を下げた。がんこ野菜が生まれるきっかけを作ってくれた人だけに、以前のように、ちょっとうっとうしい人だな、などと不遜《ふそん》な気持ちを抱くことはもうない。出荷者の宇佐さんら、多くの教え子に今も慕われている、尊敬すべき人物である。

真鶴さんは、ラップをかけた小鉢を二つ、手にしていた。

「おはようございます」真鶴さんはゆっくりした口調で、静かな笑顔を向けた。「今日は曇り空ですね」

「ええ。でも天気予報では、雨は多分降らないそうですよ。先日も申し上げましたが、真鶴さんが宇佐さんたちを紹介してくださったお陰で、店が繁盛するようになりました。本当にありがとうございます」

「そんなに会うたびにお礼を言う必要はありませんよ。私は、いただきすぎたお野菜のお裾分《すそわ》けをしただけですから。それより青葉さん、昨日、私食べに行ったのよ、教えてもらってた、がんこ野菜ラーメン。宇佐さんがおごりたいって言って、わざわざ車で迎えに来てくれたの」

「あ、ほんとですか」

「美味《おい》しかったわ。私ぐらいの年になると、ラーメン一杯をいただくのって、大変なことなんだけど、気がついたら全部いただいちゃってたもの。胃もたれもしなくて。それに宇佐さん、俺が作った野菜が結構入ってるって、お店でも、帰る途中も、うれしそうで。これも青葉さんのお陰です。ありがとうございます」

「とんでもない。お礼を言わなきゃいけないのはこっちの方ですから」

「ところで、これなんだけど」真鶴さんは持っていた小鉢を差し出した。「がんこ野菜のコーナーで買ったホウレンソウと白ネギを使って作ったものなの。でも私一人だと余っちゃって。よかったら召し上がって」

「えっ、いいんですか。何か、いただいてばっかりで」

「教え子たちがお世話になってるんだから、ほんのお礼。ホウレンソウはおひたし、白ネギは表面を焼いて辛子味噌《からしみそ》を塗ったものなのよ。お口に合えばいいんだけど」

「ありがとうございます」

一成は恐縮しながら受け取った。

その十数分後、一成は自炊して昼食を摂った。ご飯、目玉焼き、納豆、フライパンで焼いたソーセージ、インスタントの味噌汁——普段はこんな感じだが、この日は真鶴さんにもらった二種類の総菜があるので、食前に摂るようにしていた缶入り野菜ジュースはパスしてもよさそうだった。

ホウレンソウのおひたしは、上に白ごまがかかっているだけの、シンプルな見た目だったが、口に入れた一成は「うーん、これは」とうめいた。飲み屋などで口にしてきたものより薄味だが、その分、ホウレンソウ自身の味がよく判《わか》る。出汁《だし》も高級な何かが使われているようで、品格を感じさせる風味があった。

だが、やはりホウレンソウそのものが、いいからだろう。これが、がんこ野菜の底力というやつか。一成はあらためて感嘆させられた。

さらに辛子味噌を塗った白ネギは、辛子と味噌の辛みと白ネギの甘みが調和して、嚙《か》めば嚙むほどに、どんどんつばが湧《わ》いてきて、白飯がやたらと進む。相乗作用なのか、目玉焼きやソーセージも、いつもより旨く感じてしまう。

誰もいない部屋で、目を閉じて「ウーマイベイビー」と漏らした。

食べ終わった一成は、食器洗いを後回しにして、すぐさま真鶴さん宅のチャイムを鳴らした。奥から「はいはい」と返答があり、玄関戸が開いた。

「真鶴さん、無茶苦茶美味《おい》しかったです。高級料亭のような味で、びっくりしました」

「あらあら、何をそんなに。ただの田舎料理ですよ」真鶴さんは笑って、軽く叩《たた》く仕草を見せた。「高級料亭の味なんて、私は知りませんから」

「無農薬有機栽培の、野菜本来の味だけでなく、真鶴さんの料理が抜群にお上手だから、さらに美味しくなったんだと思います。ホウレンソウのおひたしの出汁とか、どうしたらあんな味にできるんでしょうか」

「いたって普通ですよ。ただ私、実家が精進料理のお店をやってて、子どものときから手伝いをしてきたから、舌がそっちに慣れちゃって、出汁は基本的に、かつお節とかイリコよりも、昆布と干し椎茸《しいたけ》を使ってるの。ほら、精進料理って基本的に菜食だから」

真鶴さんの実家が精進料理の店だったという話は、宇佐さんから聞いている。

味に高級感を感じたのは、化学調味料を使ってないということも関係していそうだ。旨味は強すぎると、後で舌にざらつきのようなものを感じる。何ごとも、加減というものが大切だ。がんこ野菜には、自然素材の出汁こそがふさわしい、ということか。

「じゃあ、干し椎茸も昆布も、かなりいいやつを?」

「そうでもないのよ。買うときには値段やブランド名に惑わされないで、自分の目と鼻で選ぶようにしてるから。正しい手順で丁寧に出汁を取れば、ちゃんと美味しくなるものなの。私が小学校で教えてたのも、そのことだけだから」

「小学校……あ、家庭科の先生だったんですよね」

「ええ。といっても小学校の教師って、科目はひととおり教えるから。ただお料理と同じで、算数の計算も丁寧にやる、国語の教科書に書いてある文章も丁寧に読むってことを気をつけて教えるようにしてたの。丁寧にやれば、判らなかったことも判るし、間違えなくなるものなのよ」

だから宇佐さんたち教え子は、丁寧に野菜を作っている。真鶴さんの教えは、丁寧な人生を送る、という形になって、引き継がれているのだ。

これは……最終アイテムってやつを見つけたことになるのか?

一成は興奮を抑えようと、一度咳払《せきばら》いをした。

「真鶴さん。実は折り入ってご相談させていただきたいのですが……」

翌日、日曜日の閉店後に行われた定例のスタッフミーティングの最後に、一成はみんなに頼んで調理室に集まってもらった。調理台の上には、百均で買いそろえた小皿が九つ。その上には、真鶴さんに頼み込んで、お任せで作ってもらった総菜が載っている。いずれも、がんこ野菜を材料に使ったものだ。

店長の吉野さんには、夕方までに少しだけ試食してもらって、ざっと話を通してある。吉野さんは、以前とは別人のように乗り気で、「是非やりましょう」と賛同してくれたため、やること自体は既に決まったに等しかった。

「ここにあるのは、真鶴さんという、八十代の女性が作ってくれた、がんこ野菜を使った総菜です。私のお隣さんで、がんこ野菜のきっかけをつくってくださった方です」と一成は切り出した。「ご実家が精進料理のお店だったそうで、大人になられてからは市内の小学校で家庭科の先生を定年まで勤められ、その後も知り合いの料理店などで働くなどされてきたそうです。昔ながらの和のおかずに関しては、かなりの腕前を持った方です」

浅野が「宇佐さんなど、何人かの、がんこ野菜の出荷者さんたちが真鶴先生の教え子なんですよね」とつけ加えた。

「つい昨日のことですが、その真鶴さんから、お裾分けをいただきました。ホウレンソウのおひたしと、辛子味噌を塗った焼いた白ネギでした。ええと、これと、それですね」と一成は小皿を指さす。「これが食べてびっくり、無茶苦茶旨かったんです。

がんこ野菜はよく売れてますが、出荷者さんからの供給量が上回るようになって、売れ残ることも目立ち始めています。そこで提案したいのは、がんこ野菜を使った総菜を販売してはどうか、ということです。まずはみなさんにちょっとずつ試食していただいて、意見を頂戴《ちょうだい》したいと思います」

浅野が割り箸を配りながら、「今は分量がこれだけですから、ちょっとずつにしてくださいね」と釘を刺した。

九皿のメニューは、ホウレンソウのおひたし、春菊のおひたし、辛子味噌の白ネギ、白ネギ鶏皮炒め、カブのそぼろあんかけ、カブと油揚げとしめじの煮浸し、カボチャのしっとり煮、サトイモの煮転がし、キクイモのきんぴら。みんなが箸を伸ばし始めたところで一成は「メニューはすべて真鶴さんに任せましたが、主菜ではなく副菜であること、できれば冷めても美味しくいただけることの二つをお願いしました」と説明した。「つまり、ここにある副菜のどれかを加えれば、食卓がなかなかのレベルにアップする、というコンセプトで、ひなたストアの総菜コーナーに統一感を出したい、ということなんです」

吉野さんが「うちの女房もよくこぼしてるからね、夕食の献立で、主菜の他に副菜も考えなきゃいけないのが結構面倒臭いって」とつけ加えた。

「こっちのおひたしは春菊ね」と高峰さんが言った。「ホウレンソウも美味しいけど、この苦みがいいわねー」

「あら、このカボチャを煮たやつ、あまり甘くなくて、上品な味」と小柄で色黒の大畠さんが目を丸くした。「もそもそしてなくて、しっとりしてて、口の中でふわっと溶ける感じ。カボチャの種類が違うのかしら」

「普通のニホンカボチャなんですけど、煮汁を多くするのがポイントだそうです」と一成が真鶴さんから聞きかじった情報を伝えた。「あと、ここにある料理の多くが、昆布と干し椎茸の出汁を使ってるそうです」

「へえ、出汁の素じゃないんだ」高峰さんが感心した様子でうなずいた。「私がいつも使ってる出汁の素の料理と違って、素材の味が浮き上がってくる感じがする」

「このきんぴらみたいなのって、何でしたっけ?」と女性スタッフの中で一番若い中井浜さんが聞いた。

「キクイモだそうです。しゃきしゃきしてて、いけるでしょ」

「ええ、細切りこんにゃくの弾力と、キクイモの歯ごたえが、いい組み合わせですね。でもキクイモって、どんなおイモでしたっけ」

「実はここにある食材の中で、キクイモだけは栽培ではなく勝手に自生してるものを採ってきたんです。その昔、食用として移入された外来種だそうですが秋になると小さなひまわりみたいな花が咲いてるの、見たことありませんか」

「あー、あるような気がします」

「うちの近所にある児童公園の隅っこにも咲いてたわ、キクイモなら」と黒縁眼鏡の井堀さんが言った。「食べたことはないけど、母親に教えてもらったことがある。実は根っこが美味しいおイモになってるんだって」

「ここにあるキクイモは」と一成が続ける。「宇佐さんのところの畑の隅に自生してるものだそうです。土がいいせいで、しっかり大きなキクイモに育つそうで」

「僕はこれ、特に好きですねー」と小文字さんが箸で、白ネギ鶏皮炒めをさした。「鶏皮はカリカリになるまで炒めてあるけど、白ネギの方はさっと火を通しただけみたいで、どっちも一番いい状態ですよ。あとカボチャですけど僕、甘さとか食感が苦手だったんです。でも、これだったらいくらでも食べられます。別の食べ物みたい」

中井浜さんが「味つけがすごく上手で、どれも美味しい。でも、がんこ野菜を使ってるからこそ美味しいのよね、きっと」と言うと、他の女性スタッフたちも「そうね」「うん、そのとおり」とうなずいた。大畠さんがさらに「常温のままで美味しいって、すごく助かるわ。お弁当にも使えるから」と言った。

「確かにどれもこれも、冷めてても美味しいし、こんな副菜があったらお客さんにも喜んでもらえるだろうけどさ」と、それまで黙っていた社長のキチさんが口を開いた。

「この味、再現できるの？　相当な料理の腕前を持った人じゃないと難しいと思うよ」

みんなが、あー、そうだ、という顔になった。

吉野さんがみんなを見渡して「実は、真鶴さんに、スタッフとして加わっていただけないかと交渉しているところです」と答えた。「真鶴さんは八十代のご高齢で、他にもお仕事があるそうなので、ずっと調理場に入ってもらうのは難しいのですが、真鶴さんの知り合いで、手伝ってくれそうな方が二人いらっしゃるそうなんです」

「一人は出荷者の高尾さんです」と一成が話を引き継いだ。「ほら、さがんまち捜索隊っていう番組のカメラが入ったときに、インタビューを受けた出荷者さんです」

女性スタッフたちが「あー」とうなずいた。

「あの方も、真鶴さんの教え子の一人なんですが、それだけでなく、真鶴さんが教師を定年された後しばらくやっておられた料理教室の優秀なお弟子さんでもあるそうで、ノウハウをきっちり身につけておられます。今は一人暮らしで、小さな畑の手入れぐらいしかやることがないそうなので、喜んで、という返事をいただいてます。もう一人は、やはり真鶴さんの教え子で、しかも真鶴さんのご実家がやっていた精進料理店でも働いておられたことがある篠崎《しのざき》さんという五十ぐらいの男性です。精進料理のお店がなくなった後は、最近まで大分の温泉地にある旅館で板長さんをやっておられたそうなんですが、旅館が閉鎖になって、今は佐賀市周辺で自分の店を出す準備をしている、とのことです。真鶴先生とご一緒できるのなら、その準備を遅らせてでもお手伝いしたい、と言ってくださったそうです。お三人とも、食品衛生責任者の資格があり、真鶴さんと篠崎さんはそれに加えて調理師免許も持っておられます」

「食品衛生責任者と調理師って、どう違うのかしら」と井堀さんが尋ねた。

吉野さんが「食品衛生責任者は講習を受ければ取得できます。総菜や弁当などを作って売ったり、飲食店をやったりするのは、この資格だけでOKなんですが、調理師の免許があると、料理のプロであることの証明になります。調理師免許を持った人だけが、調理師を名乗れるんです」と説明した。

「副菜で統一するっていう方向性、いいと思うよ」とキチさんが言った。「あれこれ手を出すとリスクも高くなるし、例えばご飯と味噌汁にカツオのたたきってメニューまで決まって、あとどうしようかってなったときに、そうだ、ひなたストアで副菜買おうってなる」

「私もいけると思います、これ」高峰さんが割り箸を振りながらうなずいた。「夕食の献立で主菜までは決まっても、副菜で迷うことって、多いもの。だから冷や奴とキャベツの千切りサラダでお茶を濁すことが多くて」

「うちはベーコンポテトサラダとかツナサラダ」と井堀さん。「ベーコンポテトサラダは真空パックに入ってる出来合いのやつ。それを知ってる夫が、主菜より旨い、なんて嫌み言うのよ」

中井浜さんも割り箸を振ってうなずく。

「あるあるですよねー、そういうの。だから私なんか、肉野菜炒めとかカレーとか鍋とか、主菜と副菜を考えなくていいメニューにすぐ走っちゃって」

「じゃあ店内看板、考えてみます」と小文字さんが言った。「がんこ野菜のお総菜。これじゃあ、ありきたりだな。がんこ総菜。がんこ野菜のおばんざい。がんこな副菜」

「そういう方向性でいいと思うよ」吉野さんが顔を向けたので、一成も「そうですね。がんこ野菜を使った総菜だということが判る名称なら、それだけでお客様への説明になるし、購買意欲も増すと思います」と応じた。

「出荷者さんたちも喜んでくれるだろうね」キチさんが浅野の方を向いた。「余った野菜は店で買い取りますってことだから」

「ええ、それは確かに」と浅野はうなずいたが、やや不安げな表情を見せた。「でも、余った野菜に限定したら、ここにあるような品《しな》ぞろえって、難しくなりませんか」

「うん」吉野さんがうなずいた。「メニューをある程度そろえるには、がんこ野菜の一部を店頭に並べる前の段階で総菜用に買い取らせてもらったり、出荷量を少し増やしてもらうよう交渉したりする必要が出てくると思います」

「判りました。任せてください」浅野が拳で自身の胸を軽く二度叩いた。「ご高齢の出荷者さんたち、お宅のお野菜、人気ですよって言うと、すごくいい顔をして喜んでくれるんです。総菜コーナーの話もきっと前向きに考えてくれると思います」

ミーティングの最後を、吉野さんが締めくくった。

「がんこ野菜のお陰で、ひなたストアは息を吹き返しました。がんこ野菜のお総菜は、まさに上昇気流だと確信しています。みなさん、これからも力を合わせて、頑張りましょう」

ぱらぱらと拍手が起きたが、すぐに尻すぼみな感じで終わった。

「それからみなさんの時給、来週から一割アップさせていただきます」キチさんが言った。「店の売り上げが上がって、職場の雰囲気もとてもよくなってる。それもこれも、みなさんのお陰ですから」

いっせいに力強い拍手が、「きゃー」「やったー」という声と共に、調理室に響いた。

ミーティングが終わって帰宅するため駐輪場に行くと、小文字さんが自転車にまたがらずにハンドルを握った状態で待っていた。

「青葉さん、また大きなアイテムをゲットしましたね、すごいなあ」

最初に会ったときはロボットのように無表情だった若者が、今は自然な笑顔を見せてくれている。がんこ野菜が起こした奇跡は、店の売り上げだけではない。

「何もしてないよ。お隣さんがたまたま、料理が上手な方で、がんこ野菜を作ってる農家さんの先生だったというだけだから」

「でも、がんこ野菜の総菜を売るというアイデアは青葉さんが考えたことじゃないですか」

「あれを食べたら、誰でも同じ提案をすると思うよ」

「青葉さんのそういうところ、いいなあ」

「何が？」

「そういう、俺がやったんだって肩をそびやかそうとしないところですよ。世の中の大人たちって、自分を大きく見せようとする奴らばっかりだから、青葉さんのスタイル、クールでイケてますよ。僕、見習いたいと思ってます」

「いやいや、単に気が小さいだけだよ」

「僕も実はちょっと、あるアイデアを温めてるんすよ」

「へえ、どんな？」

「それはもうちょっと待ってください。ゆうべ寝るときに何となく思いついただけで、実効性についてはこれから検討してみたいんで。でも、がんこラディッシュなんかと違って、上手くいったら結構すごいかも――」

　言ってる途中で小文字さんの表情が、しまった、という感じになり、作り笑顔でごまかしているように見えた。

「がんこラディッシュって、搬出入口付近の、自生してるあのラディッシュのことだよね」

「ええ……」

「がんこラディッシュなんかと違ってって、どういう……もしかして、小文字さん」

「すみません」小文字さんは、あまり申し訳なさそうでもない表情で、軽く頭を下げた。「せっかくテレビの取材が入るので、ああいうネタがあった方が、撮れ高も上がるんじゃないかと思ったもので」

「撮れ高って……ほんとは小文字さんが植えたものだったの？」

「はい。当日の早朝にこっそり。うちの母親がプランターで育てたやつを」

「小文字さん一人で」

「ですね」

　ですね、って……。

「小文字さん、それはまずいよ。やらせじゃない」

「まあまあ、青葉さん、やらせとか言わないで」小文字さんは苦笑しながら片手でなだめるような仕草を見せた。「害のない、いたずらってことで許してくださいよ」

「でも、ばれたら問題になるから」

「大丈夫ですよ。僕と青葉さんしか知らないことなんだから。それとも、ばらします？」

「いや、それは……」

「みんなが面白がってくれてるし、誰も被害なんか受けてないんですから、そんな顔しないで。今のこと、忘れてくださいね、じゃあ——」

小文字さんが自転車にまたがって行こうとしたので一成は「あ、ちょっと」と止めた。「ゆうべ思いついたアイデアって、何？　事前に教えてもらった方が——」

「やだなあ、青葉さん、心配性なんだから。ラディッシュのいたずらなんかとは全然次元が違う、ちゃんとしたアイデアですって」

「だったら教えてくれてもいいじゃないの」

「だから、もうちょっと待ってくださいって」

「絶対に、勝手にやらないって約束してよね。やるかやらないかは、事前に私や吉野さんが話を聞いて判断する。いいね」

「はーい、了解。おやすみなさい」

小文字さんは苦笑して、前をふさぐ形になった一成の横をすり抜けるようにして、自転車をこぎ出し、出口の方へと遠ざかった。

一成はその背中に向かって「頼むから、変なことしないでくれよ」とつぶやいた。

翌日の昼前に、真鶴さん、出荷者の高尾さん、料理人の篠崎さんが調理室に姿を見せた。真鶴さんと高尾さんを、篠崎さんがワンボックスカーを運転して拾って来たという。

篠崎さんは百八十センチ以上ある長身で、髪をオールバックにしており、やや猫背でやせ形。見た目は筋者ではないかという印象の強面《こわもて》で、あまり笑わない感じの人物だが、真鶴さんに対しては腰が低く、最初に吉野さん、一成、浅野、小文字さん、高峰さんを交えて打ち合わせをする際に「真鶴先生、何でもおっしゃってください。すべて先生の指示どおりにしますんで」と言った。真鶴さんに対する尊敬と感謝の気持ちは、相当なもののように感じられる。高尾さんとも篠崎さんは初対面ではないようで、篠崎さんが「ご無沙汰《ぶさた》しております。高尾さん、お元気そうで何よりです」とあいさつすると、高尾さんは「篠崎さんと一緒にこういうことができるなんて、うれしいわ」と応じていた。少なくとも三人のチームワークは、真鶴さんを中心に、ばっちりのようだった。シフトについては、真鶴さんは週に三回、それぞれ三時間しか入れない、とのことだったが、高尾さんと篠崎さんは、店の要請にできる限り応《こた》えたい、と言ってくれた。

ひなたストアのスタッフらとあいさつを交わしてもらった後、三人に持参してもらった食品衛生責任者の資格者証や、調理師免許証を確認させてもらった。食品衛生責任者の資格者証はカードだったが、調理師免許証は賞状のような大きな紙だった。

続いて三人は、調理場にある道具や設備を点検。基本的に問題なし、とのことだったが、三人とも、包丁は自前のを使います、と言った。特に篠崎さんが、黒い布を広げてそのポケットから抜き出した数種類の包丁は見るからに上等そうで、市販のものとは明らかに違う迫力と光を放っていた。

初日はとりあえず、がんこ野菜コーナーから五種類ぐらいの野菜を選んで、十数個程度のパック入り総菜を作ってもらうこととなった。何をつくるかは三人に任せるが、一パックに二人前の分量で統一して欲しいと頼んだ。価格設定は吉野さんが高峰さんら女性スタッフの意見を聞いて決める、という方針も決まった。吉野さんは「基本、キョウマルと同じぐらいの価格帯にするつもりです。そうすれば、絶対にお客様はこっちを選んでくれると思います」と自信ありげだった。

約三時間後、従来の総菜コーナーとは少し離れた新コーナーに、春菊のおひたし、辛子味噌の白ネギ、カブのそぼろあんかけ、カボチャのしっとり煮、キクイモのきんぴらが三パックずつ、計十五パック並べられた。中央には、小文字さんが作った「がんこ野菜がお総菜になりました！」という両面看板が、天井からぶら下がっている。ホームセンターで部品を仕入れたとのことで、設置部分は小さなモーターになっていて、看板がゆっくり回転する、という手の込みようである。メインコピーの上には〔美味しさに自信あり！〕とあり、下には〔がんこ野菜の副菜を追加するだけで、あら不思議、食卓が見違えるほど豪華でヘルシーに！〕とある。隅にはやはり、吉野店長によるイラスト。総菜ではなく、野菜のイラストを描くことで、こだわりの素材であるという印象を持ってもらおう、ということらしい。数時間のうちにこれだけのものを用意したことに一成が驚いていると、小文字さんは「昨夜のうちに頭の中では完成させてたんで、三時間あれば充分っすよ」と、ちょっとドヤ顔を見せた。

この日はカボチャのしっとり煮とキクイモのきんぴら、それぞれ二パックが売れ残ったが、翌日にはすべてが売り切れた。三日目には、ホウレンソウのおひたしと、わさび菜の白和えを加えて七種類となり、各五パックずつにしたが、それも夕方までに売り切れた。

そんなある日、高峰さんから「買いたかったのにって怒ってるお客様が」と知らされて一成が駆けつけたところ、見覚えがある初老の女性客から「私、一昨日《おととい》買った辛子味噌の白ネギとカブのそぼろあんかけが気に入って、昨日も買ったのに、今日来たらもう売り切れだっていうじゃないの。何とかしてもらえないかしら。うちの旦那からも頼まれてるのよ」と詰め寄られた。一成は「それは申し訳ございません」と頭を下げた上で、「明日からまた数量を増やす予定でして、陳列も、時間をずらして分散させますので、今日のところは、他の総菜をお試しいただいてはいかがでしょうか」と提案すると、がんこ野菜ブランド自体は信用してくれているようで、「まあ、他のお客さんも食べたがるのは判るから」と言いつつ、カボチャのしっとり煮とキクイモのきんぴらをカゴに入れてくれた。

閉店時間が近い頃、店長の吉野さんが顔を紅潮させて一成のところにやって来て、「さっきお客様の一人から電話をもらいました。単身赴任の男性だそうで、昨日買って食べた春菊のおひたしが美味しくて感激しました、これからも置いて欲しいって」と教えてくれた。

「本当ですか」

「うん。最後には、ありがとうって言われちゃって。買ってくれたお客様から、そんなふうに感謝してもらえるなんて、何か心が震えちゃったよ」

吉野さんが片手を挙げて寄せてきたが、すぐには意味が判らなかった。妙な空気が流れた後、あ、ハイタッチかと気づいて、応じた。

手のひらが当たる角度が悪かったようで、間《ま》の抜けた音がした。

がんこ野菜の総菜は当初、高齢者向きのものと思い込んでいた一成だったが、ヘルシーでいいという口コミが広がったようで、若い女性客も買いに来てくれるようになった。〔がんこ野菜〕のキーワードでネット検索すると、地方の小さなスーパーで売っているだけなのに、ツイッターやブログなどで、〔がんこ野菜のお総菜プラスしたら、確かにちょっと豪華になった〕というコメントと共に、豚の生姜《しようが》焼きらしき料理と、ホウレンソウのおひたしが盛られた小鉢の写真画像が掲載されていたり、〔がんこ野菜の総菜にはまりました〕というタイトルで、いくつかのパックを撮影した写真画像の下に、美味しさを伝える文章がつづられていたりというものが複数見つかった。念のため、小文字さんに聞いてみたが「僕じゃありませんよ。やらせをしたら、青葉さんから怒られるから」とのことで、どうやら本当にお客様の誰かが気に入って、宣伝してくれているらしかった。

その週の金曜日には、十五品目のパックをそれぞれ五つずつ置いても、ほぼ売り切れる盛況となった。ユキ先生も「薄味で野菜の味がして、身体が喜んでるのよ」と独自の言い回しで、一日おきぐらいに買いに来てくれ、シュートビクス教室に参加しているユキ先生の信奉者さんたちも感化されて、これまで以上に店内で誰かしらを見かけることになった。さらには、彼女がパーソナリティーを務めている地元のラジオ番組でも、がんこ野菜の総菜について熱く語ってくれたとのことで、それを聞いて買いに来てくれるお客様も少なからずいるようだった。

がんこ野菜と、がんこ野菜の総菜は、他の冷凍食品やチルド食品などのさらなる売り上げアップにもつながった。例えば、ご飯に味噌汁、冷凍ハンバーグというメニューに加えて、がんこ野菜の総菜を一品か二品加えると、結構な見栄えの夕食になる。副菜のお陰で、冷凍ハンバーグが手作りハンバーグのように映り、主菜で手を抜いたことが目立たなくなるのだ。実際、主婦業を兼ねている高峰さんら女性スタッフも、そういう献立が増えてきたという。小柄で色黒の大畠さんは「うちの旦那、がんこ野菜の総菜が気に入って、ないと機嫌が悪いのよ」と、休憩時間には必ず客として購入し、休憩室にある冷蔵庫に保管している。

十一月の第二日曜日のスタッフミーティングで一成は、がんこ野菜の総菜コーナーをもっと拡充して、以前は衣料品店がテナントとして入っていたという、奥の空きスペースを専用コーナーにしてはどうか、と提案してみた。調理スタッフとして入ってくれた篠崎さんによると、「品目を増やすのではなく作る量を増やすだけなら、今の二倍くらいまで対応できます」とのことだったので、それがかなえば、かなりの売り上げ増が期待できる。ただし、ネックになるのが、がんこ野菜の仕入れも増えるということだった。出荷者さんの人数は頭打ち状態なので、交渉して出荷量を増やしてもらう必要があるが、浅野によると「親戚やご近所に配っていた分を回してもらうなど、既に無理をしてもらっているため、出荷量をさらに増やすのは難しい」とのことで、そうなると、がんこ野菜の販売コーナーを縮小して、その分を総菜に使うしかなくなる。

事前に話をしておいた店長の吉野さんは、即座に賛成してくれた。がんこ野菜を直売するよりも、総菜にして販売する方が利益率が大きいというだけでなく、「お客様のニーズがそこにあるのなら、やるべきだ」との意見である。すると社長のキチさんも「がんこ野菜が目当てで来てくださってるお客さんには、売り切れ御免となってしまうことが増えて申し訳ないけれど、代わりに総菜で納得してもらえるんじゃないかな」と言った。

しかし、高峰さんら女性スタッフたちの表情は、一様にさえなかった。そして互いに視線を送り合ったりして、何か言いたげな感じがあった。

予想していたのとは異なる彼女たちの反応に、一成は胸騒ぎを覚えた。

10

一成が、どうかしましたか、という感じで見返すと、高峰さんが切り出した。

「実は私たち、別の提案をさせていただこうと思ってたんです」

「ご提案はもちろん、遠慮なくなさってください」

そう促すと、高峰さんは他の女性スタッフたちに小さくうなずいた。

「できればあの空きスペース、年配のお客様たちの休憩所にして欲しいんです」

考えてもみなかったことだった。吉野さんも「えっ？」と漏らした。

「中には、お身体が丈夫ではないお客様もいらっしゃいますし、ご高齢の方にとって、スーパーまで出かけて買い物をして、荷物を持って帰るっていうのは、結構な重労働なんです。休憩できる場所があれば、常連になってくださるお客様もさらに増えるんじゃないかと思うんです」

「それはどうかなあ」と吉野さんが難色を示した。「お年寄りのたまり場みたいになったりしたら、かえって他のお客様が敬遠するようになるかもしれないし。そうでなくても、あの空きスペース辺りで立ち話をしてるお年寄り、結構いるじゃないか。休憩所にしたらたちまち、そういうごく一部の人だけに長時間占領されることになって、かえってよくないと思うがね」

「立ち話をされてるお客様たちは、バスが来るのを待っておられるんです」

「へ？」

「車を運転できない、自転車も乗れない、徒歩で行くには遠い、そういうご高齢のお客様で、バスを利用して来てくださってる方々が、いらっしゃるんです。それほど数は多くないのですが、私が話しかけてみて判ってる方だけでも今のところ五人」

「わざわざバスで買い物に来るお客さんがいたの」吉野さんが目を丸くした。

「市の中心部にお住まいの方々は、スーパーの空洞化現象で、近くに買い物ができる場所がなくなってるんです」

「ああ……」と吉野さんがあいまいにうなずいた。

そういう現象が全国的に広がっているというのは、一成も知ってはいた。中心街のスーパーは大きな駐車場を持っていないことが多く、地代も高い。ここ二十数年の間に郊外型のスーパーやショッピングモールが増える一方、顧客を奪われた中心街のスーパーは、次々と撤退に追い込まれ、その結果として、自前の移動手段を持たない中心部在住の高齢者は、買い物難民と化しているという。それがこの地でも起きているわけか……。

「以前は、キョウマルを利用していたけれど、がんこ野菜のお陰で、うちに来ていただくようになった高齢のお客様、大勢じゃなくても、確実にいらっしゃるんです。せっかくこっちを選んでくださってるのに、座って休める場所もないというのが、何だか申し訳なくて……」

黒縁眼鏡の井堀さんが「キョウマルよりもうちの方が、バス停に近い、という事情も関係してると思います」とつけ加えた。「以前はそれでもキョウマルを利用していたけれど、がんこ野菜のお陰で、ようやくこちらに足を向けてくださるようになったんです」

「何時間も居座るようなお客様はいないと思います」高峰さんの声が少し大きくなっていた。「みなさん、手押し車に手をついて立ち話をしながら、バスの時間を気にしてらっしゃいますから」

バス停は確か、ひなたストアの駐車場出入り口から東に三十メートルほど。歩道が細くて、ベンチも設置されていないバス停である。あそこに立ってバスを待つのは、自転車が通ったりして危険だし、天気が悪い日もある。ぎりぎりまで店内で過ごすことを選ぶのは、当然のことだろう。

そういうお客様のことに、気づけなかったとは。一成は、身の置き場のない恥ずかしさに囚《とら》われた。

「吉野さん、がんこ野菜の総菜を大幅に増やしたら、どうしても、がんこ野菜の陳列を減らすことになります。喜んでくれるお客様ばかりではないと思いますので、ここは一気に総菜を倍増させるのではなく、影響が出ない範囲で微増させてゆく、という方針にして、空きスペースの方は、高峰さんたちが提案したように、休憩所を作ってみる、ということでいかがでしょうか」

「うーん」吉野さんが腕組みをして天井を見上げた。

「口コミで、さらにバスを使って来店してくださるお客様が増えるかもしれません
し」

「そうだなあ……」

「椅子とテーブル、倉庫に眠ってるのがありますよ」と小文字さんが言った。「鮮魚コーナーの調理場があったときの、スタッフ用だったと聞いてますけど」

「ああ、あったな、そういえば」とキチさんがうなずいた。

「よし」と吉野さんが腕組みを解き、両ひざを軽く叩いた。「じゃあ、奥の空きスペースは休憩所にしてみよう。高峰さんたちの提案は、確かに一理ある」

女性スタッフたちが、笑顔になって拍手をした。中井浜さんが「ありがとうございます」と少しうわずった声で言った。

休憩所の設置は明日の午前中に、ということになり、そろそろミーティング終了という雰囲気になったところで、小文字さんが「あの、ちょっといいすか」と手を挙げた。

一成を見て、わずかに口もとをにっと上げた。

先週ほのめかしていたアイデアらしいと察した一成は、にわかに不安を覚えた。またラディッシュのやらせみたいな、あるいはそれをエスカレートさせたような、よか

らぬ企みではないのか……。

「僕は専門学校でパソコンを使ったデータ処理を勉強しています」と小文字さんが切り出した。「それで、ひなたストアでは、経理関係の手伝いや、在庫管理、商品の発注などをさせてもらってますけど、過去の売り上げ情報を、もっと活《い》かすべきじゃないかと思うんです」

　吉野さんが「どういうことかね」と尋ねた。

「レジでは自動読み取り機に商品バーコードをかざして、ピッとやって精算してますよね。そのデータは事務室にあるこのパソコンに自動的に送られて、蓄積されています。だから、何を補充しなきゃいけないのかとか、売れてる商品とそうでない商品を選別して品揃えを考え直したりできるわけです」

「うん。そうやって、ちゃんとデータを活用してるじゃないの」

「もっと上手くやれば、仕入れの無駄を減らせると思うんです」

「ん？」

「僕、過去五年分の、売り上げデータを整理してみました。来店者数は曜日が大きく影響するので、単に過去五年の十一月一日の売り上げを較べる、というんじゃなくて、十一月の第一火曜日とか第二土曜日、という分け方で、その日に何が売れたか、何が売れなかったかといったことを調べてみたんです。判ったことは、気温と天気によって、消費行動が大きく変わるということです。今は便利な時代で、過去の市内の天気情報もネットで入手できますので、それらをつき合わせれば、事前に何を優先的に仕入れておくべきかを決めることができると思うんです」

他の面々は、あっけにとられた様子だった。

「つまり」と一成が尋ねた。「単に冷凍豚肉がこれだけ売れたから同じ量を補充する、というのではなくて……」

「はい。単純にそういう処理をするんじゃなくて、その日ごとに売れることが予想される商品を多めに仕入れて、逆に売れないことが判ってる商品は陳列を減らせばいいってことです」

「そういうのって、簡単にできちゃうの？」とキチさん。

「誰にでもできると思ってもらったら困りますけど、僕にとってはそう難しいことじゃないっすよ」

数秒の沈黙の後、高峰さんが手を叩いたのを契機に、女性スタッフたちから拍手が起きた。

高峰さんが「あら、大畠さん、また泣いちゃって」

小柄で色黒の大畠さんが、ハンカチで目を拭っていた。

「だって、あの小文字さんが、こんなに仕事に積極的になったから……」

「あの小文字さんて言い方、ひどくないっすか」

小文字さんが口をとがらせると、何人かが笑った。


休憩所は、木製の丸いテーブル一つに四つの椅子を置き、それ以外に壁際に椅子を四つ並べる形でスタートした。テーブル用の椅子は最初からセットになっていたものらしい、統一されたデザインの木製だったが、壁際の椅子はパイプ椅子しか用意できなかった。そのことについて吉野さんは、様子を見て、リサイクル店などで、もうちょっといい椅子がないかどうか探してみるよ、と言った。

壁が殺風景だったので、店長の吉野さんがホームセンターで何色かの水性ペンキと刷毛《はけ》を自腹で買って来て、佐賀平野と、背後にそびえる山々の風景画を、半日がかりで大きく描いた。若い頃にプロのマンガ家を目指しただけあって、淡い水彩画のようなタッチのその絵は、描き始めてすぐにお客様たちの足を止めた。「あらぁ、すごくお上手」「プロの画家さんなのかしら」「これを眺めて休憩できるようになるの？　まあ、素敵なこと」などと声が上がり、スマホで撮影する人もいた。店長が描く作業そのものが既に、お客様を楽しませるパフォーマンスになっていた。

午後に絵が完成し、女性スタッフたちも入れ替わり立ち替わり見に来た。後片付けをしている吉野さんに高峰さんが「吉野さん、サインを入れないの？」と言い出し、吉野さんは「そんな値打ちのある絵じゃないよ」と照れ笑いを見せたが、しばらく絵を眺めてから、「じゃあ、せっかくだから入れるか」とつぶやいて、右下に黒い横文字のサインを入れた。見ていた何人かが拍手をすると、吉野さんもしゃれっ気を出して、マタドールみたいなやり方のお辞儀をした。

壁にはその他、丸いアナログ時計も設置した。すると高峰さんが「これもあった方がいいから」とバス停の時刻表をその下に貼った。

最初は高齢のお客様が休憩できるように、と考えて設けたスペースだったが、三日目になって意外な光景を一成は目にした。

見覚えがある、銀髪をきれいに後ろにまとめた、体重が結構ありそうな高齢のご婦人が、幼稚園ぐらいの女の子に、テーブルで折り紙を折って見せていた。年齢は七十代後半ぐらいで、一見すると、全体に顔の肉が下がっていて、いかつい印象があるが、育ちがいいらしく、「いらっしゃいませ、こんにちは」と声をかけると、いつも舌足らずな感じの声で「ごきげんよう」とどこかすました感じの笑顔で返事をしてくれる婦人である。

最初は孫を連れて来たのだろうと思ったのだが、ご婦人が折りながら「お名前は？」と尋ねたので、初対面らしいと気づいた。それが少し気になって、一成は少し離れた場所から、様子を眺めていた。

ご婦人はツル、インコ、カエルなどを折って見せ、女の子は初めてそういうものを見たのか目を丸くしている。ご婦人がカエルの背中を指で押して放す、少しだけぴょんと飛び、女の子は「わーっ、飛んだっ」と歓声を上げた。

やがて女の子の母親らしい女性がエコバッグを提げて戻って来て、「どうもすみません、ありがとうございました」とご婦人に頭を下げ、「あら、折り紙まで折っていただいて」と、あらためて頭を下げた。ご婦人は「いえいえ、私の方が楽しませてもらっちゃって。こちらこそ、ありがとう」と返し、女の子は、母親から「あーちゃん、帰ろうか」と言われて、「いや、あーちゃん、まだここにいる」とごねていた。結局、もう一つ色違いのカエルを折ってもらって、それをご婦人から受け取ると、ようやく母親に手を引かれて椅子から降りた。もう片方の手には、折ってもらったいくつかの折り紙。女の子は何度か振り返っては、その折り紙を持った手を「ばいばい」と振りながら出入り口へと向かった。ご婦人もうれしそうに「ごきげんよう」と振り返す。

一成はそのご婦人に近づいて、「こんにちは。よそのお子さんのお相手をしてくださったんですか。ありがとうございます」と礼を言った。

「いいのよ。さっきの子が、お母さんから何度呼ばれても一人であっちをうろうろ、こっちをうろうろしてたから、折り紙を買って、ツルを折って見せてあげたの。そしたら、そこに座ったまま動かなくなっちゃって」とご婦人が笑いながら、向かい側の椅子を指さした。「他にもできる？　って聞くもんだから、私も調子に乗っちゃって。お母さんが気づいて連れて行こうとしたけど、泣きそうになって嫌がるもんだから、私でよければ、お買い物が終わるまでここで相手をさせていただきますからって言ったの」

店にはわずかながら文具コーナーがあり、そこには折り紙も置いている。

「わざわざそのために折り紙を買ってくださったんですか。それはありがとうございます」

「お礼を言っていただくほどの買い物じゃないわよ」とご婦人は片手で口を隠すようにして笑った。「あなたは、ここの店長さん？」

「いえ、副店長の青葉と申します」一成は胸の名札をつまんで見せた。

「私はエナミと申します。入り江の江に南。青葉さん、この休憩所、助かるわ。私、バスを使って買い物に来てるんだけど、バス停で立ってるよりここで時間調整する方が、断然楽だもの」

「それは恐れ入ります」

「この絵もいいわよね。どなたがお描きになったのかしら」

「店長の吉野という者が描きました」

「あらぁ、そうなの。スーパーの店長さんが、こんなにお上手に描くなんて、びっく

り ね」江南さんはそう言ってから急に「あら、やだ」と腕時計を見て、「バスの時間が過ぎちゃったわ」と肩をすくめながら舌を出した。

「えっ、それは申し訳ありません」

「あなたのせいじゃないわ。あと二十分もしたら次のが来るから大丈夫。それに、小さな子と遊べて楽しかったわー。これも、この休憩コーナーのお陰。ありがとう」

江南さんは控えめな笑顔で頭を下げ、前にたれた数本の白髪を片手で耳の後ろに直した。


その翌日には、休憩所に三段ボックスが置かれ、女性スタッフらが寄贈してくれた中古の絵本が収められた。折り紙のエピソードを聞いた高峰さんが、他の女性スタッフらと話し合って、吉野さんの了解をもらって行ったことだった。

休憩所は、高齢女性を中心に、常に誰かが座っている状態となり、店の奥にあるから変質者などに子どもが連れ出されるおそれもない、ということで、小さな子どもをそこに置いて、その間に買い物をするという若いお母さんが増えた。そのため、キチさんが頻繁に休憩所の様子を見に行く役目を買って出てくれた。

一人の高齢女性がよその子どもに絵本の読み聞かせをしていると、他の子どもたちも集まって来て、昔の紙芝居のような光景が出現する。子どもたちはそういうことに慣れるのが早く、「次はこれを読んで」などと、三段ボックスから別の絵本を抜いて突き出す。高齢女性は「あらあら、じゃあああと一冊だけね」と答えるが、なかなかあと一冊では解放してもらえない。そんなときは、別の高齢女性が「じゃあ次は、私が読んであげようか」と申し出て引き継ぐ。ときにはキチさんもピンチヒッターとなる。そうするうちに、以前は店内ですれ違っていただけの高齢の女性や若い母親たちが互いに顔を覚え、親戚のような接し方をするようになってきた。それは、お客様とスタッフの間でも同じで、常連になってくれたお客様たちが「青葉さん、焼き海苔《のり》はどこに置いてあるの？」などと名前つきで声をかけてくれるようになってきた。

一方、小文字さんによる、過去五年分の売り上げと気温や天候のデータをつき合わせて仕入れを決める、というアイデアは、その週の金曜日に、はっきりした結果を出した。その日の朝、小文字さんは浅野に依頼して、がんこ野菜のうち、白菜、水菜、椎茸など、鍋物の具材になりそうなものを多めにと、出荷者さんたちに連絡を取った。その他、冷凍肉コーナーでは薄切りの豚肉、骨付き鶏のぶつ切りや手羽元などを多く並べ、豆腐、油揚げ、糸こんにゃくなども、普段より多めに並べた。また、小文字さんは、がんこ野菜コーナーの一角に、レトルトパック入りの鍋用スープや固形コンソメの箱、白だしのボトルなどを置いた。

その日はそう寒い天気でもなかったので、一成が理由を尋ねたところ、小文字さんは、今日の天気予報では日中は比較的暖かいけれど午後三時を過ぎた頃から寒気団が張り出してきて急激に気温が下がると言っていたからです、と答えた。過去五年の天気データでも、この時期は日中の寒暖差が激しくて、気温が急降下した日はたいがい、鍋料理の具材がよく売れているのだという。

まさにドンピシャ。夕方の四時頃から鍋料理の具材がどんどん売れ始め、午後七時を過ぎた頃には、多めに仕入れた具材でさえ底を突いた。気になったのか、小文字さんも最初のうちは何度か様子を見るために店内に姿を見せたが、やがて結果を確信したようで、一成に向けて親指を立てて、ちょっとしたドヤ顔を見せて、事務室に引き上げて行った。吉野さんは大喜びで、閉店の作業をしながらしきりに「小文字君に仕入れを任せたら、売れ残りのロスが本当になくなってるよ」と口にしていた。

その翌日の昼、一成と浅野が吉野さんに呼ばれて、事務室を尋ねると、吉野さん、キチさん、小文字さんが待っていた。

「青葉さんと浅野さんに、実は折り入ってお願いしたいことがあるんです」

吉野さんが妙にあらたまった態度で言い、キチさんが「是非ともご承諾いただきたいんです」とつけ加えた。

浅野と顔を見合わせてから、一成は「何でしょうか」と聞いた。

「ひなたストアの正社員になってもらえませんか。いえ、どうかお願いします。青葉さん、浅野さん、何とぞ、うちの正社員に」

　吉野さんが席を立って、机に両手をついて、書類につきそうなぐらいまで頭を下げた。キチさんも「私からもお願いします」とそれに倣った。

「僕もさっき言われたんすよ」小文字さんが半笑いで言った。「もっとも僕の場合は、専門学校を卒業したら、正社員として就職してくれって話だったんですけど」

「何て答えたの？」と浅野が尋ねると、小文字さんは「前向きに考えてみますと答えました。でもお二人には、すぐにでも承諾して欲しいそうです」と言った。

「それは、ありがたいお話ですが」一成は吉野さんとキチさんを交互に見返した。

「私は今のところ、グリップグループの社員という立場でして」

「それは判ってます」と吉野さんがうなずいた。「その上で、是非うちにと、お願いしたいのです。お二人はうちの救世主ですから、正社員として迎えるのが当然だと思います。給料や待遇面でも、できるだけの対応をさせていただきますので、是非」

「私は、喜んで」と浅野が答えた。「もともと再就職先を探してた身ですし、実は、ひなたストアの正社員になれればいいなと思ってましたから」

　浅野を見ると、にやっとして小さくうなずいた。

「ありがとう」吉野さんが浅野に礼を言ってから、一成に視線を向けた。

「私も前向きに考えさせていただきたいと思いますが、グリップグループの課長職を蹴ることになるので、家族と相談させていただくなど、少し時間をいただけませんか」

「あー、そうですね、判りました」吉野さんはそう言ったが、「入っていただけると信じてますよ」と釘を刺すようにつけ加えた。

その日の夜、妻の友枝に電話をかけて久しぶりに近況を報告しあったときに、正社員の打診があった話をしてみた。すると友枝は、「あの小さなスーパーの正社員？何考えてんのよ」とあきれたような声を上げた。

「いやいや、最初に見たときのイメージが残ってるから、不安を覚えるのは判るけど、今のひなたストアはもう、あのときのひなたストアとは違うたい。売り上げも三倍になって、店の雰囲気もよくなって、活気があるんやけん」

「がんこ野菜ってやつで？」

「そ」

「送ってもらったDVDを見たけど、ちょっと盛り上がってるからって、ずっとそうはいかないんじゃないの？近所に繁盛店が二軒もあるんだから」

「その近所の店がやってないことをやってるから、勢いがついてるんだって」

「そんなの今だけでしょ。うちの近くに去年できたラーメン屋さんなんか、最初は行列できてたけど、半年もしたらお客さん、がくんと減って、先週とうとう閉店しちゃったわよ。地元のテレビ番組で飲食店の特集して、その店のことも取り上げてたけど、味やサービスには問題なかったのに潰れたんだって。なぜだか判る？」

「さあ」

「今はすぐに飽きられちゃう時代なんだって。わざわざその店まで車を運転してまで食べたい、というほどでもないってなったら、最寄りの別の店に行けばいいってなるわけ。ひなたストアだって、テレビで取り上げてもらえたから一時的にブームみたいになってるけど、すぐに飽きられるわよ、きっと」

さすがにカチンときた。

「がんこ野菜は、無農薬有機栽培の、美味しくて安全で健康にいい野菜なんやぞ。飽きられるとか飽きられないとか、そういう種類のもんやなか」

「そんなに怒った言い方しなくてもいいでしょ。潰れそうだった店を頑張って盛り返してるっていうのは判ってるわよ。ただ、正社員になるとなったら、人生がかかった選択なのよ。なぜグリップグループの課長職を捨てて、小さなスーパーの正社員なのよ」

「グリップグループは俺を歓迎してないってことは知っとるやろうが。ひなたストアに派遣されたのも、嫌気がさして自主退職するのを待っとるんたい。そやけん、こっちから辞めてやるっちゅうこったい」

「ひなたストアを窮地から救って、人気店にできたという実績を作ったんだから、グリップグループの社長さんも、見る目が変わるんじゃないの？」

「いや、逆たいね、それは。グリップグループの社長はとにかく俺を切り捨てたいんよ。ところが、ひなたストアの経営不振の責任を取らせて追い出そうという計画が狂って、自分が会長をしてるキョウマルを脅かし始めとる。あっちにしたら、蹴飛ばして追い払おうとした野良犬から逆に咬《か》みつかれたようなもんやけん、俺に対する怒りはかなりのもんに違いなか。次にあっちが何をしてくるか、もう俺には察しがついとる」

「何をしてくるっていうのよ」

「ひなたストアでの研修を急に打ち切って、別の辞令を出すと思う。荷物運びとか、草むしりとか、ゴミ拾いとか、シュレッダー係とか、そんなとこやろ。もしかしたらどこかの小さな部屋でじっとしとるだけとか、そういう陰湿ないじめが待っとるかもしれん」

「考えすぎじゃないの」

「いいや、可能性は充分にある」

友枝が一度ため息をついた。

「実は、そのことなんだけど、お父さんが口利きしようかって、言ってくれてるのよ」

友枝はそう言って、県内で十数店舗を展開する中古車販売会社の名前を口にした。先方も営業ができる即戦力を探しているという。友枝の父親は税理士をしているから、その会社の税務申告を以前から担当していて、経営者と懇意なのだろう。

「お義父《とう》さんに心配かけてる上に、申し訳ないんやけど、今は、ひなたストアのことしか考えられん」

「自分が副店長として加わって、売り上げが伸びたら、愛着が湧くのは判るけど、あの小さな店でずっと働いて、何が待ってるのよ。せいぜい給料がいくらか上がるぐらいのものでしょ。もっと大きな会社だったら、頑張り次第では昇進できるし――」

「とにかく」一成は友枝の言葉を遮《さえぎ》った。「がんこ野菜、送るから食べてみてくれ。お義父さんのところにも送るけん。それで、できたらもう一度、ひなたストアを見に来てくれんかね。正社員の話は、その後また話し合おうや」

しばらくの沈黙の後、友枝はそのことについての返事はせず、代わりに「お父さん、先方にもう頼んでくれてるみたいなのよ」と言って電話を切った。

理多の近況を聞けなかったのでかけ直そうかと思ったが、すぐにその気をなくした。返ってくるのはどうせ予想どおりの答えだろう。

翌日の午前中、一成は友枝と義父宛《あて》に、がんこ野菜と、がんこ野菜の総菜パック数種類をチルド宅配便で送った。福岡県内ならその日の夜までに到着する、とのことだった。

夜遅くに友枝からは〔野菜届いたよ。お父さんからもありがとうって。〕という短いメールが来ただけだった。義父から直接の連絡はなかった。

友枝や義父との関係がぎくしゃくし始めていることが気になって、その夜はなかなか眠れず、芋焼酎《いもじようちゆう》のお湯割りを何杯か飲んで、最後は気絶するように意識をなくした。お陰で翌朝は二日酔いで、頭痛と吐き気をこらえながらの出勤となった。

義父は、自分の思い通りにならないと露骨に機嫌を損ねるところがある。友枝と結婚するときには、披露宴の段取りについて事前に相談せずに二人で決めたことが気に入らなかったようで、当日はずっとむくれた態度で、後で義母から「ごめんなさいね、あの人、そういうところがあるから」と謝られた。だから家を買うときには義父のコネを使わせてもらうことになり、相場より安く入手できたことについては感謝しているのだが、あれから何度、手柄を自慢されたことか。

またやってしまった……。しかも今回は、友枝との関係もまずくなってる。

しかし、出勤して仕事をしているうちに、迷いは吹き飛んだ。

スタッフのみんなが笑顔であいさつをしてきてくれる。朝のミーティングで店長の吉野さんが「笑顔はコストゼロでできる、とっておきのサービス」と三回唱和し、みんなで復唱する。小文字さんは、今日も午後から気温が下がりそうだから、鍋の具材を多く並べることにします、と以前とは別人のように大きな声でみんなに伝えた。

掃除に取りかかろうとしたときにオーナーのキチさんから「今日も頑張りましょう」と後ろから両肩をもまれ、パートリーダーの高峰さんは「青葉さん、今日は顔色がよくないみたいですけど、大丈夫?」と心配してくれた。掃除中、他の女性スタッフたちからも、昨日店内であったちょっとしたことや、今日の天気のことなどを話しかけられる。浅野は、出荷者さんがもう一軒増やせそうですよと言って、元気よく軽ワゴン車で出かけて行った。調理室では真鶴さん、篠崎さん、高尾さんがさっそく、がんこ野菜の総菜作りに取りかかり、真鶴さんが細かく指示を出さなくても、てきぱきと連携できている。

開店してしばらくは、高齢のお客様の割合が高い。キチさんは出入り口付近に待機して、入って来たお客様に「おはようございます、どうぞ」とカゴを渡してゆく。常連客の中には立ち止まってキチさんと話を始める人も。

他のスタッフも、次々とお客様に声をかけてゆく。今日も午後から寒くなってくるそうですよ。がんこ野菜、新しくサラダからし菜が入りましたよ。この前ご一緒だったのはお孫さんですか、かわいいですね。

　お客様の中には、積んである商品が崩れそうなことに気づいて、スタッフに言わず自分で直してくれる人もいる。

　レジにお客様が三人以上並ぶと、すぐさま「レジ開放お願いします」と店内放送がなされ、次に待っていたお客様のところに駆け寄って「こちらで精算させていただきますのでどうぞ」と笑顔でカゴを受け取り、誘導する。一人でときどきやって来る年配男性が精算したときには大畠さんが「あら、すごい数字が出ましたね」と金額表示を指さし、後ろにいた女性客も「あら、本当」と小さく拍手をし、当の年配男性は「運を使い果たしちまったんじゃねえのか」と苦笑いをして、大畠さんは「いいえ、これからいいことがあるんだと思いますよ」と答える。金額表示は777円だった。

　がんこ野菜のラッピング作業場は、出荷者さんたちのサロンでもある。何がよく売れているか、これからの季節は何に需要が集まるか、などの情報交換をする他、互いの体調のことや家庭のことも話す。出荷者さんたちの中には、陳列してすぐに帰らず、少し離れた場所から、がんこ野菜売り場の様子を観察して、自分の野菜をカゴに入れるお客様を確認して、にやにやして帰って行く人もいる。

　この日も金鶏ラーメンの店主が買い物に来た。一成を見つけて、目を細くして「お疲れ様っす」とあいさつをし、がんこ野菜ラーメンが今では一番人気になってること、近々地元のフリーペーパーでがんこ野菜ラーメンが大きく紹介される予定であることを教えてくれた。

休憩所では、年配女性を中心に常に誰かがいて、入れ替わってゆく。常連客同士は既に名前で呼び合って世間話をし、うなずき合い、笑い合っている。ときにはキチさんも話の輪に加わり、ここ数か月のひなたストアの変身ぶりについて、いろいろ質問されたりほめられて後頭部に手をやったりしている。

午前十一時を過ぎると幼い子を連れた若いお母さんの姿が増えてくる。休憩所では、高齢女性がよその子どもに絵本を読んであげている光景が毎日のように見られるようになり、この日も一成は、三人の幼い子どもたちが目を見開いて物語の世界に入り込んでいる様子を眺めることができた。読み終えて「おしまい」と言うと、子どもの一人が三段ボックスから別の絵本を抜いて「次はこれを読んで」とおねだりをし、戻って来た若い母親が「これ、リンカちゃん、あつかましいこと言っちゃ駄目」と叱るが、読み役の高齢女性は笑って「いいわよいいわよ、じゃあ次はこのお話ね」と新たにページを開く。

この日は、折り紙のご婦人、江南さんもやって来た。彼女はこのところ、壁に貼ってあるバスの時刻表を確かめた後は、休憩所に誰もいなくても、エコバッグのポケットから折り紙を引っ張り出して、テーブル席でカエルやツルなどを折って、後でやって来るであろう子どもたちのために、テーブルに残して帰るようになった。この日は、折っている最中に三歳ぐらいの男の子と一緒に、おじいちゃんだと思われる初老の男性が近づいて来た。おじいちゃんが「折り紙ですか。なつかしいなあ」と声をかけ、江南さんは「認知症の予防にいいんですよ」と答える。男の子はテーブルに取りつくようにして、江南さんの手もとを凝視している。一成がいた場所からは男の子の後頭部しか見えなかったが、目をきらきらさせているに違いない。やがて男の子は、完成したツルが普通のツルではなく、江南さんがしっぽをくいくいと引っ張ると、翼がぱたぱたと上下することを知り、「うわっ、生きてる」と声を上げ、江南さんとおじいちゃんが顔を見合わせて笑った。

ユキ先生も姿を見せてくれた。以前からシュートビクス講座に参加している高峰さんは、ユキ先生を見つけるとめざとく近づいて、がんこ野菜などの新入荷情報や、他のシュートビクス仲間の誰がいつ買い物に来てくれたかなどを伝える。ユキ先生は、がんこ野菜の総菜、特にホウレンソウのおひたし、カボチャのしっとり煮、カブのそぼろあんかけがお気に入りで、あれば必ずカゴに入れる。「がんこ野菜の副菜が二品目以上あれば、主菜は缶入りのサバ味噌とかベーコンエッグとか、そんなのでも充分にいい感じになるのよねー」と笑う。ついでに「青葉さん、最近足が上がるようになってきたじゃないですか。その調子で頑張りましょうね」とほめてもらい、さらに「浅野さんに、もっと出るようにって言っといてくださいね」と言われた。浅野も今はシュートビクス講座の参加者だが、週二回の講座のうち、一回出るかどうかの状態である。浅野の場合、車でうきは市まで帰宅しているので、仕方がない面もあるのだが、ユキ先生に言わせると、「習慣がついてしまえばそれが当たり前になるのよ」とのことである。

出荷者さんや、その家族も買い物に来てくれる。四十代ぐらいの女性からは「がんこ野菜を出荷させてもらうようになって、以前はいつもむっつりしてた父親が最近はよく話をするようになったんですよ」と教えられた。最初の出荷者である宇佐さんは、一成と顔を合わせるたびに「がんこ野菜のお陰で小遣い稼ぎができるようになったんで、中古のやつだけど麻雀《マージャン》の全自動卓買っちゃったよ。老人会の仲間がやりに来るようになってさ、最近は家ん中にぎやかでねー」「がんこ野菜ラーメン、昨日も食いに行ったよ。旨いんだよなー」といった話をしてくれる。初対面のときに較べて明らかに、顔の血色もよくなっており、愛想のいいおっちゃんになっていた。

夕方に近い時間帯に、若い母親に連れられた五歳ぐらいと二歳ぐらいの女の子が、一成を見つけて「また魔法見せてー」と声をかけてきた。先日、この幼い姉妹が休憩所のテーブルで缶ジュースを飲んでいたので、輪ゴムを使った簡単な手品をやって見せたところ、二人ともびっくりした顔になり、お姉ちゃんから「おじさん、魔法学校にいたの？」と聞かれたのだ。そのとき母親はトイレに行っていた。

一成は「いいよ」と笑って応じ、エプロンのポケットから輪ゴムを出して、同じことをやってみせる。右手の人さし指と中指に輪ゴムを通して、げんこつを作る。その際、気づかれないようにげんこつの指先の方は、輪ゴムを引っ張って四本の指すべてに通しておく。この部分は握りしめられているので、子どもたちから、外見は人さし指と中指だけにかかっているように見える。その状態でぱっとげんこつを開くと、輪ゴムは一瞬にして、薬指と小指の方に移動する。小学校のときに、図書室にあった手品の本で仕入れたものだった。

幼い姉妹はそろって拍手をしてくれ、お姉ちゃんが母親に「ね、すごいでしょ、このおじさん、魔法使いなんだよ」と説明した。若いお母さんもびっくりしたようで「どうやったんですか」と聞いてきたので、一成は「いや、魔法ですから」と笑ってごまかした。

姉妹は帰るときに振り向いて、手を振ってくれた。

夕方、足もとが危なっかしくて、手押し車をよたよたと押して歩く高齢女性が来店。週に二回ぐらい見かけるお客様で、今ではキチさんがいつも付き添い、代わりにカートを押してあげている。レジでの精算が終わったらカゴを袋詰め台まで運んで、手押し車に積み込む作業も手伝う。そして店の外まで誘導して、「ありがとうございました」と見送ると、高齢のお客様も「こちらこそ、ご親切にありがとうね」と何度も頭を下げてくれる。キチさんによると、「先週、あの人の息子さんが来て、丁寧にお礼を言われたよ。それと、知り合いみんなにひなたストアのことを宣伝してますってさ」とのことだった。その話をしたときのキチさんは、しわだらけの顔を、これ以上はできないぐらいに、さらにしわくちゃにした笑顔だった。

いつも閉店間際にやって来る、ボウタイをしたジャケット姿で白髪《しらが》に白い口ひげの、インテリ風高齢男性がこの日も来店。残り少なくなったがんこ野菜の総菜をカゴに入れ、一成を見つけると、彼の方から近づいて来て、「この店の人たちは、私の顔と名前を覚えてくれて、クサイチさんこんにちは、クサイチさん体調はいかがですかって話しかけてくれるから、もうよそで買い物はできんよ」と、いかにもうれしそうに話してくれた。

仕事の値打ちは、いくら稼ぐかではない。幸せを日々実感しながら働くことができるかどうか。売り手も楽しく、買い手も喜んでくれて、地域が元気になる。そのついでに儲《もう》けさせていただく。ひなたストアは、正しい商売ができている。

11

次の日曜日のスタッフミーティングのときに、黒縁眼鏡の井堀さんが、物置状態になっている店舗前の旧クリーニング受付小屋を有効利用する提案をしたが、その内容は他のスタッフの誰もが戸惑い顔になるようなものだった。

「その小屋にアップライトピアノを置いて、お客様に自由に弾いてもらってはどうでしょうか。弾かれないまま放置してあるピアノを処分したがっている親戚がいて、業者に売ることも考えているけれど、喜んで弾いてくれる人がいたら、あげてもいいって言ってるんです」

場がしんとなった後、吉野さんが「ピアノを弾きたがるお客様って、いるのかなあ」と疑問を口にした。

「上手に弾けるお客様じゃなくっても、例えば『ネコ踏んじゃった』みたいなのを遊びで弾いたり、子どもさんがでたらめに鍵盤《けんばん》を叩いても別にいいと思うんです。ピアノの音を出して、それがちょっとでも暇つぶしの楽しみになればいいかなって」

「調律などのメンテナンスが必要ですね」と浅野が言った。

「つい最近、業者さんに頼んでやってもらったそうです。後は、お客様の中でできる方とか、ボランティアでやってくれる方を募集すればどうでしょうか」

「いればいいけどね」とキチさん。

「高度経済成長の時代には」と高峰さんが言った。「ちょっと裕福な家庭に、よくピアノがあったんですよね」

「ああ、そういやそうだね」キチさんがうなずいた。「ピアノ教室とか、町に一軒ぐらいの感じであったし、家で教えてる女の人も結構いたよ。あの頃は、普通の家でも競い合うようにピアノを買って、子どもが練習してるのがあちこちで聞こえたもんだ。亭主の出世具合を示すバロメーターにもなってたんじゃないかな」

「私からすると、一回り以上年上の世代ですね」と一成は言った。「失礼ですけど、高峰さんぐらいの世代がまさにその年代ですか」

「そうね。つまり、ひなたストアのお客様に多い年代ってこと。わあ、なつかしい、なんて感じで、ピアノの前に座りたがる人、意外と多いかもしれませんよ。ちなみに私も親にねだったことがあるけど、経済的理由で駄目で、代わりに中古のオルガンを買ってもらって、女子大生のお姉さんに教えに来てもらってたわ」

「あら、じゃあピアノも弾けるんじゃないの、高峰さん」と大畠さんが驚いた顔で言った。

「弾けるっていっても『メヌエット』とか『エリーゼのために』とか、小学校の音楽で習うような曲ぐらいで。でも、うちに来てるお客様の中には、確かに隠れピアニストって、いるかもしれないわね」

「うちのカミさんが、ピアノじゃないけど、フルート教室ってのに通ってまして」と浅野が言った。「子どもの頃にほんの一時期やってただけなんですけど、アラフォーになって、あらためて趣味としてやりたくなったとか言い出して、また始めたんですよ。そのカミさんによると、昔は子どもたちが通う場所だった音楽教室が、今は中高年層が利用者の中心になってるそうです。男性だったら、若い頃にバンドをかじった人たちが、管理職ぐらいになって再びちゃんとした技術を習得したいということで、ギターとかベース教室に集まってる。ピアノも人気で、男女問わず、定員いっぱいの盛況だって言ってました」

最初は突拍子もない印象だった井堀さんの提案だったが、みんなの意見を聞くうちに、やってみたら面白いかもしれない、という流れに変わってきた。

「まあ、やってみて、誰も弾かなかったら、業者さんに引き取ってもらえばいいわけだし」と吉野さんがみんなを見渡した。「やってみますか」

女性スタッフたちが拍手をした。

キチさんが「お客様の笑顔が増えるかもしれない提案は、やってみるべきだよな」と二度、三度とうなずいた。

アップライトピアノは市北部の平屋建ての家にあるというので、最初は男性スタッフ四人で軽トラックに積んで運び込もうと考えたのだが、重さが二百キロ以上あると判ったため、引っ越し業者に依頼することになった。今度は小屋の床の強度が気になったが、体重が百キロある浅野を小屋の中で飛び跳ねさせてみて、多分大丈夫だろうということになった。

運び込まれたアップライトピアノは、おそらくかつては量産されたであろう黒いスタンダードなスタイルのものだったが、ところどころ小さなへこみや傷があった。引っ越し業者が引き上げたところで、常連客の高齢女性から「あら、ここでピアノ教室を始めるの?」と聞かれ、一成が「お客様に自由に弾いてもらおうと思いまして」と答えると、「えーっ」とびっくりされた。

アップライトピアノは小屋の奥に置かれ、順番を待つ人のためにパイプ椅子を三つ、壁際に並べた。荷物を置く場所として、長机も窓側に用意した。

室内の掃除は事前に終えてあったが、壁や天井には染みが目立つ。だが、黒いピアノが入ると、その存在感のお陰か、ちょっと格調高い空間に変化した。

店長の吉野さんがピアノのふたを開けて鍵盤を叩いてみると、部屋が狭いせいか、ちょっとこもった感じの音がした。

「窓や出入り口ドアは閉め切っておきますか」と一成は吉野さんに尋ねた。「それだと演奏が中にこもって、外にいるお客様には聞こえにくくなりますが」

「店に出入りするお客様に聞こえるようにした方がいいから、営業時間中は、ドアと窓は開放しておくべきだね」

「これから寒くなりますけど、大丈夫でしょうか」

かつてはエアコンが設置されていたらしい痕跡《こんせき》が壁の上方に残っていた。

「うーん」吉野さんは腕組みをした。「寒くなってきたら、とりあえずはホームセンターで安めの温風ヒーターを買おう。それで勘弁してもらいたいところだね」

様子を見に来たらしい高峰さんが、開いていたドアから顔を覗《のぞ》かせて「わあ、素敵」と手を叩いた。

「高峰さん、ちょっと弾いてみませんか」

吉野さんから言われて高峰さんは「えっ」と手を口に当てたが、実は演奏してみたい気持ちがあったようで、「じゃあ、ちょっとだけ」と、にやにやしながら入って来た。

ピアノ用の椅子の高さを調節して、鍵盤をいくつか叩いてから高峰さんは「壁から少し離した方がいいですよ。これだと音が殺されてしまってる」と振り返った。

あー、そういうことだったのか。一成たちは言われたとおり、ピアノを三十センチほど、手前に動かした。

高峰さんがもう一度鍵盤を叩くと、確かにこもった感じがなくなって、クリアな音になった。

高峰さんが「では」と深呼吸をし、両手を鍵盤の上に持っていく。

誰もがよく知っている曲、ベートーヴェンの『エリーゼのために』が始まった。ブランクがあるせいか、ときおりテンポが遅くなったり、弾き間違いもあったものの、素人の耳にはちゃんと弾ける人の演奏になっていた。いつもの高峰さんと違って、ちょっと上品なご婦人に思えてくる。

演奏が終わると、外から拍手が起きた。見ると、井堀さん、大畠さん、中井浜さんら女性スタッフの他、数人のお客様たちが小屋の前に集まっていた。

感激屋の大畠さんが、「何だか素敵」とハンカチで目を拭っていた。


その日はスタッフみんなが仕事の合間にピアノ小屋の様子をチェックした。昼過ぎまでは、誰にも弾かれないまま、ピアノはぽつんと小屋の奥に取り残されていたようだったが、午後二時頃に動きがあった。買い物を終えた子連れの若いお母さんが立ち止まって、ドアが開いている小屋の中を覗き込んだ後、車にいったん荷物を積んでから、子どもの手を引いて戻って来て、小屋に入った。レジに入っていた井堀さんがガラス越しにそのことに気づき、近くにいたキチさんと一成も、見物しに行った。

若いお母さんは、二歳か三歳ぐらいの女の子をひざに乗せて、片手でポロンポロンと、シャボン玉飛んだー、の曲などを弾いた。すると女の子も興味を持ったようで両手でランダムに鍵盤を叩き始め、しばらくの間、母親の片手演奏による主旋律と幼い娘のカオス的な伴奏が続いた。そうするうちに、手押し車を押して買い物にやって来た一人の高齢女性が小屋の前で立ち止まり、そのほほえましい光景を見物し始めた。五分ぐらい経《た》って出て来た娘は、すっかり満足したような表情で高齢女性に手を振って、母親と共に車に乗り込んだ。

一成は商品陳列の仕事が一段落した後で再び様子を見に行ってみた。すると、幼稚園ぐらいの女の子が、たどたどしい片手演奏で『きらきら星』を弾いていた。すぐ後ろのパイプ椅子には、六十代ぐらいの、おばあちゃんらしき女性が、目を細めて座っている。演奏が終わったところで一成が開いている窓から「上手やねー」と声をかけると、女の子は「いずみ先生に教えてもらったの」と答え、おばあちゃんが「幼稚園の先生に最近、教えてもらったそうなのよ」と説明してくれた。

午後三時過ぎぐらいに、高峰さんから「今、若い女性がすっごく上手に弾いてますよ」と教えられて行ってみると、大学生ぐらいと思われる細身でショートカットの女性が、スピッツの『ロビンソン』をミディアムテンポで演奏していた。素人の耳にも、かなりの腕前だということがすぐに判った。音を聞きつけて早くも中年女性客グループが集まって来て、「何か、心にしみるー」「ただで聴かせてもらえるレベルを超えてるよね」などと小声でささやき合った。演奏が終わるとみんながいっせいに拍手をし、「すごい、すごい」という声が上がる。そのときになってギャラリーに気づいたようで、若い女性ははにかんだ様子で会釈をした。中年女性の一人が「もっと聴きたいわー」とあつかましいおねだりをすると、彼女はさらに『チェリー』『空も飛べるはず』を続けて演奏してくれた。いずれも自身のピアノ演奏向きに上手くアレンジして、しっかり自分のものにしているという印象だった。

後ろから肩を叩かれて振り返ると、ピアノ設置を提案した井堀さんが「ね」と笑っていた。一成は「さすがー」とうなずいた。

店内に戻ってインスタント食品の陳列をしていると、さきほどスピッツを演奏した若い女性が、カップ焼きそばをカゴに入れているところに出くわした。化粧っ気のない顔、少し細い目。こうやって見ると、その辺にいそうな若い女性にしか見えず、さきほど感じた存在感とのギャップに少し戸惑った。

一成は、ただのあいさつだけで終わらせることができず、「こんにちは、さっきスピッツの曲、聴かせていただきました。素晴らしい腕前ですね」と声をかけると、女性はちょっとおどおどした感じで「あ、ども」と会釈を返した。

「ピアノの先生なんですか」

「いえいえ、ただのOLです」

「えっ、本当ですか。プロの方かと思いました」

「いえいえ、全然」女性は片手を振りながら下を向き、そのまま会話が途絶えそうな感じになったが「子どもの頃からピアノやってて、音大を目指したりはしたんですけど、周りにいるライバルがすごい人ばっかりでリタイアしちゃって。結局、普通に短大に進んで、バンドでキーボードをやったのが音楽活動の最後でした」

「あー、そうなんですか」

「就職してからはもう完全に遠ざかってたんですけど、今日、休みだったんで買い物に来たらピアノがあって、ご自由にって書いてあったんで、急に弾いてみたくなって……実家にあったピアノもとっくに処分されて、弾く機会とかなかったんです。久しぶりに弾いたらちょっと自分を取り戻せたっていうか、こういう自分でいいんだなって感じられました。すみません、意味判んないですよね」

「いえ、おっしゃりたいことは何となく判ります。以前は楽しめなかった部分があったけど、今はそうじゃないっていう……」

「そ、そ」女性は笑顔になり、人さし指を縦に振った。「そうなんです。ピアノを背負って生きてゆく、みたいな重荷を降ろして、しばらく時間が経ったら、何だピアノってすっごく楽しいじゃん、みたいな」

彼女だけに限らず、ひなたストアを訪れるお客様それぞれに、知られざる人生があるのだな、とあらためて気づかされた。一成が「またいつでも弾きに来てくださいね、営業時間中は使えることになってますから」と言うと、女性は「はい、お言葉に甘えて。これからはこちらでの買い物が増えそうです」と答えた。最初に声をかけたときとは別人のように、打ち解けた感じの笑顔を見せてくれたことが、ちょっとうれしかった。

さらに一時間ほど後、折り紙婦人の江南さんがピアノを弾き始めると、多くのお客様たちが足を止めて聞き入った。

ショパンの『ノクターン』だった。目を閉じると、CDかレコードのピアノ独奏を聴いているかのような完成度を感じさせるクリアな演奏だった。窓の外から様子を見ると、江南さんの手つきは自然というより、むしろ無造作なようにさえ思えた。

曲が終わって拍手が起きると、江南さんは横顔だけちらりと見せてちょっとだけ手を振った。ありがとう、という感じにも、照れるからやめてよ、という感じにも見えた。

続いて、ショパンの『子犬のワルツ』が始まった。さきほどの『ノクターン』から一変して、指先がめまぐるしく鍵盤の上で躍動している。ピアノ演奏とは、聴くだけでなく見て堪能するものなのだと、一成は遅ればせながら知った。

江南さんは買い物をした後、いつものように休憩所で折り紙を折っていたので、一成は近づいて「江南さん、ピアノお上手なんですね。聴いて、うっとりでした。私は音楽の専門家じゃないけど、プロのレベルじゃないかと思いました」と話しかけた。

「何をおっしゃいますか、そんなこと言われたら恥ずかしいわ」江南さんは笑って、片手で叩く仕草を見せた。「子どものときに習ってただけなのよ」

「えーっ、子どものときやってただけで、今もあんな風に演奏できるなんて、ますますすごい」

「私、子どものときは割と家が裕福で、グランドピアノがあって、先生に家に来てもらって教わってたの。小学校高学年の頃からショパンの曲が好きになって、先生に頼んで、もうショパンばっかり練習してたの。でも中学生になった頃に、父親が事業で失敗して蒸発しちゃって、それまでとは一転してひどい貧乏生活になってね。おカネの切れ目がピアノとの切れ目で、習うどころじゃなくなって。大人になってやっと、人並みの生活ができるようになったけど、ピアノが買えるほどじゃなかったから、それからは中古のキーボードをピアノ代わりにして、独学でちょこちょこやってたのよ」

「へえ、そうだったんですか」

「そしたら、ひなたストアに突然、ピアノがあったからびっくりしちゃって。いったいどうして、ピアノを置くことになったのかしら」

そこで一成が経緯を説明すると、江南さんは大きくうなずきながら聞いていた。

「このお店の方々って、素敵なことをいろいろと考えつくのね。がんこ野菜もだし、この休憩所も。私にとっては、こうだったらいいのにって心のどこかで求めてたものが、次々と現実になる感じで、夢を見てるみたい」

「いえいえ、江南さんの演奏こそ、みなさんに夢を見せる力がありますよ。これからも是非、聴かせてくださいね」

「ありがとう。でも、その機会は、あんまりなさそうなのよ」江南さんはそう言って、ちょっと眉根《まゆね》を寄せた。「私、一人暮らしが続いてたんだけど、近々、有料老人ホームに移ることになってるの。そこ、グランドピアノがあって、自由に弾けるのよ」

「このお近くですか」

「残念ながら、関東の方なのよ。仲がよかった幼なじみがいて、誘われたの」

「そうなんですか……」

一成は軽い喪失感を覚えた。

「私も、せっかくこのお店と出会えたから、ちょっと後ろ髪を引かれる気分だけど、やってみたいと思ってるのよね」

「何をですか？」

「老人ホームに行ってね、ここのスタッフさんたちみたいに、みんなに笑顔で話しかけるの。そしてちょっとずつ、そういう仲間を増やしてゆくの。そしたらその老人ホームもきっと、ひなたストアみたいに、居心地のいい場所になると思うから」

江南さんはそう言ってから、「だからお別れのつらさより、わくわくした気持ちの方が強いのよね」と笑って、できあがったカエルのお尻を押して、ぴょんと飛ばした。

閉店時刻の午後八時となり、一成がピアノ小屋を施錠しに行くと、頭の薄い、太り気味の中年男性が一人で演奏していた。周囲に遠慮するかのような、こもったような音。確か、三つあるペダルのどれかを踏むと、こういうふうに音が小さくなるのだ。

鍵盤の前にちゃんと楽譜が立てられてあり、そこには何やら鉛筆でいろいろと書き込みがしてあった。

曲はユーミンの『やさしさに包まれたなら』のようだったが、手つきがたどたどしくて、ときおり音を間違えたり、動きが止まったりしながらの演奏だった。おそらく初心者なのだろう。

窓の外から見ている一成に気づいた男性は「あっ、すみません」と鍵盤から手を離した。「店で買い物もしてないのに、勝手に弾いちゃってました……」

「いえいえ、構いませんよ。買い物をしなくても、うちに来てくださる方はお客様ですから。ユーミンの曲ですよね」

「はい、お恥ずかしい。実は最近、おっさんの手習いでピアノ教室に通い始めたんですが、週に一回しかピアノに触れることができないもので、なかなか上達しなくて」

それで、自由にどうぞと書いてあるピアノを見つけて練習してみた、ということか。音を小さくしていたのは、他人に聴かせる水準ではない、という自覚があるからだろう。

閉店時間ですので、と言えばすぐに退去してくれそうだったが、ちょっと気の毒に思えて何と声をかけようかと思案していると、男性の方から「来年の二月、中学生の娘の誕生日なんです」と言ってきた。「それで、家族でホテルのレストランに行こうってことになってるんですけど、そこ、ピアノがあるので、演奏して驚かせてやろうと思いまして」

「へえ、娘さんを」

「娘だけじゃなくて、カミさんにも内緒で練習してるんです。まさか私がピアノを弾くとは、夢にも思ってないはずなので」

「なるほど。サプライズってやつですね。あと三か月の間に練習をして、上手に弾けるようになったら、娘さんも奥さんも、感激してくれそうですね」

「だといいんですけどね。最近、娘に話しかけても、ほとんど返事らしい返事をしてくれなくなっちゃいまして」

「あー、判ります。私も中学生の娘がいるんですけど、学校のことや部活のことを尋ねても、別にぃ、としか答えてくれません」

「あー、そうでしたか」男性の表情が急に親近感のこもったものに変化した。「それで、娘が好きなユーミンの曲をいきなり弾いたら、ちょっとは父親を見る目も変わるんじゃないかと思いまして。その思いつきが気に入ってしまって、いてもたってもいられなくて、ピアノ教室に入っちゃったというわけでして」

「年を取ってから新しいことを始めるのって、なかなかできることじゃありません。私も陰ながら応援させていただきますので、このピアノでよかったら、いつでも練習しに来てください」

「ありがとうございます。あっ、もう閉店時間ですよね、申し訳ありません」

男性があわてて楽譜をしまおうとしたので、一成は「いえ、まだ大丈夫です。閉店時間になりましたが、我々は店内で後始末をしますので、八時半までご利用くださって構いませんから」

「あー、それは、何と申し上げればいいやら……」

「頑張って練習して、娘さんと奥さんをびっくりさせてください」

一成がそう言い置いてきびすを返すと、後ろから「ありがとうございます」と声がかかり、再びこもった音での練習が始まった。

もし理多だったら、どんな顔をするだろうか。久しぶりに帰宅した父親が何気ない感じで、ショパンの『ノクターン』なんぞを弾いたりしたら。いやいや、弾き方がなってないと鼻で笑われるだけか。

そんなことを想像しながら店内での片付け作業をしていると、高峰さんから「青葉さん、何をにやにやしてるんです？」と言われ、あわてて「いや、顔の筋肉の運動を……」とごまかした。

十二月に入ったが、まだそれほど気温が下がらず、晩秋かと感じる天気が続いていた。ピアノ小屋には一応、温風ヒーターを設置したが、使う人はいないようで、寒い日でも、誰もドアや窓を閉めて演奏したりはしなかった。ただでピアノを弾かせてもらうのに、他の人々に聴かせまいとするかのような態度を取るのは、ためらわれるものらしい。

小文字さんが、ひなたストアのブログを立ち上げて、がんこ野菜の入荷情報やレシピ紹介、がんこ野菜の総菜の宣伝などを、写真画像をふんだんに使って毎日のように発信するようになった。さらに小文字さんは、ピアノを弾いているお客様に個別に交渉して、了解をもらえた場合には、動画を撮影して、これもブログにアップし、クリックすれば視聴できるようにした。年配のお客様は恥ずかしがって断られることが多かったが、その一方で、最初から動画配信してもらうことを目当てに、弾きに来る人々も出始めた。〔ひなたストア　ミニライブ〕と題するブログ内のそのコーナーを覗いてみると、ボーイフレンドのアコースティックギターでの伴奏付きでロバータ・フラックの『キリング・ミー・ソフトリー』を弾く女子学生や、エイトビートのブギウギを次々と演奏する革ジャン姿のお兄さん、マスクにサングラスで顔を隠してビートルズメドレーを弾く年齢不詳の女性などがアクセス数を集めていたが、若いお母さんのひざの上で思いのままに鍵盤を叩いている幼児や、お母さんがキーを叩くたびにけらけら笑う赤ちゃんの動画なども、見ていて心和まされるものがあった。

折り紙婦人の江南さんも、来店するたびにショパンを一曲弾いてくれた。小文字さんは二回、撮影許可を求めたのだが、おそらく目立つのが好きではない人なのだろう、「ごめんなさいね、撮影されたら緊張して間違えちゃうから」とやんわり断られたという。その代わり小文字さんは、江南さんの手もとだけを撮影するという条件で、一枚の折り紙がツルに変身し、しっぽを引っ張って羽ばたくまでの動画をアップして、〔ひなたストアの休憩室に現れる折り紙の達人。その正体は、ピアノでショパンをすっごく上手に演奏されるご婦人でもあります。」というコメントをつけた。

ちょうどそんな時期のことだった。その夜、一成は、浅野と共にシュートビクス講座で汗を流した後、体育館内のシャワー室を利用し、更衣室で着替えていた。そしてチノパンをはこうとしたときに、そのポケットの中でスマホが振動し始めた。

妻の友枝だろうかと思って画面を確かめると、ひなたストアに派遣されて以来ずっと連絡がなかった、グリップグループ総務課長の清水からだった。

胸騒ぎを抑えつつ、「はい」と応じた。

「青葉？　ずっと連絡しないままで申し訳なかった。今いいだろうか」

一緒に着替えていた浅野は、聞き耳を立てる様子もなく、鼻歌を歌っていた。一成は「悪いけど十分後にもっかいかけてくれるかな」と頼んでいったん切った。

体育館の前で浅野や他のシュートビクス仲間らと別れた後、一成は自転車をしばらく漕いで、団地の前にある児童公園に入り、ベンチに腰かけた。夜空は曇っており、肌寒かったものの、まだ息が白くなるほどではない。外灯の明かりによって、滑り台の影が長く大きく、一成の足もとまで伸びていた。

ほどなくして再び清水からかかってきた。

清水は近況をいちいち尋ねず、いきなり「明日、本社の社長室に来てもらえないか。社長の指示だ」と言った。

「何の用事やろか」

「ひなたストアへの研修派遣が始まってもう三か月になる。社長の腹づもりははっきりとは判らんが、そろそろ次の内示を出すつもりなんだと思う」

「明日は日曜日で、店も忙しい。午後にしてもらいたいんやが」

「ああ、そっちにも都合があるだろうから、それは伝えておく。午後三時でどうだ」

「判った。社長はどんな反応しとったかね」

「反応って、どういう意味だ」

「ひなたストアの様子はとっくに伝わっとるはずたい。目論見《もくろみ》が大きく外れて、社長はどんな顔しとるかね」

「いや……」清水は言いよどんでから「お前のことをほめとったよ。たいしたものだと」

その返答で、清水の立ち位置というものが察せられた。彼はもはや学生時代からの心を許せる友人ではなく、グリップグループ社長、片野猛司に使われる部下なのだと。

仕方のないことだった。清水は総務課長という立場にあり、社長の命令に従って働くことで給料をもらい、家族の生活を支えなければならないのだ。

「社長がどんな内示の指示をするのか、お前にも見当はついとるんだろう」

「悪いようにはしないはずだ。ひなたストアをここまで立ち直らせた男だということを、社長もちゃんと理解してくれてる」

一成は「判った。じゃあ、午後三時に」とだけ答えて切った。


翌日は冷たい風がときおり吹いて、気温もぐっと下がった。一成は朝のうちに、店長の吉野さんに頼んで午後から半休を取らせてもらい、久しぶりにスーツに着替えて、バスとJRでグリップグループ本社に出向いた。片野社長に会うことは、吉野さんには事後報告の形で知らせるつもりだった。

総務部のフロアに顔を出すと、すぐに清水が近づいて来て、「お疲れさん。じゃ、さっそく社長室の方へ」と先導する形で廊下に出るよう促し、エレベーターへと歩き始めた。社長室は最上階の三階にある。

「清水も同席するのか」

「いや。社長は二人で話したいとおっしゃってる。俺は社長室の前まで送り届けるのが役目だ」

子どもじゃあるまいし、そんなことされなくても、一人で行けるったい。心の中でそうつぶやいた。

清水は社長室のドアをノックするところまでやって、何も言わずにきびすを返した。奥から「はい」という低い声がし、一成はドアを開けて「失礼します」と声をかけ、入室した。

奥にある大きな机の向こうで、赤紫のネクタイにライトグレーのワイシャツ、光沢のあるグレーのベストを身につけた片野社長が「やあ」と笑って腰を浮かせた。机を回り込んで「ま」と手のひらでソファセットを示す。一成は一礼して、下座と思われる方に腰を下ろした。室内の暖房が無駄に強い。

片野社長は相変わらず、白髪頭をきれいに七三に分けていた。表情で笑みは作っていても、相手を観察するような目つきも以前の印象のままだ。ただし、大きく違っているのは、今の一成にとって目の前の男は、もはや萎縮《いしゅく》するような相手ではないということだった。最初にこの男の前に立ったときには、自分の人生を支配する相手だと思うと勝手に冷や汗が出て、身体がロボットのようにガチガチだったのが、今は不思議で仕方がない。

向かいに、わざとそうしているかのようにゆっくりと身体を沈めた片野社長は、「今日は割と寒いね」と時候の話から入った。

「そうですね。近くの街路樹、銀杏《いちよう》の葉が巻き上げられてたくさん飛ばされてました」

片野社長は小さく何度かうなずいていた。威圧感を与えようというのか、視線を外さずにじっとこちらを見ている。

「ひなたストアの評判、聞いてるよ。君のことだから、それなりに頑張るだろうとは思っていたが、ここまでの結果を出すとはちょっと思ってなかった。いや、正直に言おう。私は君を見くびっていた、すまない」

片野社長は、頭を下げたが、大きく開いた両ひざにひじを張って手をつくその姿勢は、いかにも俺様が頭を下げてやったんだぞ、という押しつけがましさを感じた。

「いえいえ、ひなたストアのスタッフがみんないい人で、お客様の中にも力を貸してくださった方がいたお陰です。私は特に何もしてません」

「まあ、そう謙遜《けんそん》しなさんな。ひなたストア、売り上げが倍増どころか、三倍を超えてるって聞いてるぞ。すごいことだ」片野社長はそう言ってから、「まあ、もとの売り上げが売り上げではあったわけだが」と、ちょっとカチンとくる言葉をつけ加えた。

間《ま》ができた。空調の音が大きく感じられた。

「まあ、何にしても」と片野社長は背中をソファにもたれさせた。「研修で君は立派に結果を出した。会社としては当然のことながら、そのことを正当に評価したい。ついては、年末で研修は終了ということで、本社に戻って来てもらいたいと思ってる」

「戻る、といいますと」

「何を言ってる」片野社長は顔をしかめて片手を振った。「君にはもともと、グリップグループ開発課長という肩書きがあったじゃないか。研修は間もなく終了、今後はその研修で発揮した能力を、本社で見せてくれたまえ」

「つまり、開発課長として本社で働くように、ということですか」

「もちろんだ。もともとそういうことになっていただろう。研修をしてもらったのは、あくまで開発課長としてのスキルを身につけてもらうためだ。まあ確かに、君の力というものに疑いを持っていて、研修を通じて見極めたい、という考えもあるにはあったがね」

　ゴミ拾いとか倉庫での単純作業とか、もっと露骨な嫌がらせ人事が待っていると思っていたので、拍子抜けした。

あるいは、これ以上キョウマルにとって脅威とならないよう、ひなたストアから青葉一成を切り離そうということなのか。

友枝が知ったら、怒るかもしれない。

だが、もはやグリップグループ本社での課長職に、興味はなかった。

一成は内ポケットから封筒を出して、テーブルの、片野社長の前に置いた。

退職届、と書いてある。退職願、と書くのが普通らしいが、願い出るのではなく、辞めますという意思表示をするべきだと考えた結果である。

片野社長はそれに手を伸ばそうとせず、露骨に眉根を寄せて一成を見返した。

「どういうことだね」

「ひなたストアの正社員になりたいと思います」

「……気は確かかね。あの小さなスーパーの正社員って」片野社長はチッと失笑した。

「君はもっと常識人だと思っていたんだがな」

「まだ三か月に満たない短い期間でしたが、ひなたストアでは、人生観が変わるぐらいに、多くのことを学ばせていただきました。これからは、ひなたストアのスタッフの皆さんや、お客様たちに、その恩返しをしてゆきたいのです」

「何を格好つけてやがんだ、この野郎っ」片野社長が突然声を荒らげた。「研修は研修だろうがっ。その途中で辞めますって何だよっ、ヘタレの大卒新人か、てめえはっ」

もともと激しやすいところがあり、瞬間湯沸かし器と陰で呼ばれている、という話を以前、キチさんから聞いたことがある。実際、目の前の片野社長は、顔が朱に染まっていた。

そうこなくっちゃ。一成は心の中でつぶやいた。

「社長。本音で話しましょう。ひなたストアに俺を派遣したのは、嫌気がさして逃げ出すことを期待してたんでしょう。あなたは前社長がお嫌いだった。だから前社長がやろうとしたことは、何もかも気に食わず、ハナから俺を開発課長として迎え入れるつもりなんてなかった。馬鹿じゃないんだから、それぐらい判ってましたよ」

「何だとぉ……」

「ところが、潰れるのは時間の問題だと思ってたひなたストアが、予想外に息を吹き返した。それどころかキョウマルの顧客が侵食され始めた。青葉一成をこのまま副店長にしておくのはまずい、グリップグループ本社に戻そう。そういうことでしょう」

片野社長は目を閉じて、ゆっくりと息を吐いた。興奮を抑えよう、冷静になろう、としているようだった。

「いや、大きな声を出して悪かった」片野社長は口もとを歪《ゆが》めて、作り笑いを見せた。

「私もうそをつく気はない。最初は確かに、本社に君は不要だと考えたよ。研修に出したのも、君が言うとおり、リタイアすることを期待していた面はある。しかし、このところの君の活躍を知り、考えが変わった。それもまた確かなんだ。それは判って欲しい」

「………」

「君が大変有能な男だということは充分に証明された。だからこれからは、グリップグループの開発課長として、その腕前を存分にふるってもらいたいんだ。そこを誤解してもらっては困る。しばらく頭を冷やしたらどうかね」

片野社長が、退職届の封筒を押し戻した。

「残念ながら、それこそ大きな誤解です」

「ん？　どういうことかね」

「私はちっとも有能な人間なんかではありません。がんこ野菜も、がんこ野菜の総菜も、たまたまご近所さんからお裾分《すそわ》けしてもらったことがきっかけでしたし、スタッフの仕事ぶりや店の雰囲気に変化が生まれたのも、もともとスタッフのみんなが、このままではいけない、何とかしたいと思ってたからです。私はそのお仲間に加えてもらったに過ぎません。私がひなたストアを再生させた、みたいにお考えになるのは買いかぶり過ぎです。休憩所や、ピアノを通じてお客様同士の交流が深まっているのも、パートさんたちの提案ですよ。私は何のアイデアも出してません。だからこそ、ひなたストアにはこれから、恩返しをしなきゃいけないんです」

片野社長はため息をついて、テーブルの上の退職届に目を落とした。

しばらく沈黙が続き、それを破るように一成が「では、私はこれで」と腰を浮かせても、片野社長はそのままの姿勢だった。

しかし、退出前に頭を下げるつもりで見返したとき、今日一番ではないかと思えるような、強烈な視線で睨《にら》まれていた。

一成は控え目な笑顔で応じた。引き留められるよりも、こういう見送られ方の方が、気が楽というものだ。

12

十二月中旬の土曜日は、冬にしては割と暖かで空に雲がほとんどない快晴だった。冷たい風も吹いておらず、一成はジャージ姿で洗濯物を干していた。今日は休日である。

昨夜、友枝に電話をかけて、明日は帰宅すると告げたところ、友枝の方がこっちに来る、と言い出した。理由を尋ねると、先日送ったがんこ野菜が確かに新鮮で美味しかったことや、最近ひなたストアのブログを閲覧するようになって興味が湧《わ》いたから見てみたい、とのことだった。

年内でグリップグループを退社して、ひなたストアの正社員になることについて、事後報告であったことを友枝は怒ると思っていたのだが、予想外に「判った。お父さんなりによく考えて決めたことだから、私はもういろいろ言わないから。不動産会社に交渉してその平屋を継続して借りるのか、自宅通勤にするのか、その辺のことはまた話し合いましょ」と言われた。もしかすると単に、説得をあきらめた、ということかもしれない。

だからこそ、ひなたストアを見に来てくれるというのは大歓迎だった。実際に店内をくまなく見て回って、最初に来たときとの違いを体感すれば、不安を払拭してくれるはずだ。

干し終えたたところで、隣家から真鶴さんが出て来た。お出かけのようで、ハンドバッグを腕にかけ、黒のタートルネックセーターの上にグレーのコートを着て、頭には薄いピンクのニットキャップをかぶっていた。

「おはようございます、青葉さん。今日は十二月とは思えない天気ですね」

「本当ですね。お陰で洗濯物も乾かせます。真鶴さん、今日はシフトには？」

「今日はお休みをいただいてるの。今頃、篠崎さんと高尾さんが頑張ってくれてると思いますよ」

「真鶴さんと知り合いになれたお陰で、ひなたストアが元気になれました。本当にありがとうございます」

「とんでもない。元気にさせていただいたのは、私の方よ。実は以前はちょっと睡眠障害があって、夜に眠れなくて、逆に昼間にうとうとしたりして、老人ホームのお手伝いも、お暇《いとま》をもらおうかしらと思ってたのよ。でも、ひなたストアさんの調理室で身体をよく動かすようになってからは、夜中に目が覚めても、またちゃんと眠れるようになったから、老人ホームで働いてるときも、うとうとすることがなくなったの」

「へえ、そうだったんですか」

「それに、ひなたストアでいろんな方とお話しさせてもらうのが今は本当に楽しみで。ほら、あなたの体操の先生、何て方だったかしら。スタイルがとてもいい方」

「大門ユキさんですか」

「そうそう。何日か前にね、私と高尾さんがお総菜を台車で運んで棚に並べてたらあの方、わざわざあいさつをしてくださったのよ。そのときに、青葉さんに体操を教えてる者ですって自己紹介までしてくれて」

「大きな声で元気な方でしょう」

「そうね。でもちゃんとした家庭で育った方だと思うわ。丁寧に、お礼をおっしゃってくださったもの」

「お礼？　ですか」

「いつも美味しいお総菜を作ってくださって、ありがとうございます、お陰で毎日の食事が楽しみですって。あと、辞めないでくださいねって言われちゃったわ」

真鶴さんはいかにもうれしそうな笑顔を見せ、「ではいい一日を」と自転車にまたがって、出かけて行った。

寮の平屋に戻って、溜《た》まっていた食器を流しで洗っていると、チャイムが鳴った。

玄関戸を開けると、友枝だけでなく、理多も立っていたので、えっ、と思ったが、顔には出さないよう気をつけながら「やあ、お疲れさん」と声をかけた。背後には、今や友枝の専用になってしまっているチョコレート色のキューブが停まっている。友枝は白いタートルネックセーターに黒のタイツとスカート、理多はピンクのパーカーにジーンズという格好だった。

「場所、すぐに判った？」

友枝たちは、ひなたストアには行ったことがあるが、この平屋に来たのは今日が初めてである。

「うん。この辺りは道が単純だから」友枝はそう答えてから、ぶしつけに玄関から屋内を覗き込んで「へえ、こういうところなんだ」と言った。理多はイヤホンで何かを聴きながら、周辺を見回している。

「入る？」と聞くと、友枝は「そりゃ入るわよ」と答えてから、「まあ、入ってもくつろげはしないと思うけど」とつけ加えた。

友枝はひととおり部屋を見て回ってから、洗い物の途中だと気づき、一成が洗剤で洗ったものを受け取って、水で流す作業を受け持ってくれた。理多はさきほどから、寝室の畳の上であぐらをかいて、小型テレビを見始めたようだった。

「この後、ひなたストアに行こうか」一成は洗いながら言った。「店長とか、スタッフさんたちも紹介したいし」

「いいけど、そろそろお昼どきよね。何か食べてからにしようよ」

「あー、そうだな。理多が来るとは思わなかったよ」一成は声を小さくした。

「私も意外だったのよ。二、三日前に、次にお父さんのところに行くのはいつ？って聞いてきたから、何でって言ったら、そのときは私も行くからって。どうやら、ピアノに興味があるみたいよ。ほら、ひなたストアのブログに、いろんな人が演奏してる動画がアップされてるじゃない。私がそのこと教えた後、家にあるパソコンで割と見てるみたい」

「ふーん。理多は最近、どうなの」

「相変わらずね。話しかけてもろくに返事をしないし。私も意地になって、無理にコミュニケーションを取ろうとはしてない。そういう時期ってあるから、しばらく見守ればいいと思うし」

見守ることは、見放すこととは全く違う。

「部活はどうなった」

「合唱部は辞めますって先生に言いに行ったんだけど、先生の方は駄目だ、認めないって。それで理多は、練習をボイコットし続けてる。そのまま事実上の退部って形になりそうね。でも来年、あの先生が担任になったりしたら、どうなるのかしらね。進学にも影響するかもしれないし」

「職員会議で、そういう割り振りは検討するはずだから、心配することないんじゃないか。その先生だって、自分に逆らう生徒を担当したくはないだろう」

「まあ、そうだとは思うけど……」

「ピアノは友達んちで練習してるって、前に聞いたけど」

「うん、今もやってることはやってるみたい。ただ、音大は目指さないってさ。あーあ、せっかくそのつもりで習わせてたのに」

「親に反抗するってことは、自我がしっかりしてきたってことだよ。理多は理多で、きっといろいろ考えてると思うから、お母さんがさっき言ったように、見守っていればいいよ」

「あら、いつの間にか、もの判りのいいお父さんになった感じ」

「ひなたストアでいろんな人から教わったよ。パートのおばさんたちも、お客様たちも、それぞれ事情を抱えてるんだって。ある人はご主人からいつも馬鹿にされて悔しい思いをしてるって言ってたし、シングルマザーで家計が大変な人もいる。がんこ野菜を作ってる人たちも、昔は仲卸会社から品数や形や大きさをいろいろ要求された上に買い叩かれて、年を取って以前ほど作れなくなったら契約を切られたりっていう悔しい思いをしてきたっていうし、後継者がいないとか、自身や家族の病気とかいろいろあるんだ。お客様にしたって、車も運転できない、自転車ももう乗れないっていう一人暮らしの高齢の方が、わざわざバスでひなたストアに来てくれてるんだ。あの……言いたいこと、判るかな」

「まあ、だいたい。理多も自分のことで思い悩んでて、でも親に相談しても返ってくる答えは判りきってるから言わない。あの子は自分で何とかするはずってこと？」

「まあ、そういうことだな」

「あ、そうだ、久留米のお母さんが、また送って欲しいって言ってきたわよ、がんこ野菜の総菜」

「えっ、ほんとか」

「ほんと、ほんと。お父さんが、カブのそぼろあんかけと焼きネギに辛子味噌を塗ったやつが気に入って、何日か後に、お母さんに同じものを作って欲しいってリクエストしたんだけど、味が違うって文句言われたんだって。私も食べたけどほんと、美味しいわよね。だから今日、買って帰るつもり、お父さんたちの分もね。それとさ、理多もカボチャ食べたわよ。がんこ野菜の、カボチャのしっとり煮っていうの？　あれ」

「そりゃ理多も食べるだろう、旨いんだから」

「そんなことだから娘に話しかけても返事されないのよ」友枝からひじで脇腹を突か

れた。「理多は小さいときからカボチャが嫌いで、食べなかったじゃないの。薄切りの天ぷらでさえ残してたでしょ」

「そうだったかな」

友枝は、はあ、とため息をついて、「仕事を頑張ってるのは判ってるけど、娘のことも、もうちょっと知ろうとしてあげてよね」

言い訳が出来る余地はなさそうだったので、一成は「すみません」と頭を下げた。


昼食は、がんこ野菜ラーメンはどうかと一成が提案すると、一成からのメールなどで存在を知っていた友枝は「あ、それいいね」と賛成し、理多も反対はしなかったので、ひなたストア駐車場の隅に車を停めて、歩いて金鶏ラーメンを訪ねた。

まだ十一時半頃だったため、他に客はいなかった。店主は一成を見て、「いらっしゃい」と応じてから、二人の連れを見て、ちょっと問いたげな顔になった。

「うちの奥さんと娘。がんこ野菜ラーメンを食べさせてやりたくて」

「あー、それはありがとうございます」店主は満面の笑みになった。「じゃあ、がんこ野菜ラーメン三つ、ありがとうございまーす」

友枝が「青葉がお世話になっております」とあいさつをした。

「いえいえ、お世話になってるのはこっちの方で。ひなたストアさんのがんこ野菜のお陰で、女性客が増えましたから。ほんと、感謝感謝っす」

友枝を真ん中にして、カウンター席に座った。理多は話をするつもりがないようで、今もイヤホンをつけてスマホをいじっている。

がんこ野菜ラーメンに使われる野菜は、季節に応じて変化する。ほどなくして店主が「はい、がんこ野菜ラーメン、お待たせしました」と出したラーメンには、中央にスライスした鶏肉の燻製《くんせい》が三枚あり、その周囲を水菜、芽キャベツ、白ネギ、半分に切った小ぶりのカブが彩っていた。友枝が「わあ、野菜がほんとにたっぷり」と小さく拍手をした。

水菜は生のまま切っただけだが、鶏ガラスープにくぐらせると、少しだけしんなりして、丁度いい歯ごたえになる。白ネギは表面に焦げ目がついているが中は柔らかくて甘みがあり、半分に切ったカブと芽キャベツは鶏ガラスープを使ってあらかじめ弱火で煮たらしく、しっかり味が染みて柔らかだった。鶏の燻製もいつもながら旨い。

食べている途中で理多が漏らした「美味しー」という言葉がしっかり耳に届いた。友枝も「鶏ガラスープと合うね、野菜。お肉もいい香りがついてる」と言った後はもう無言になって食べた。

食べ終えるまでに、五人の若い男女グループが入って来て、店内はにわかに活気づいた。女子は二人いたが、いずれもがんこ野菜ラーメンを注文し、先に金鶏ラーメンを注文した男子の一人が「へえ、そんなメニューがあったんだ」と言った。

食べるのが一番遅い理多を待っているときに、友枝が店主に「すみません」と声をかけた。「鶏肉の燻製、お店で作ってるんですか」

「はい、裏に燻製機があるんで」

「たくさん作ることって可能なんでしょうか」

「燻製機は一つだけなんで、この店で出す分だけ作ってます」

「鶏肉は、普通の業者さんから仕入れてるんですか」

「いえ、兄が実家の養鶏場をやってまして、そこから分けてもらってます。普通の養鶏場と違って、広い場所を走り回らせて育ててる、なべしま金鶏っていうブランドで出して、レストランや焼き鳥屋さんに直接卸してるんすよ」

「あー、だから鶏肉も美味しいんだ」

ひげ面の店主は目を細くして「ども」と頭を下げた。

「私、思ったんだけど」と友枝は一成の方を向いた。「この鶏肉の燻製、真空パックにしてひなたストアで販売したら、人気出るんじゃない？」

店主はぽかんとした顔になってから、おお、という感じでうなずいた。

「うちはラーメン屋だけで手一杯ですけど、実家で燻製加工してもらうってのは、いいアイデアかもしれませんね。販路拡大したいけど、この地域では頭打ち状態だって兄貴、ぼやいてましたから」

「真空パックは基本、要冷蔵だから」と一成は言った。「チルド食品のコーナーに並べればいいな。味付けは塩コショウだけで充分旨いけど、専用のソースを考えてみるってのも手だな。お母さん、すごいじゃん」

「たまたまよ。がんこ野菜ラーメンを食べてるうちに、勝手に頭に浮かんだのよ。鶏肉の燻製を主菜にして、がんこ野菜のお総菜を二品ぐらい副菜に並べるでしょ。あとはご飯と味噌汁があれば、定食屋さんの人気メニューができあがりじゃないって思ったの」

「さすが主婦だな」

「手抜き主婦だからこその発想よ」

「あー、なるほど」

「そこは違うって言うとこでしょ」

「あ、すみません。じゃあ大将、この話、うちの店長に通して、ご実家に連絡させていただいても？」

「はい、もちろん。まずは私の方から言っときます。でも、金額面で折り合えるかどうかがちょっと……。普通の鶏肉よりは、どうしても割高になりますから」

「値段は基本、出荷者さんサイドでお決めいただいて構わないとお伝えください。ひなたストアは、出荷者さんは大切な仕事のパートナーだと考えてますから、どこかのスーパーや仲卸会社みたいに出荷量を一方的に決めたり、値下げを要求したりはしません。委託販売という形でもいいですよ。がんこ野菜も、出荷者さんに値段を決めてもらって、うちは場所を提供してるだけなんです」

「へえーっ、そうだったんですか」と店主が目を丸くした。

「仲卸会社や運送会社が間に入らないから周辺のスーパーより安く販売できて、利益も大きいんです。その代わり、よそのスーパーみたいに豊富な品揃え、均一な品揃えはできなくて、本当に旬の野菜を、出荷できる分だけ並べてるわけなんですが」

「なるほど、他のスーパーとは商売のスタイルが最初から違ってたんですね」店主は腕組みをして、うんうんとうなずいた。「実家で燻製加工も真空パック加工もやって、直接搬入。そしたら値段もそれだけ抑えられるわけか。いや、勉強になりました」店主は

一成は、いえいえ、と手を振ろうとしたが、店主は「奥さん、ありがとうございます」と友枝に頭を下げた。

ひなたストアは、昼前の混雑を終えて一段落した時間帯だった。駐車場も今は半分ぐらいの埋まり方だった。友枝と店内を回るにはちょうどいい。

ピアノ小屋では、最近しばしば見かけるようになった、男女の学生コンビが演奏を

していると ころだった。女子がピアノ演奏をし、後ろに座った男子が自前のアコースティックギターで伴奏をするというスタイルである。小屋の前に数人、年配客が立ち止まって見物している。

「聴いたことがある曲だな」と一成が言うと、友枝が『マホガニーのテーマ』だと教えてくれた。

「ダイアナ・ロスの歌だけど、昔、インスタントコーヒーか何かのコマーシャルで使われてたんじゃないかな」

「あー、あったね、確かに」

「女の子も男の子も上手ね。基本練習ができてる」

「ふーん、そうなんだ」

そのとき背中をつつかれたので振り返ると、理多がイヤホンを外して言った。

「お母さんと店の中、見て回るんでしょ。私、ここにいるから」

友枝と顔を見合わせた。互いに、理多は確かにこっちの方にしか興味はないだろう、という感じで小さくうなずき合った。

「別にいいけど、勝手にいなくなるなよ」

「判ってるよ」

理多はそれだけ言うと小屋に近づいて見物を始めた。

すると友枝が「私も、一人で勝手に見て回りたいんだけど、店内」と言った。

「えっ」

「だって、スタッフの方たちにいちいち自己紹介してあいさつするって、嫌だもん。何を話したらいいか判らなくて、変な空気になるに決まってるし、それを繰り返すなんて地獄よ。第一、スタッフの人たちの仕事の邪魔することになるじゃない」

「まあ、確かにそうかもしれないけど……」

友枝は以前から人づきあいを嫌がるところがあるが、確かに一人一人に紹介してどうするんだというのは判る。それに、ひなたストアの変貌ぶりを知るには、こっそり観察する方がいいかもしれない。

「判った」と一成はうなずいた。「じゃあ、俺はどうすればいいのかな」

「知らないよ、そんなの。離れたところから理多を見とけば」

一成が「そんな。ストーカーじゃないんだから」と言ったときには、友枝は既に「じゃ、ちょっと見て来るね」と出入り口に向かっていた。

仕方ないので、ひなたストアの敷地周りをぶらついた。バス停の前を通って、左手にある、自転車がやっと通れる細い通路へ。一成はここの雑草抜きを、ときどきやっている。最初は向かい側にある民家の高齢女性から不審者みたいな目で見られたが、今ではお得意様の一人になってくれている。以前はキョウマル専門だったと本人から聞いた。

　裏通りに出て左折し、ひなたストアの搬出入口へ。小文字さんが植えたやらせラディッシュは今はもうなく、その場所には〔がんこラディッシュはスタッフが美味しくいただきました〕と書かれたプレートがかかっている。

　搬出入口から、作業服姿の宇佐さんが出て来た。

「よう、青葉さん」宇佐さんが手を上げて笑う。「今日はどうしたの、私服みたいやけど」

「休みなんですけど、ちょっと様子を見に来たんです。宇佐さん、今日は遅いじゃないですか」

「遅かねえよ。朝に持ち込んだ春菊が売り切れたって、浅野さんから連絡が入ったんで、パチンコ行くついでに追加で持って来たんだ」

「それはありがとうございます。そういや、宇佐さんとこの水菜、最近、水炊きでいただきました。食感も味も最高ですね。一緒に食べたら安物の豚肉が高級黒豚みたいに思えて、あっという間に一把《わ》分食べちゃいましたよ」

「そうかい、ありがとよ。最近はさあ、こっちに出荷するせいで親戚にやる分がなくなっちゃって、結構文句言われんだよ。だから代わりに、パチンコの景品を配ってるよ」

宇佐さんはそう言って、けらけら笑った。

裏通りはさらに百メートルほど進むと、三叉路《さんさろ》に行き当たり、そこを左折すると、ひなたストア前の市道に出る。途中、手押し車を押すご近所の高齢女性と出会い、「あら、今日はお休み?」と声をかけられて「こんにちは。休みなんですけど、ちょっと店を見に来たところで」と答える。「仕事人間になっちゃ駄目よ」と言われて苦笑しつつ「はい、ありがとうございます」と返した。

駐車場に入ると、ピアノ小屋の前の見物客がさっきよりも増えていた。小文字さんもいて、カメラを小屋の中に向けている。また動画をブログにアップする気らしい。近づくと、デューク・エリントンの有名なジャズナンバー『A列車で行こう』が聞こえてきた。

一成は高校生の頃に一時期、スタンダードジャズのナンバーを好んで聴いていたことがある。そのため一気にテンションが上がった。

見物客の後方から窓の中を覗き込んで、あっ、と叫びそうになった。

演奏しているのは理多だった。その横顔に息を呑《の》んだ。前に垂れる髪から出ているとがった鼻先やあごが、びっくりするほど大人びていた。肩はリズミカルに上下し、指先が鍵盤の上を躍動している。

カメラを向けている小文字さんの肩を指先でつつき、「あの子、撮影してもいいって？」と尋ねると、「はい。顔をあんまり撮らないでって注文つきでしたけど」との答えだった。

演奏が終わると拍手が起き、理多はちらと顔を向けて会釈した。その姿は中学生の理多に戻っていた。さっきの姿は幻覚だったのではないかと感じるほどの変化だ。

小文字さんが「いいっすねえ。そういや、ジャズを弾く人、まだいなかったなあ」と言った。

年配女性が「もう一曲、お願いできないかしら」と言うと、他の見物客も賛同して再び拍手で要求した。

理多が再び両手を鍵盤に持っていくと、拍手が止《や》んだ。誰かが小さく咳《せき》をし、遠くでクラクションが鳴った。

次なる曲は『ユード・ビー・ソー・ナイス・トゥ・カム・ホーム・トゥ』だった。かつて一成は、ヘレン・メリルが歌うこの曲が大のお気に入りだった。それを自分の娘が演奏している。これは現実のことなのだろうか。

全身が総毛立つのを感じた。

理多の横顔は再び、女子中学生のそれではなくなっていた。

時間はあっという間に過ぎ、理多は静かにふたを閉めた。拍手に対して、やはり恥ずかしそうにぺこりと頭を下げ、そそくさと立って、人と目を合わせないようにして小屋から出て来た。

　理多は一成にも気づかないでその場を離れようとしたので、一成が「いつからジャズの練習しとったと？」と声をかけると、びっくりした顔を向けて「聴いてたの？」と言った。

「ああ、上手いもんじゃないか、聴き惚《ほ》れたよ。特にさっきの曲は、お父さんが若い頃によく聴いてたお気に入りたい」

「それは知ってる」理多はちょっといたずらっぽい顔になった。「お父さんの本棚にあったジャズのCD、ときどき勝手に聴かせてもらってたから。ヘレン・メリルのCDだけ、和紙の袋に入ってたから、何か特別な意味があるんだと思ってた」

　結婚前に友枝から誕生日プレゼントでもらったものである。そのことを教えようかどうかと一瞬思ったが、それよりも聞きたいことがあった。

「合唱部を辞めるとか、音楽科への進学をしないとか言ってたのは、もしかして……」

「そ」理多が珍しく一成の目を見てうなずいた。「ジャズピアノの練習をもっとやりたくて。音大ならともかく、ジャズピアノ専門の高校の音楽コースなんて、この辺には絶対ないから。将来何になるとか、そういうのは決めてないけど、今はとにかく、ジャズピアノの練習を積み重ねたいんだ。きっかけはお父さんが本棚にしまい込んでた何枚かのCDなんだよ。何となく拝借して聴いてるうちにハマっちゃって、自分がやりたかったのはこういう音楽なんだって。今はユーチューブでいろんな人の演奏を見て、そこからいろいろ盗んでるところ」

「友達んちで練習してるっていうのが、それなんだな」

「そういうこと」

「お母さんに練習を聴かれたら、いろいろ言われると思って、友達んちか」

「うん。お母さん、クラシックピアノで音大に進んで音楽教師って、勝手に決めてたみたいだから。でも私の人生だよ」

「それはまあ、確かにそうだけど……正直に話せば、判ってくれると思うよ。お母さんだって、お前の幸せを願ってることは確かなんだから」

「だからこそ、ずっと黙ってたの」

「どういうことだよ」

「私がジャズピアノをやりたいって言うでしょ、そしたら駄目だって言うだろうし、私がそこで食い下がったら絶対にこう言うんだよ。じゃあ、ちょっと弾いてみなさいって。それで私が弾いたら、こんなのはお遊びのレベルだ、とか、今まで積み重ねてきたものが台無しだ、とか駄目出ししまくって、あきらめさせようとするんだ。長年一緒に暮らしてるんだから、お母さんの言いそうなことは判ってるから。だからこそ必死で練習して、それから聴かせようと思ってたし、それまでは黙っていたかったのよ」

「そうか……」

やっぱり、理多は理多なりにいろいろ考えて行動していたのだ。ただの反抗期ではなく、自分の人生のことを真面目《まじめ》に考えている……。

「お父さんが聴いた限り、お母さんをうならせるレベルになってると思うよ」

「そう？　私も実は、そろそろどうかなって思ってたんだ。ね、お父さん、お母さんには自分から話すけど、そのときには――」

「判った、援護射撃な」

「いいの？」

理多の表情がぱっと明るくなった。こんな顔を見せてくれたのは何年ぶりだろうか。

「俺のＣＤがきっかけでのめり込んでるって言われたら、応援しないわけにはいかないからな」

「やったー」理多が笑顔で一人拍手をした。

ハグできそうな雰囲気だったので、微妙に両手を広げたが、理多は「今からちょっとお母さんに言って来る。それで、戻って来てもっかいあそこで弾いて、母さんに聴いてもらう。お父さん、そのときだからね、お願いよ」と言い、店の出入り口の方に小走りで向かった。

背後から「あの子、もしかして、青葉さんの娘さんなんですか」と聞かれ、振り返るとカメラを持った小文字さんが、驚いた表情で立っていた。

「うん。小さいときからピアノを習っていてね」

「むっちゃ格好いいじゃないですか。顔もかわいいし」

見返すと、小文字さんが「あ、いや、別に僕がどうこうしたいっていうことじゃなくて……」と少し後ずさったので、一成は小さく噴いた。

「あの、青葉さん」とさらに声がかかった。

折り紙婦人の江南さんだった。この日は白髪頭をカチューシャで留めて、ひらひらした部分がたくさんついた、ワインレッドのコートを着ていた。片腕にハンドバッグをかけている。

「ああ、どうも、江南さん」と一成は笑顔を作った。「今日はいい天気ですね」

「ほんとうにね。いい引っ越し日和《びより》だったわ」

「あ、もしかして今日でお別れなんですか……」

江南さんからは、近々、関東の有料老人ホームに移ると聞いていた。

「そうなの。さっき、荷物を業者さんのトラックに積んで、見送ったところ。もう少ししたら息子が迎えに来るから、その前に、このお店にお礼とお別れを言おうと思って。短い間だったけど、素敵な時間をありがとうございます」

「いえ、とんでもない。こちらこそ、ありがとうございました」

一成と共に小文字さんも頭を下げる。

「お二人とも、どうかお元気で。お店のますますの繁盛を遠くからお祈りしてますから」

「江南さんがいなくなったら」と小文字さんが口を開いた。「折り紙を楽しみにしていた子どもさんたちが、寂しがりますよ」

「だとしたら、あなたが折ってあげて。カエルもツルも、折り方を覚えさえすれば簡単だから」

小文字さんと顔を見合わせた。そういえばそうか……。誰かがいなくなっても、その人のノウハウとスピリットを受け継ぐ者がいればいい。

「江南さん、スタッフのみんなにも是非——」

「それはいいわ。私は一人の客に過ぎないんだから。みなさんお仕事中でしょ、邪魔をしちゃいけないわ。青葉さんからよろしく伝えておいてくださらない」

「でも……」

「だったら、これにお願いします」と小文字さんがカメラを持ち上げた。「後でスタッフのみんなに見せますから。ブログにはアップしませんので」

江南さんはそれも固辞しようとしたが、ごくごく簡単な言葉でいいからと二人がかりでお願いし、何とか引き受けてもらった。

「ひなたストアのみなさん、こんにちは、江南です。事情があって遠くに引っ越すことになったので、お別れのあいさつをさせていただきます。短い間でしたけど、ひなたストアのみなさんによくしていただいて、小さな子どもさんと折り紙遊びをさせてもらったり、絵本を読んだり、ピアノを弾かせていただいたりして、とても素敵な時間をいただきました。ありがとうございます。これからもどうかみなさんで力を合わせて、このお店を続けていってくださいね。ではごきげんよう……」

江南さんから「こんな感じでいい？」と聞かれて小文字さんが「はい、ＯＫです」と答えてカメラを下げた。最後のやりとりも録画されたようだった。

「江南さん、もう一つお願いが」と一成は両手を合わせた。「最後にもう一度、ピアノの演奏をお願いできませんか」

「それならお安いご用よ。最後に一曲、弾かせていただこうと思って来たんだから」

小文字さんが「じゃあ、今度こそ是非、撮らせてください。うちのブログでいつでも視聴できるようにしたいんで」と言った。今まで撮影を拒んできた江南さんだったが、ほほえんで「判ったわ。あまり顔は撮らないでね」と応じた。

ピアノ小屋はちょうど無人になったところだった。江南さんが座ってふたを開けたため、あ、あの人の演奏が始まる、という感じで、すぐに何人かが足を止めた。

始まったのは、やはりショパンだった。だがこれまでおそらく、ここで弾いたことはなかったと思われる『別れの曲』だった。もしかしたら、この曲だけは最後の日にと、取っておいたのだろうか。

冬の青空に旋律が広がって、遠くで霧散してゆく。

ふと、駐車場をはさんだ向かいの街路樹が目に入った。黄色くなった銀杏の葉が、ぽろぽろとこぼれ落ちている。江南さんの演奏が届いて、それに合わせているかのようだった。

集まって来た見物客の中に、店長の吉野さんと社長のキチさん、そしてパートリーダーの高峰さんの顔があった。みんな、うっとりとした表情で聴き入っている。

見上げると、すじ雲のいくつもの平行線に沿って、カラスらしき群れが小さく渡ってゆくところだった。それが何となく、楽譜の上で音符たちが勝手に動き出しているかのように、一成には思えて、くすりと笑った。

あとがき

ありがたいことに、拙宅の周辺には自転車で一〇分圏内にスーパーが四軒ある。いずれも地方のチェーン店だが、個人的な満足度では明らかな差異があり、私は勝手に心の中でそれら四軒を〔優〕〔良〕〔可〕〔不可〕の四段階に分けていた。

〔優〕の店は、正確にはスーパーではなくドラッグストアなのだが、スーパーと遜《そん》色《しょく》のない品ぞろえで値段も安く、店内も清潔で、通路の幅も確保されている。鮮魚コーナーや総菜《そうざい》コーナーはないものの、冷凍食品やレトルト食品が充実しており、精肉コーナーや野菜コーナーなどもスペースは狭いけれども頻繁に補給する方法でカバーされていて、日常の買い物はここだけでほぼまかなうことができる。野菜は地元の小規模農家さんが作ったもので、大手スーパーに並んでいるような姿形が均一なものではないが、輸送コストがかからず、値段がかなり安い。しかも採れたてのものばかり。

そして特に満足度を高めてくれるのがスタッフさんたちの高水準な接客である。

例えばレジが二つ使われていて、それぞれに買い物客が二人、三人と並び始めたとする。するとレジにいたスタッフさんが店内にいる他のスタッフさんに三つ目のレジを開くよう促す店内放送をするのだが、「3番レジ開放お願いします」とは言わない。それをすると、最後尾にいたお客さんが「あ、もう一つのレジが開くんだな」と気づいて、ちゃっかりそちらに移動してしまい、先に並んでいたお客さんよりも優遇される結果になってしまうからである。だからスタッフさん同士の間だけで通じる言い方で放送をしている。しかも3番レジに入るスタッフさんは、隣のレジで最も手前で順番待ちをしているお客さんに近づいて、「よろしければこちらで精算いたしましょうか」と愛想よく声をかけ、買い物カゴを受け取って3番レジへと誘導する。このやり方だと、並んでいるお客さんたちは不公平だとは思わないし、誰も不愉快な思いをすることはない。

また、お客さんが年配の人だったり身体が不自由そうだったりした場合は、レジから袋詰めをする台までスタッフさんが運んであげている。他に精算を待つお客さんがいないときには、「袋詰めもしましょうか」と申し出る。顔見知りになったお客さんに対しては、「今日は豆腐、買わんでよかったですか？」と買い忘れがないかの確認をしたり、「さっきまで雨が降ってたけど上がってよかったですね」と自転車で来店するお客さんへの気遣いを口にしたりもする。年配のお客さんがカゴを重そうに提げているのを見つければすぐさま近づいて「カート、お持ちしましょうか？」と声をかける。

私がここで買い物をしたある日、合計金額がたまたま777円だったことがある。すると、既に顔見知りだったレジのスタッフさん（五十代ぐらいの女性）から、「わあ、スリーセブンが出ましたね」と言われ、後ろに並んでいた小学生男子から「見せて」とせがまれ、周囲の人たちからも「へえ」と言われて、ちょっと恥ずかしいけれど、ほんわかした気分になったことがある。ここのスタッフさんたちは、プライベートな時間であっても友人のように接してくれるのである。

私は関西育ちのため、子どもの頃には花登筺《はなとこばこ》先生原作の『どてらい男』『細うで繁盛記』などの商売人を主人公にしたテレビドラマを家族と一緒にちょいちょい見ていた。そんな一連のドラマの中で特に印象に残っている台詞《せりふ》がある。

笑顔はなんぼ作ってもタダや。どんどん使わな。

要は、笑顔での接客は元手のかからないコスト〇円のサービスであり、お客さんもいい気分になって購買意欲が増し、売り手も儲《もう》かり、店内が明るい雰囲気になってさらに人が集まるという、いいことずくめ。こんなにおいしい手を使わん商人はアホや、というわけである。

この〔優〕の店のスタッフさんたちはいつも笑顔で出迎え、顔を覚えてくれて、気さくに話しかけてくれる。多くのお客さんたちが、単にこの店に買い物に行くのではなく、いい気分で買い物をしたいという動機によって足を向けているのである。

〔良〕の店は、四つの店舗の中で最も大規模なスーパーであり、特に品ぞろえの充実ぶりでは抜きん出ている。鮮魚コーナーではその場で新鮮な魚をさばいてトレー包装してくれるし、精肉コーナーはA5ランクの和牛から安い冷凍輸入肉まで、総菜コーナーも寿司や刺身の盛り合わせから格安の弁当まで幅広く扱っており、広い購買層の需要を満たしている。店内は照明が明るくて清潔で、スタッフさんたちはみんなきびきびした動きで働いており、キャッシュレスのセルフレジもあるので待ち時間も短い。店内には〔お客様からの声〕を貼り出すコーナーがあり、ちょっとした要望やクレームに対しても丁寧な文章で回答が添えられている。

その一方、利用客はあくまで〔お客様〕だという位置づけなのだろう、接客は丁寧だがあまり笑顔は見せてくれない。スタッフさんの方からお客さんに気さくに話しかけることもなく、よそよそしさが否めない。だから何度買い物に出かけても、スタッフさんたちの顔をあまり覚えられず、おそらくスタッフさんたちもプライベートな時間に常連のお客さんに出くわしても知らん顔ですれ違うのだろうなと思う。

〔可〕の店は、やはりドラッグストアなのだが、スーパーとしての品ぞろえも充実しており、鮮魚コーナーや総菜コーナーもしっかりとある。この店舗の売りは価格。たいがいの品が他店舗よりも安い。私はここでときどき弁当を買うのだが、焼き塩サバ、唐揚げ、肉団子、卵焼き、筑前煮、酢の物などがぎっしり入っているのに外食のきつねうどん一杯分よりも安いので、こういう店が近くにあるのはありがたい。レジは、バーコードの読み取りはスタッフさんがやるが、支払いはセルフ精算機を使うようになっているので、待ち時間も短くて済んでいる。

その一方、薄利多売指向の店によくあるやつで、店内の通路がやたらと狭い。カート二台が行き違うのが難しく、他のお客さんが立ち止まって品物を選んでいるときは、その後ろを通り過ぎるときには「すみません」と一声かけなければ接触してしまう。お客さんの数も多いところにスタッフさんも商品のダンボールを積んだ台車を押しているので店内は渋滞しがちで、徐々にイライラ感が募ってくる。

そういうわけで私は、この店でしか買えないもの、この店で買えば明らかにお得なものがあるときにだけ、利用している。

〔不可〕のスーパーは、私が初めて利用したときから、そのうち潰れそうだなという雰囲気が漂っていた。壁にあるすりガラスの窓が閉じられたままなのは、おそらく以前はあった鮮魚コーナーをやめたからだろう。店内に二か所ある空きスペースは資材置き場と化していて、パン屋か写真プリントかクリーニング受付といったテナントが撤退して久しいことが窺《うかが》えた。スタッフさんたちはみんな一様に無愛想で、精算時も店内ですれ違うときもお客さんの顔を見ない。特に苛《いら》立《だ》ちを感じたのは、レジに行列ができ始めたときに「3番レジ開放お願いします」と店内放送をするので、一番後ろに並んでいたお客さんがちゃっかり3番レジに移動して先に精算を済ませるという不公平を許していることだった。しかも他のお客さんが不満そうな顔をしているのにスタッフさんは誰一人として気づかない。もともとお客さんとコミュニケーションを取る気がなく、顔を見ていないからである。

　電気代を節約したいからなのか店内の照明は薄暗く、床も汚れが目立ち、妙にほこりっぽい。床のあちこちがめくれて小さな凸凹があるせいでカートが止まったり、カートのタイヤが壊れているせいでガタガタと耳障りな音がしたりする。さらには、年配のお客さんから「かつお節はどこにありますか」と聞かれたスタッフさんが「ええと、向こうから二列目の棚だったと思います」と指をさしたのも見かけたことがある。〔優〕〔良〕〔可〕の店は、かつお節がある場所までお客さんを案内するはずだが、この店はそれをやらない。しかも「だったと思います」である。ついでに言うと、この店は出入り口付近のアスファルトに裂け目があり、年配のお客さんや子どもがつまずいたら危ないんじゃないかと思っていたのだが、いつまで経《た》っても放置されていた。

なお、このあとがきの冒頭で〔拙宅の周辺には、自転車で一〇分以内の圏内にスーパーが四軒ある〕と書いているが、正しくは〔四軒あった〕である。この店は数年前に、おおかたの予想どおり、閉店となった。その跡地には今、大手コンビニエンスストアがある。もちろんアスファルトもきれいに舗装し直されてある。

本編を既に読まれた方はもうお気づきのことと思う。主人公の青葉一成が最初に訪れたときの〔ひなたストア〕は、この〔不可〕の店こそがモデルなのである。


さて、〔不可〕の店が閉店になったとき、私は率直な疑問を覚えた。

あの店は、なぜ他の店のいいところを真似《まね》しなかったんだろうか。真似できることはすればいいのに。それをしていれば少なくとも〔不可〕から〔可〕には昇格できただろうし、潰れることもなかったのではないか。〔不可〕の店長やオーナー、スタッフさんたちも、プライベートでは別のスーパーで買い物ぐらいはしていただろうから、気づくことはあったはず。ならば、店長さんがそれなりの指示を出したり、スタッフさんたちが進言したりして、改革してゆくチャンスはあったのではないのか。たとえオーナーさんや店長さんがワンマン気質の人物で、部下からの意見に聞く耳を持たないタイプだったとしても、自分の店がこのままだと潰れてしまうかもしれないという状況は判《わか》っていただろうに。

だからそのときは、オーナーさんがもう高齢で店を盛り返そうという気などなく、いつかの時点から、近々閉店させて好条件で土地を売るか貸すかするつもりだったのだろうと見当をつけた。実際、そのスーパー跡地にできた大手コンビニエンスストアは、周囲に大学、郵便局、ホームセンター、大型パチンコ店などもあるせいか繁盛しているようで、たっぷりとスペースを取っている駐車場にはいつも何台もの車が停まっている。

しかし、最近になってある報道番組を見て、〔不可〕の店が閉店したのは、別のもっと大きな理由があったのだなと気づかされた。

その番組には、失敗しない投資方法で知られる投資信託会社の社長さんが解説者として出演されていたのだが、彼はこんなことを言っていた。

〔沈んでゆく会社の経営者は、自慢げに過去の成功話ばかりをする。伸びてゆく会社の経営者は目を輝かせて未来の話をする。〕

それを聞いた私は「そうか」と手を叩《たた》いた。

あの〔不可〕の店も、開店当初はきっと繁盛していたのだ。周辺にまだ競合店もなく、とにかく品物を並べれば売れるという時期があったのだ。もしかしたら結構な時間にわたってそんな幸運な状態が続いたのかもしれない。私の故郷にも、かつては毎日大勢のお客さんで賑《にぎ》わう商店街があった。それがわずか十数年後にはシャッター通りと化すなどとは誰も想像していなかった。

〔ゆでガエル〕という例え話がある。熱い湯にカエルを放り込むと驚いてすぐに飛び出すが、水の中に入れてから徐々に熱してゆくと、カエルは飛び出すタイミングを失い、そのままゆで上がって死んでしまう、という一種の教訓話である。

〔不可〕の店は、当初のやり方で大きな利益を上げたことで、そのやり方でいいのだという思い込みがあり、徐々に売り上げが落ちてきても「まだ大丈夫」「そのうちまた好転するだろう」という希望的観測を捨てられず、改革に踏み出すタイミングを見失ったのではないか。そんなときに、土地が好条件で売れる、みたいな話が舞い込んできたりすれば、ますます事業を盛り返そうという気にはならないだろう。

さて、これらのスーパーにまつわる情報はもともと、何らかの小説の中で、ちょっとしたエピソードとして物語に多少の色づけができればいいかな、ぐらいの気持ちでいた。しかしその後、複数のドキュメント番組でさらなる小売店にまつわる情報を得たことで、これは一編の小説として正面から取り組むべき素材なのだと思うようになった。

いくつか紹介したい。

さほど人口も多くない地方にある、とある個人経営のスーパーは、一店舗だけだが毎月一億円の売り上げを誇っている。それを支えているのは、過去三十年以上にわたって蓄積した、その日の天気、気温、曜日、来店者数、品物別の売り上げデータ。例えば十月下旬の金曜日で、気温が低めだとすると、何をどれぐらい仕入れておけばいいか、答えが自動的に出るので、仕入れの無駄がなくなる。仕入れの無駄がなくなればその浮いた分だけ単価を下げられるので集客アップとなる。

一週間のうち金曜日から日曜日までの三日間しか営業していないのに一店舗あたり月一億円の売り上げを実現している地方のスーパーチェーンもある。月曜日は店舗の掃除、火曜日と水曜日は休日、木曜日は営業準備に当てる。このやり方だと仕事は週五日と固定されているのでシフトのやりくりで頭を悩ませることもなく、スタッフの数も他店より少なくて済むから人件費も抑えられる。休日は光熱費がかからないので、結果として年間三百万円もの節約になっている。また、親会社が精肉会社であるため安く仕入れられるということや、店舗同士で連絡を取り合って在庫商品を融通し合っていることも強みとなっている。

老夫婦が経営する山間部の小さなある食品スーパーは、かつては競合店との価格競争に巻き込まれて倒産の危機に陥ったが、売れ残った野菜がもったいなくて、料理が得意だった夫人がほうれん草のおひたしを作ってパック売りしたところ、客がわざわざ「美味《おい》しい総菜をありがとう」と礼を言いに来るほどの評判になった。それをきっかけに、夫人がリーダーとなって作る総菜の販売に力を入れるようになり、ついには開店前から行列ができて、全国の大手スーパーやコンビニの幹部たちが視察にやってくるほどの繁盛店へと変貌。この店も過去のデータを利用して商品ロスを減らすことに取り組み続けた結果、毎日きれいに棚が空になるという達人技をものにしている。

地方のとある農産物直売所は、高齢者の小規模農家が作る少量で規格外の農産物も販売できる直売所として細々と始まったが、出荷者が価格を設定できて、トマト一個からでも出せる手軽さがウケて参加者が増え続け、また週末の観光客よりも平日の地元住民による利用を重視した結果、国内最大級の直売所に成長した（週末の観光客をメインターゲットにすると平日は閑古鳥が鳴く状態になりがちで、バスでお客さんを運んで来る旅行会社にキックバックを払わなければならなかったりして、実はマイナス面が大きい）。

その他、閉店の危機にあった小規模スーパーのオーナーさんは、スタッフさんに対して命令口調で接するのをやめて、できて当たり前のことでも「ありがとう」「助かったー」などと笑顔で感謝するよう改めた結果、スタッフさんたちの表情や態度も変化し、さまざまなアイデアを出してくれるようになったという。やがてその店はそれらのアイデアが結実して、評判の繁盛店へと成長した。

――そして私の中で、潰れそうな小規模スーパーが奇跡的な復活を遂げるという基本プロットが形成されたのである。

なお、本作は以前『がんこスーパー』というタイトルで出版した文庫書き下ろし小説を一部修正し、あとがきを加えて二次文庫化したものである。タイトルを変更したのは、単に拙著『ひなた弁当』の売れ行きがいいのでそれに便乗しようという意図からではない（確かにそういう事情も全くないわけではないのだが）。『ひなたストア』は、リストラの標的にされた冴えない中年男が、さまざまなトラブルに見舞われながらも、周囲の人たちの協力を得つつ、ついには希望の光を見出し、逆転劇を演じる物語である。そのストーリーの基本骨格が共通している点で、本作は『ひなた弁当』の姉妹作品として楽しんでいただけるはずだと思っている。

本書のプロフィール

本書は、二〇一八年ハルキ文庫から刊行された『がんこスーパー』を改題、加筆改稿し、「あとがき」を加えて文庫化したものです。

小学館文庫

ひなたストア

著者　山本《やまもと》甲士《こうし》

二〇二〇年二月十一日　初版第一刷発行
二〇二四年九月九日　第六刷発行

発行人　庄野　樹
発行所　株式会社　小学館
〒一〇一-八〇〇一
東京都千代田区一ツ橋二-三-一
電話　編集〇三-三二三〇-五二三七
販売〇三-五二八一-三五五五
印刷所――中央精版印刷株式会社

この文庫の詳しい内容はインターネットで24時間ご覧になれます。
小学館公式ホームページ　https://www.shogakukan.co.jp

ISBN978-4-09-406740-8